DANIELLE STEEL

CINCO DIAS EM PARIS

Tradução de
MARLI BERG

4ª EDIÇÃO

EDITORA RECORD
RIO DE JANEIRO • SÃO PAULO

CIP-Brasil. Catalogação-na-fonte
Sindicato Nacional dos Editores de Livros, RJ.

Steel, Danielle, 1948-
S826c Cinco dias em Paris / Danielle Steel; tradução
4ª ed. de Marli Berg. – 4ª ed. – Rio de Janeiro: Record, 1997.

Tradução de: Five days in Paris

1. Romance norte-americano. I. Berg, Marli. II. Título.

CDD – 813
96-1878 CDU – 820(73)-3

Título original norte-americano
FIVE DAYS IN PARIS

Impresso no Brasil

ISBN 85-01-04493-8

PEDIDOS PELO REEMBOLSO POSTAL
Caixa Postal 23.052
Rio de Janeiro, RJ – 20922-970

CINCO DIAS EM PARIS

Obras da autora

Acidente
Agora e sempre
Álbum de família
Amar de novo
Um amor conquistado
Amor sem igual
O anel de noivado
Ânsia de viver
O apelo do amor
Asas
O brilho da estrela
Caleidoscópio
Casa forte
Cinco dias em Paris
Desaparecido
Um desconhecido
Desencontros
Doces momentos
Final de verão
Galope de amor
Jóias
Maldade
Mensagem de Saigon
Momentos de paixão
Um mundo que mudou
Passageiros da ilusão
O preço do amor
O presente
Recomeços
Relembrança
Segredo de uma promessa
Segredos de amor
Tudo pela vida
Uma só vez na vida
Vale a pena viver
A ventura de amar
Zoya

Nunca abra mão da esperança
E, se puder,
Encontre a coragem
Para amar de novo.

d.s.

Cinco minutos... cinco dias...
E toda uma vida para sempre transformada
Num único momento.

Capítulo Um

O tempo em Paris estava extraordinariamente quente quando o avião em que Peter Haskell viajava aterrissou no aeroporto Charles de Gaulle. O avião taxiou, cuidadosamente, sobre a pista, em direção ao portão, e alguns minutos depois Peter caminhava pelo aeroporto. Ele estava quase sorrindo quando chegou à fila da alfândega, apesar do calor que fazia e do grande número de pessoas que se amontoavam a sua frente, na fila. Peter Haskell adorava Paris.

Quatro ou cinco vezes por ano ele ia à Europa. O império farmacêutico que dirigia tinha centros de pesquisa na Alemanha, Suíça e França e enormes laboratórios e fábricas na Inglaterra. Era sempre interessante ir para lá, trocar idéias com suas equipes de pesquisa e explorar novos caminhos de *marketing*, que era sua especialidade. Mas, desta vez, era muito mais do que isto, muito mais do que uma viagem de pesquisa ou descoberta de um novo produto. Peter estava em Paris para o nascimento de "seu filho": Vicotec. O sonho de sua vida. Vicotec ia mudar a vida e a perspectiva de todas as pessoas que tinham câncer. Alteraria, dramaticamente, os programas de combate à doença e a própria natureza da quimioterapia pelo mundo. Seria uma contribuição fundamental de Peter à espécie humana. Vivera durante os últimos quatro anos para isso, além de sua família. E, inegavelmente, a descoberta traria milhões à Wilson-Donovan. Mais que isso, obviamente, seus estudos já tinham projetado ganhos de bem mais do que um bilhão de dólares nos primeiros cinco anos. Mas esta não era a questão para Peter, e o que lhe importava era a vida e a qualidade das vidas que tinham sido severamente comprometidas, velas bruxuleantes na noite escura do câncer. E Vicotec ia ajudá-las. A princípio, parecera um sonho idealista, mas, agora, estavam apenas a centímetros da vitória final, o que provocava arrepios em Peter, sempre que pensava no que estava prestes a acontecer.

Até agora, os resultados mais recentes tinham sido perfeitos. As reuniões na Alemanha e Suíça transcorreram brilhantemente, e os testes feitos em laboratório nestes países eram ainda mais rigorosos do que os realizados nos Estados Unidos. Agora tinham certeza. O medicamento era seguro e podiam ir em frente, para a Fase Um de Experiências com Seres Humanos, assim que o FDA aprovasse. Esta fase significava dar baixas doses do medicamento a um grupo seleto de cobaias voluntárias bem informadas e ver como elas passavam.

A Wilson-Donovan tinha submetido a aplicação do Vicotec ao FDA em janeiro, meses antes, e, baseada nas informações que vinha desenvolvendo agora, ia pedir que o Vicotec fosse colocado na "via expressa", dando, assim, o primeiro passo com cobaias humanas da droga e, finalmente, a liberação do produto, quando o FDA visse como era seguro, o que seria provado pela Wilson-Donovan. O processo da "via expressa" era usado para acelerar as diversas etapas que conduziam à aprovação, no caso de drogas que seriam usadas em doenças que ameaçavam a vida. Assim que conseguissem a autorização do FDA, dariam início às experiências, com um grupo de cem pessoas que assinariam autorização de consentimento. Essas pessoas estavam todas tão desesperadamente doentes que seria sua única esperança, e sabiam disso. Quem se alistava para experiências desse tipo sentia-se grato por qualquer esperança colocada a seu alcance.

A Wilson-Donovan queria pôr-se em movimento tão rápido quanto fosse possível, para dar início aos experimentos clínicos em pacientes, por isso era tão importante testar a segurança do Vicotec agora, antes da audiência com o FDA em setembro, que, esperavam, seria colocado na "via expressa". Peter sentia-se absolutamente seguro de que os testes que estavam sendo concluídos por Paul-Louis Suchard, chefe do laboratório de Paris, apenas confirmariam as boas notícias que acabara de receber em Genebra.

— Férias ou trabalho, *monsieur?* — perguntou o funcionário da alfândega, parecendo desinteressado, enquanto carimbava o passaporte de Peter e mal olhara para ele depois de olhar para a fotografia.

Peter tinha olhos azuis, cabelo escuro e aparentava ser mais jovem do que os quarenta e quatro anos que tinha. Tinha feições finas, era alto e a maioria das pessoas concordaria com a opinião de que era um homem bonito.

— Trabalho — respondeu, quase orgulhoso. Vicotec. Vitória. Salvação para todos os seres humanos que estivessem lutando contra os tormentos da quimioterapia e do câncer.

O agente entregou o passaporte a Peter, que pegou sua maleta e saiu em busca de um táxi. Era um dia de junho glorioso e ensolarado, e, sem ter mais nada para fazer em Genebra, Peter resolveu seguir para Paris um dia antes do previsto. Adorava a cidade e seria fácil encontrar algo para fazer, mesmo que fosse apenas dar um passeio às margens do Sena. Talvez Suchard concordasse em se encontrar com ele antes do dia marcado, embora fosse domingo. Ainda era cedo e não tivera tempo de ligar para Suchard. Embora Suchard fosse muito francês, muito sério e mais do que um pouco austero, Peter ia ligar para ele do hotel, para saber se estava livre e disposto a antecipar a data do encontro.

Peter aprendera um pouco de francês, ao longo dos anos, embora todos os seus negócios com Suchard fossem conduzidos em inglês. Peter Haskell aprendera muitas coisas, desde que deixara o Meio-Oeste. Era óbvio, mesmo para o funcionário da alfândega do aeroporto Charles de Gaulle, que Peter Haskell era um homem importante, bastante inteligente e sofisticado. Tranqüilo, suave e forte, parecia haver um ar de segurança ao redor de Peter. Aos quarenta e quatro anos, era o diretor de uma das maiores empresas farmacêuticas do mundo. Não era um cientista, mas um homem de *marketing*, da mesma forma que Frank Donovan, o presidente da empresa. E, de forma um tanto coincidente, há dezoito anos Peter Haskell se casara com a filha de Frank. Não fora um "golpe do baú", tampouco algo calculado, e, na visão de Peter, o casamento fora um acidente, um gesto súbito do destino, contra o qual ele lutara durante os seis primeiros anos depois de conhecer Kate.

Peter não queria casar-se com Kate Donovan. Ele nem ao menos sabia quem ela era quando se conheceram, na Universidade de Michigan — ela com dezenove e ele com vinte anos. A princípio ele a achava apenas uma louca bonita, segundanista da universidade, que conhecera numa moviola, mas, depois de dois encontros, ficou louco por ela. E eles saíram juntos durante cinco meses, até que alguém fez uma piada, sugerindo que Peter era um cara muito esperto por estar saindo com a bela e pequena Katie. E quem fez o comentário explicou, depois, o que queria dizer: Kate era a única herdeira da fortuna Wilson-Donovan, a maior empresa farmacêutica do país. Peter ficara enfurecido e vociferara com

Katie por não lhe ter contado esse fato, tomado por toda a fúria e ingenuidade de um rapaz de vinte anos.

— Como você *pôde* fazer isto? Por que não me falou? — perguntou gritando.

— Dizer o quê? Será que deveria alertá-lo sobre quem é meu pai? Achei que não se importaria.

Kate ficara desesperadamente magoada com sua agressão e com muito medo de que ele a abandonasse. Kate sabia o quanto Peter era orgulhoso e como seus pais eram pobres. Ele lhe contara que apenas naquele ano é que tinham comprado a fazenda de gado leiteiro, onde seu pai trabalhara a vida toda. Mesmo assim, a fazenda estava totalmente hipotecada e Peter vivia constantemente preocupado, com medo que o negócio falisse e ele tivesse que abrir mão dos estudos para voltar a Wisconsin e ajudar os pais.

— Você sabia perfeitamente bem que eu "me importaria". E agora, o que devo fazer?

Ele sabia melhor do que ninguém que não podia competir no mundo de Kate, que não pertencia nem nunca pertenceria a ele. Quanto a Kate, ela nunca seria capaz de ir morar numa fazenda de Wisconsin, pois tinha visto muitas coisas, era sofisticada demais, mesmo que parecesse não tomar conhecimento disso. O verdadeiro problema é que Peter sentia que também não pertencia ao mundo do qual viera. Não importava com que empenho ele tentasse ser "um deles", quando ia para casa, havia sempre algo diferente em relação a ele, um ar de cidade grande que contrastava com o resto da família. Ele detestava ordenhar vacas e empilhar fardos de feno, e ficar retirando, sem cessar, estrume dos estábulos. Durante anos ajudara o pai na fazenda de gado leiteiro que administrava — que agora era sua — quando voltava do colégio. Peter sabia o que significava o fato de seu pai ser, agora, o proprietário. Ele teria que voltar para casa, quando terminasse a universidade, e ajudar os pais. Era isto que Peter temia, mas não estava procurando uma saída fácil para a situação, pois acreditava que se deve fazer o que é preciso e viver segundo suas responsabilidades, sem tentar pegar atalhos. Sua mãe dizia que sempre fora um bom menino, mesmo que isto significasse fazer as coisas do modo mais difícil. Ele estava disposto a lutar por tudo que desejava.

Mas, quando soube quem era Katie, Peter achou errado estar envolvido com ela. Por mais sincero que fosse, isso lhe parecia uma saída fácil, uma viagem rápida ao topo, um atalho. Não importa o quanto ela fosse bonita ou como ele achava que estava apaixonado por ela, Peter sabia que nada podia fazer a este respeito, e era tão inflexível em relação a não tirar nenhuma vantagem dela que, duas semanas depois que soube quem era Katie, eles romperam, e nada do que ela lhe disse conseguiu mudar as coisas. Katie ficou confusa, e ele muito mais abalado por perdê-la, o que jamais lhe contou. Era seu penúltimo ano na universidade e, em junho, ele foi para casa ajudar seu pai em Wisconsin. No final do verão, Peter decidiu parar de estudar durante um ano para ajudar o pai a levantar o negócio, pois o inverno fora difícil e ele achava que poderia dar uma guinada nas coisas, usando algumas novas idéias e planos que aprendera na universidade.

Ele poderia ter executado seus planos, mas foi convocado e mandado para o Vietnã. Lá, passou um ano perto de Da Nang e, quando foi chamado para um segundo turno, eles o mandaram trabalhar junto à Inteligência, em Saigon. Para Peter, foi um período confuso, e ao deixar o Vietnã, aos vinte e dois anos, não encontrara nenhuma das respostas que procurava. Ele não sabia o que fazer com o resto de sua vida, nem queria voltar a trabalhar na fazenda do pai, mas achava que devia. Sua mãe tinha morrido enquanto estava no Vietnã e Peter sabia o quanto isto fora duro para o pai.

Ainda faltava um ano para terminar a universidade, mas

Peter não queria voltar para a Universidade de Michigan, pois achava que, de alguma forma, a tinha superado. Também se sentia confuso em relação ao Vietnã, país que ele desejara odiar e que tanto o atormentara, mas que viera a amar, sentindo-se realmente triste quando partiu. Lá, ele teve alguns namoros de menor importância, na maior parte das vezes com pessoal da equipe militar americana e uma jovem vietnamita muito bonita, mas fora tudo muito complicado e os relacionamentos eram, inevitavelmente, afetados pelo fato de que ninguém sabia se estaria vivo no dia seguinte. Nunca mais entrou em contato com Kate Donovan, embora ela tivesse mandado um cartão de Natal, que lhe foi enviado de Wisconsin. A princípio, em Da Nang, Peter pensara muito nela, mas lhe parecera mais simples não escrever para Kate. Afinal, o que poderia lhe dizer? Sinto muito porque você é tão rica e eu sou tão pobre... espero que tenha uma vida maravilhosa em Connecticut, pois eu estarei removendo estrume com uma pá numa fazenda de gado leiteiro pelo resto da vida... A gente se vê...

Mas, assim que voltou, tornou-se óbvio para todos, em Wisconsin, que ele não se ajustava mesmo àquela vida e até seu pai insistiu para que procurasse um emprego em Chicago. Ele encontrou um com facilidade, numa firma de *marketing*, estudava à noite, conseguiu se formar e tinha acabado de começar a trabalhar em seu primeiro emprego quando foi à uma festa dada por um velho amigo de Michigan e encontrou Katie. Ela tinha pedido transferência e também estava morando em Chicago e prestes a se formar na Northwestern. Nesta primeira vez em que a viu de novo, Kate deixou-o sem fôlego. Já fazia quase três anos que não a via e ela estava mais bonita do que nunca. E Peter ficou espantado ao perceber que, mesmo depois de três anos obrigando-se a ficar longe dela, o simples fato de vê-la fazia com que tremesse por dentro.

— O que faz aqui? — perguntou, nervoso, como se ela só devesse existir em suas lembranças do tempo de faculdade.

Ela o procurara durante meses, depois que ele saíra da universidade e, especialmente, quando ele foi, pela primeira vez, para o serviço militar. Mas ele a tinha relegado ao passado há muito tempo e esperava que ficasse por lá. No entanto, vê-la catapultou-a, subitamente, para o presente.

— Estou terminando a universidade — respondeu ela, prendendo a respiração, enquanto olhava para ele, que parecia mais alto e magro, os olhos ainda mais azuis e o cabelo ainda mais preto do que se lembrava. Tudo em Peter lhe parecia mais marcante e excitante do que nas infinitas recordações que tinha a seu respeito. Ela nunca o esquecera. Ele fora o único homem que se afastara pelo que ela era e pelo que achava que nunca poderia lhe dar. — Soube que você esteve no Vietnã — continuou ela suavemente e ele concordou com a cabeça. — Deve ter sido horrível.

Ela estava com tanto medo de afugentá-lo de novo, de fazer algum terrível movimento errado. Sabia o quanto era orgulhoso e, só de olhá-lo, sabia também que nunca se aproximaria. E ele também a observava, enquanto perguntava a si mesmo como ela tinha se transformado e o que queria dele. Mesmo assim, ela lhe parecia muito inocente e completamente inofensiva, apesar da educação aparentemente ameaçadora que recebera, e também que ele cismara que Kate representava. A seus olhos, ela fora uma ameaça a sua integridade e um elo insustentável entre um passado que ele não conseguia mais viver e um futuro que desejava, mas não tinha a menor idéia de como conseguir. Desde que se encontraram pela última vez, Peter tinha visto tanta coisa do mundo que, ao olhar para Kate agora, ele mal conseguia se lembrar do que tanto o assustara antes. Ela não lhe parecia mais assustadora, ao contrário, parecia muito jovem, ingênua e irresistivelmente atraente.

Naquela noite, conversaram horas a fio e, finalmente, ele a levou para casa. Depois, embora soubesse que não devia fazê-lo, Peter lhe telefonou. A princípio, parecera tão fácil que ele até tentou se convencer de que podiam ser apenas amigos, coisa em que nenhum dos dois acreditava. Mas tudo que Peter sabia era que queria ficar perto dela, que ela era inteligente, divertida e entendia as coisas malucas que ele sentia em relação a não se adaptar a lugar nenhum e ao que queria fazer de sua vida. Houve um dia, lá no passado, em que ela quisera mudar o mundo, ou fazer alguma coisa importante. Nessa época, ela fora a única pessoa que entendera e ele tivera tantos sonhos, então, tantas boas intenções. E agora, vinte anos mais tarde, Vicotec estava trazendo todos estes velhos sonhos à tona para serem realizados.

Peter Haskell tomou um táxi no Charles de Gaulle, o motorista colocou sua maleta na mala do carro, e assentiu quando Peter lhe disse para onde ia. Tudo em Peter Haskell sugeria que ele era um homem que estava no comando da situação, um homem de envergadura impressionante. Mas, apesar da aparência, quando se olhava dentro de seus olhos se veria bondade e força, integridade, um coração caloroso e senso de humor. Havia outras coisas em relação a Peter além de ternos bem cortados, camisas brancas engomadas, a gravata Hermès que usava e a cara pasta que carregava.

— Está quente, não acha? — perguntou Peter quando estavam a caminho da cidade e o motorista fez um sinal com a cabeça concordando. Pelo sotaque, ele podia perceber que Peter era americano, mas falava o francês corretamente e o motorista lhe respondeu na mesma língua, falando vagarosamente para que Peter o entendesse.

— O tempo está bom há uma semana. O senhor vem da América? — perguntou-lhe o motorista, interessado.

Era assim que as pessoas reagiam a Peter: sentiam-se atraídas por ele, mesmo que, normalmente, não fosse esse o caso. Mas o fato de falar francês impressionara o motorista.

— Venho de Genebra — explicou Peter, e os dois ficaram novamente em silêncio, enquanto sorria para si mesmo, pensando em Katie. Sempre que viajava, queria que ela fosse junto, mas Kate nunca o fazia. A princípio, as crianças eram pequenas, e, mais tarde, ela passou a ficar tão envolvida com seu próprio mundo e sua miríade de obrigações, que não ia Kate só fizera uma ou duas viagens de negócios com ele, ao longo dos anos. Uma vez para Londres e outra para a Suíça, mas nunca fora com o marido a Paris.

Paris era uma cidade especial para ele, o auge de tudo com que sempre sonhara e nem ao menos sabia que desejava. Ao longo dos anos, ele trabalhara muito duro pelo que tinha, mesmo que uma parte do que conseguira parecesse ter chegado com facilidade a suas mãos. Mas Peter sabia melhor do que ninguém que não fora bem assim. Na vida, nada era de graça. Você trabalhava pelo que desejava ou então terminava de mãos vazias.

Depois que reencontrou Katie, os dois saíram juntos durante dois anos. Ela ficou em Chicago, depois que se formou, e empregou-se em uma galeria de arte só para ficar perto dele. Era louca por Peter, embora ele continuasse inflexível, afirmando que jamais se casariam, e insistindo que, no fim, teriam que parar de se ver e que ela deveria voltar para Nova York e começar a se encontrar com outros homens. O fato é que nunca conseguia se decidir a terminar com ela e, realmente, pôr em prática o que dizia. Eram muito ligados naquela época, e até Katie sabia que ele realmente a amava. No fim, seu pai interveio. Era um homem esperto e não mencionou o relacionamento dos dois a Peter, apenas falou de negócios. Ele sabia, instintivamente, que era o único modo de fazer com que Peter baixasse a guarda. Frank Donovan queria que Peter e sua filha voltassem para Nova York e fez o que pôde para ajudar Katie a ganhá-lo.

Como Peter, Frank Donovan era um homem de *marketing* — um excelente profissional de *marketing.* Conversou com Peter sobre sua carreira, seu projeto de vida, seu futuro e, gostando do que ouviu, ofereceu-lhe um emprego na Wilson-Donovan. Frank não disse nada sobre Katie e, na realidade, insistiu que, de qualquer modo, o emprego nada tinha a ver com ela. Ele assegurou a Peter que trabalhar na Wilson-Donovan faria maravilhas por sua carreira e lhe prometeu que ninguém jamais pensaria que tinha algo a ver com Katie. De acordo com Frank, o relacionamento entre os dois era uma coisa inteiramente à parte. No emprego, no entanto, valia a pena pensar, e Peter sabia que era verdade, pois apesar de todos os medos que tinha na época, um emprego numa empresa importante de Nova York era exatamente o que desejava. E era isso que Katie também queria.

Mas mesmo assim ele se angustiou com a proposta, debateu-a sem parar e até seu pai achou que era uma boa mudança quando Peter lhe telefonou para discutir o assunto. Ele foi para Wisconsin, conversou longamente com o pai, durante um final de semana. O pai queria o melhor para ele e o estimulou a aceitar a oferta de Donovan, pois via algo no filho que nem mesmo ele percebera: qualidades para a liderança que poucos homens tinham, uma força serena e uma coragem rara. Seu pai sabia que tudo que Peter fizesse seria bem-feito e percebeu que o emprego na Wilson-Donovan era apenas o começo. Quando o filho era pequeno, ele costumava brincar com a mulher, dizendo-lhe que, um dia, Peter seria presidente da República ou, ao menos, governador de Wisconsin. E, às vezes, ela acreditava. Aliás, era fácil acreditar em grandes coisas quando se tratava de Peter.

Sua irmã Muriel pensava da mesma maneira. Para ela, o irmão Peter tinha sido sempre um herói, muito antes de ir para Chicago ou Vietnã, ou para a universidade. Havia algo de especial em relação a ele e todos sabiam disso. E ela lhe disse a mesma coisa que o pai: Vá para Nova York e procure alcançar o topo. Ela até lhe perguntou se achava que se casaria com Katie, mas Peter insistiu em negar e Muriel pareceu ficar triste ao ouvi-lo, pois achava que Katie parecia glamourosa e atraente e a achara bonita ao ver a foto que Peter levara.

Há muito tempo o pai tinha dito a Peter que convidasse Katie para ir conhecê-los, mas ele sempre insistia que não queria lhe dar falsas esperanças a respeito do futuro deles. Ela provavelmente se sentiria em casa, aprenderia a ordenhar as vacas com Muriel, e daí? Isso era tudo que ele tinha a dar e por nada no mundo arrastaria Katie para aquela vida dura na qual tinha crescido. Na sua opinião, fora isso que matara sua mãe. Ela morrera de câncer, sem dispor de cuidado médico apropriado ou dinheiro para obtê-lo, e seu pai não tinha nem seguro-saúde. Ele sempre achara que a mãe tinha morrido de miséria e fadiga, além de muitas privações, sofridas ao longo da vida. E, apesar de todo o dinheiro que Katie tinha, ele a amava demais para condená-la a viver assim ou até para deixar que ela encarasse esse tipo de vida com excessiva proximidade. Aos vinte e dois anos, sua irmã já parecia exausta. Ela se casara assim que saíra da escola secundária, enquanto ele estava no Vietnã, e tivera três filhos em três anos com o rapaz que fora seu namorado de colégio. Aos vinte e um, ela já tinha a aparência abatida e triste, e, embora houvesse muitas coisas que ele gostaria que a irmã tivesse, sabia que ela nunca as alcançaria. Muriel nunca sairia daquela situação. Nunca se ausentara dali, e nem mesmo fora para a universidade. Agora, estava num beco sem saída, pois Peter sabia — da mesma forma que a irmã — que tanto Muriel quanto o marido ficariam trabalhando na fazenda do pai pelo resto da vida a não ser que ele perdesse a fazenda ou eles morressem. Não havia escapatória. A não ser para Peter. E Muriel não se ressentia dessa verdade. Ela estava feliz pelo irmão. As portas estavam abertas para Peter e o que ele tinha a fazer era começar a trilhar o caminho que Frank Donovan lhe oferecera.

— Aceite, Peter — sussurrou Muriel, quando ele foi à fazenda conversar com a família. — Vá para Nova York. Papai quer que vá — disse, generosamente. — Todos queremos.

Era como se todos estivessem lhe dizendo que se salvasse, que lutasse, que nadasse para longe da vida que o afogaria, se permitisse. Eles queriam que fosse para Nova York e tentasse melhorar de vida.

Quando deixou a fazenda, naquele final de semana, havia um bloco do tamanho de um rocha em sua garganta. Seu pai e Muriel ficaram olhando, enquanto ele se afastava, acenando até que seu carro desapareceu completamente no horizonte. Era como se os três soubessem que este era um momento importante em sua vida. Mais do que a universidade. Mais do que o Vietnã. Em sua alma e coração, Peter estava cortando seus laços com a fazenda.

Quando Peter chegou em Chicago, passou a noite sozinho e não ligou para Katie. Mas, na manhã seguinte, ligou para o pai dela e aceitou sua oferta, sentindo suas mãos tremerem enquanto segurava o telefone. Peter começou a trabalhar na Wilson-Donovan duas semanas mais tarde, na data marcada, e quando chegou a Nova York passou a acordar, todos os dias, sentindo-se como se tivesse ganhado o Grande Prêmio de Kentucky.

Katie, que trabalhava na galeria de arte em Chicago, como recepcionista, pediu demissão no mesmo dia em que ele aceitou o emprego, mudando-se para Nova York, para morar com o pai. Frank Donovan estava encantado. Seu plano tinha funcionado e sua garotinha voltara para casa. E ele tinha encontrado um brilhante novo homem de *marketing* na negociação. Por tudo que estava envolvido, o acordo tinha sido bom.

Durante os meses que se seguiram, Peter se concentrou mais no trabalho do que no romance, o que deixou Katie aborrecida, a princípio, mas, quando se queixou ao pai, ele lhe disse, sensatamente, que fosse paciente. Finalmente, Peter relaxou e ficou menos ansioso em relação aos projetos inacabados que tinha no escritório. Mas, geralmente, ele queria fazer tudo de forma perfeita, para justificar a confiança que Frank depositava nele e mostrar a gratidão que sentia por estar ali.

Ele sequer voltara a Wisconsin, pois nunca tinha tempo. Mas, no devido tempo, e para alívio de Katie, Peter começou a abrir espaço em sua agenda para um pouco de lazer. Passaram a ir a festas e peças de teatro, e ela o apresentou a todos os seus amigos. Peter ficou surpreso ao perceber o quanto gostara deles e como se sentia à vontade participando da vida de Katie.

E aos poucos, ao longo dos meses seguintes, nada daquilo que antes os apavorava, em relação a Katie, parecia ser tão inquietante. Sua carreira ia bem e, para seu espanto, ninguém ligava para quem ele trabalhava ou como tinha chegado lá. Na realidade, todos que cercavam Katie pareciam gostar dele e aceitá-lo. Assim, arrebatados por uma onda de bons sentimentos, Peter e Katie ficaram noivos, depois de um ano, o que não foi surpresa para ninguém, exceto para Peter. Mas ele a conhecia há bastante tempo e se sentia tão confortável em seu mundo que sentia que pertencia a ele. Frank Donovan disse que era isso que se pretendia e Katie sorriu. Ela nunca duvidara, nem por um momento, de que Peter não fosse o homem certo. Sempre soubera disso e tinha certeza absoluta de que queria ser sua mulher.

A irmã de Peter, Muriel, ficou emocionada quando ele lhe telefonou para dar a notícia, e o único que fez objeção à união foi seu pai, o que deixou Peter bastante decepcionado. Da mesma forma que achara que o emprego na Wilson-

Donovan era uma grande oportunidade, agora ele se opunha ao casamento, estando absolutamente convencido de que Peter acabaria por se arrepender dele pelo resto da vida.

— Se casar com ela, filho, você será, sempre, mão-de-obra contratada. Sei que não é justo nem certo, mas é assim que as coisas são. Todas as vezes que olharem para você, se lembrarão de quem era no princípio, não de quem é agora.

Mas Peter não acreditava nisso. Ele tinha se enturmado no mundo de Katie e agora pertencia a ele. E seu próprio mundo tinha começado a lhe parecer parte de uma outra vida. Ele simplesmente não fazia parte dele mais, era completamente estranho. Era como se tivesse sido criado em Wisconsin acidentalmente, ou como se se tratasse de outra pessoa e ele nunca tivesse estado lá. Até o Vietnã lhe parecia mais real, agora, do que sua vida anterior na fazenda em Wisconsin. Às vezes, parecia difícil acreditar que ele passara mais de vinte anos por lá. Em pouco mais de um ano, Peter se transformara num homem de negócios, num homem do mundo e num nova-iorquino. Ele ainda gostava de sua família e seria sempre assim, mas só de pensar em viver como fazendeiro de gado leiteiro ainda lhe dava pesadelos. Quanto a tentar convencer o pai de que estava fazendo a coisa certa, achava impossível. O velho Haskell se mantinha irredutível em suas objeções, embora concordasse, finalmente, em ir ao casamento, provavelmente só por estar cansado de ouvir o filho argumentar e tentar convencê-lo de que estava tudo certo.

Peter ficou arrasado porque seu pai não foi ao casamento. Ele sofrera um acidente com o trator, na semana anterior, e ficou de cama, com dores nas costas e um braço quebrado. Além disso, Muriel estava prestes a dar à luz o quarto filho e não podia ir, e seu marido, Jack, não queria que viajasse de avião para Nova York. A princípio, Peter ficou desolado, mas depois, como tudo o mais na nova vida que levava, deixou-se envolver pelo turbilhão de atividades que havia a sua volta.

Eles foram passar a lua-de-mel na Europa e depois, durante meses, pareciam nunca ter tempo para ir a Wisconsin. Katie ou Frank sempre tinham planos para ele e, apesar das promessas e boas intenções, Peter e Katie nunca conseguiam ir a Wisconsin visitar sua família na fazenda. Ele prometera ao pai que apareceriam no Natal e, desta vez, ninguém o impediria. Nem contou a Katie seu plano, pois ia surpreendê-la, já que desconfiava que esse era o único jeito de levá-la para lá.

Mas quando seu pai teve um ataque cardíaco e morreu antes do dia de Ação de Graças, Peter foi dominado pelas próprias emoções. Sentiu-se culpado, triste e arrependido por todas as coisas que se dispusera a fazer e não fez. E Katie nem ao menos o conhecera.

Peter a levou ao enterro. Foi um triste acontecimento, sob a chuva torrencial que caía, e Katie e Peter ficaram de um lado, parecendo feitos de madeira. Peter estava nitidamente arrasado e Muriel, a uma boa distância dele, soluçava, ao lado do marido e dos filhos. Parecia haver um estranho contraste entre o pessoal do campo e as pessoas sofisticadas da cidade grande, e Peter começou a perceber como se afastara, como ficara longe deles desde que fora embora, e também como tinham poucas coisas em comum agora. Katie se sentira pouco à vontade em companhia da família de Peter e insistira nesse ponto com ele. E Muriel foi surpreendentemente fria com Katie, atitude que não tinha nada a ver com seu jeito de ser. Quando Peter falou sobre isso com a irmã, ela resmungou, sem graça, que Katie não pertencia àquele lugar. Embora fosse mulher de Peter, ela nem tinha conhecido seu pai. Além do luxo das roupas de Katie, um casaco preto e um chapéu de pele, ela parecia irritada por estar lá, e Muriel o disse, para grande tristeza de Peter. Muriel fez um comentário mordaz para Peter, ambos discutiram, e, em seguida, choraram. Mas a leitura do testamento apenas fez com que a tensão entre eles se acentuasse. Seu pai tinha deixado a fazenda para Jack e Muriel, e Katie ficara visivelmente ofendida no momento em que ouviu o que dizia o advogado.

— Como ele pôde fazer isto com você? — esbravejou ela na intimidade do velho quarto de dormir de Peter, que tinha assoalho de tijolo coberto por linóleo e uma velha folha de estanho pintada nas paredes rachadas e descascando. Havia um grande contraste entre o quarto e a casa que Frank tinha comprado para eles, em Greenwich. — Ele o deserdou! — disse Katie enfurecida, enquanto Peter tentava lhe explicar. Ele entendia o que tinha acontecido muito melhor do que a mulher.

— Isto é tudo o que eles têm, Katie. Este lugar miserável, abandonado por Deus. Toda a vida deles está aqui. Eu tenho uma carreira, um bom emprego, uma vida com você. Não preciso disto, nem mesmo o quero, e papai sabia como eu pensava. — Peter não tinha considerado uma desfeita ou injustiça o que o pai fizera. Ele queria que Muriel ficasse com a fazenda, que significava tudo para ela e o marido.

— Você poderia tê-la vendido e dividido o dinheiro com eles, que poderiam então mudar-se para um lugar melhor — disse ela com sensatez, mas dizer isso só mostrou a Peter que ela não tinha entendido.

— Não é o que eles querem, Katie, e era disso, provavelmente, que papai tinha medo. Ele não queria que vendêssemos a fazenda, pois levou a vida inteira para comprá-la.

Ela não lhe disse que desastre era tudo aquilo para ela, mas Peter podia percebê-lo no modo como Katie o olhava e no silêncio que se instalou entre eles. Na opinião de Katie, a fazenda ainda era pior do que Peter lhe tinha contado, quando estavam na universidade, e ficou aliviada por não terem mais que voltar ali. Ao menos ela não teria. E, se pudesse fazer valer sua opinião sobre o assunto, depois que o pai o deserdara, Peter não voltaria também. Para ela, Wisconsin estava, agora, relegado a um passado remoto. Ela queria que Peter seguisse em frente.

Muriel ainda estava abalada quando eles foram embora e Peter teve a desconfortável sensação de que estava se despedindo também dela, não apenas do pai. Era como se fosse o que Katie queria, embora nunca lhe tivesse dito explicitamente. Era como se quisesse que todos os laços que ela mantinha estivessem ligados a ela, todas as suas raízes, ligações, lealdade e afeto. Quase como se Katie tivesse ciúmes de Muriel e do pedaço de sua vida e história que ela representava. O fato de Peter não ter recebido parte da fazenda era uma boa desculpa para encerrar o relacionamento de uma vez por todas.

— Você tinha razão, quando foi embora daqui — disse Katie calmamente, enquanto iam embora de carro, parecendo não notar que Peter chorava. A única coisa que queria era voltar a Nova York o mais rápido possível. — Peter, você não pertence a este lugar — disse com firmeza. Ele quis discutir, dizer-lhe que estava errada, tomar a defesa de sua família, por lealdade, mas achava que ela estava com a razão e ele se sentia culpado por isso. Ele não pertencia àquele lugar. Nunca pertencera.

Quando subiram a bordo do avião, em Chicago, Peter sentiu o alívio se estender sobre ele. Escapara novamente. Em algum nível de sua consciência, ter de dirigir a fazenda se o pai a deixasse para ele o apavorava. Mas o pai fora mais sensato e conhecia bem Peter, que não tinha mais nada a ver com a fazenda agora. Não era sua, não podia destruí-lo, como temera. Estava livre, por fim. Agora, a fazenda era problema de Jack e Muriel.

E quando o avião levantou vôo e se dirigiu ao aeroporto Kennedy, ele soube que deixara a fazenda e tudo o que ela representava definitivamente para trás. Só esperava que não tivesse também perdido sua irmã.

Ele ficou em silêncio durante o vôo para casa e pranteou o pai silenciosamente nas semanas que se seguiram. Falou muito pouco sobre o assunto com Katie, principalmente porque tinha a sensação de que ela não queria ouvir falar sobre o tema. Ele ligou uma ou duas vezes para Muriel, mas ela estava sempre ocupada com as crianças ou saindo apressada para ajudar Jack com o gado. Nunca tinha tempo para conversar e, quando o fazia, Peter não gostava dos comentários que emitia sobre Katie. A crítica declarada em relação a sua mulher criou um abismo visível entre eles, e, não muito tempo depois, ele parou de telefonar. Peter se atirou ao trabalho e encontrou consolo no que acontecia no escritório. Lá, sentia-se completamente em casa. Na realidade, a vida que levava em Nova York lhe parecia perfeita. Ele se ajustava perfeitamente à Wilson-Donovan, aos amigos do casal, à vida social que Katie tinha organizado. Era quase como se tivesse nascido ali e sem nunca levar outro tipo de vida.

Para seus amigos de Nova York, Peter pertencia à turma. Era afável e sofisticado e todos riam quando contava que fora criado numa fazenda. Na maior parte do tempo, ninguém acreditava, pois Peter parecia ser originário de Boston ou Nova York. E ele tinha boa vontade em fazer as adaptações que os Donovan esperavam. Frank insistira que morassem em Greenwich, Connecticut, com ele. Queria "seu bebê" por perto e, além dos mais, ela estava acostumada com o lugar e gostava dele. A Wilson-Donovan era baseada em Nova York, onde mantinham um pequeno estúdio, mas os Donovans sempre tinham morado em Greenwich, Connecticut, a uma hora de distância de Nova York. A viagem para o trabalho era fácil, e Peter ia de trem, diariamente, com Frank. Peter gostava de morar em Greenwich, adorava sua casa e ser casado com Katie. Eles se davam magnificamente, na maior parte do tempo, e o único desentendimento maior que tiveram foi em relação à fazenda, já que Katie achava que ele deveria ter herdado uma parte e depois vendido. Mas há muito tinham parado de discutir sobre o assunto, respeitando as opiniões conflitantes que tinham.

Além da situação com sua família, a única coisa que incomodara Peter fora o fato de Frank comprar, para eles, a primeira casa em que moraram. Peter a recusara, mas não queria aborrecer Katie, que tinha implorado para que deixasse o pai comprá-la. Peter se queixou, mas, no fim, ela ganhou a questão. Katie queria uma casa grande, onde pudessem começar uma família, rapidamente, e certamente Peter não teria condições de pagar pelo tipo de casa ao qual ela estava acostumada e no qual o pai achava que devia morar. Estes eram os problemas que tanto tinham assustado Peter, embora os Donovans tivessem lidado com ele com muita cortesia. Seu sogro chamava a bonita casa em estilo Tudor de "presente de casamento", embora Peter achasse que parecia uma mansão, suficientemente grande para acomodar três ou quatro crianças, além de ter um belo terraço, uma sala de jantar, uma sala de estar, cinco dormitórios, um enorme gabinete para ele, sala para a família e uma fantástica cozinha rústica. Havia, realmente, uma grande diferença entre aquela e a maltratada e velha casa de fazenda que seu pai deixara para a irmã, em Wisconsin. E Peter teve de admitir, timidamente, que adorava a casa.

Frank quis, também, contratar alguém para limpar a casa e cozinhar, mas neste ponto Peter foi firme e anunciou que ele mesmo cozinharia, se fosse necessário, mas não iria permitir que Frank pagasse empregados. Finalmente, Katie aprendeu a cozinhar — ao menos, por algum tempo, pois na época de Natal estava se sentindo tão mal por causa dos enjôos matinais que não conseguia fazer nada, e Peter teve de se encarregar da maior parte das tarefas domésticas, como cozinhar e limpar a casa. Mas não se importou nem um pouco, pois estava entusiasmado com o bebê que ia chegar. O filho lhe parecia quase uma troca mística, um tipo especial de consolo pela perda do pai, que ainda doía mais do que ele algum dia expressara.

Foi o começo de dezoito anos felizes e produtivos para eles. Tiveram três filhos nos primeiros quatro anos de casamento e, desde então, a vida de Katie fora preenchida com comitês de caridade, associações de pais e levantamento de fundos, o que ela adorava. Os meninos estavam envolvidos em mil coisas: futebol, beisebol, equipes de natação; e, recentemente, Katie decidira candidatar-se ao conselho da escola. Ela estava completamente envolvida com sua comunidade e muito preocupada com a ecologia, além de um grande número de questões nas quais Peter achava que deveria estar interessado — mas não estava. Ele costumava dizer que Katie se envolvia em assuntos globais pelos dois, pois de sua parte, estava lutando para manter a cabeça fora d'água no trabalho.

Mas ela também sabia muito sobre seu trabalho. Katie perdera a mãe quando tinha três anos e fora criada na companhia constante do pai. Enquanto crescia, foi aprendendo tudo sobre o negócio, o que nunca mudou, mesmo depois de seu casamento com Peter e havia ocasiões em que ela sabia de coisas da empresa antes mesmo do marido. E, quando ele queria partilhar alguma novidade, ficava espantado ao perceber que não era nada novo para sua mulher. Ao longo dos anos, isto provocou alguns problemas, mas, mesmo assim, Peter estava disposto a aceitar o lugar que Frank ocupava em suas vidas. O laço que ligava Katie ao pai era muito mais forte do que Peter esperara, mas não havia mal nenhum nessa relação, pois Frank era um homem bom e tinha o bom senso de saber até que ponto podia ir com suas opiniões. Ao menos era o que Peter pensava, até o momento em que Frank tentou lhe dizer para qual escola maternal seu filho deveria ser enviado. Dessa vez, Peter fincou pé e se manteve firme em sua posição até a escola secundária do menino — ou, ao menos, tentou. Mas havia ocasiões em que o pai de Katie era completamente irredutível, o que aborrecia Peter, ainda mais quando a mulher tomava o partido do pai, embora normalmente o fizesse de forma tão diplomática quanto possível.

Mas, apesar de seu tato diplomático, os laços que uniam Katie ao pai permaneceram fortes, ao longo dos anos, e ela concordava com ele com maior freqüência do que Peter desejaria. Era essa a única queixa que tinha de um casamento que, sob outros aspectos, era feliz. E ele tinha tantas bênçãos na vida que não achava ter o direito de se queixar sobre os conflitos ocasionais entre sua vontade e a de Frank. Quando examinava sua vida, Peter achava que o número de bênçãos ultrapassava o de sofrimentos e fardos.

A única verdadeira tristeza que experimentou foi quando sua irmã morreu de câncer, aos vinte e nove anos, exatamente como sua mãe, embora Muriel fosse mais jovem. E, da mesma forma que a mãe, sua irmã não tivera dinheiro para arcar com as despesas de um tratamento decente. Ela e o marido eram tão orgulhosos que nunca lhe telefonaram para contar, e ela estava às portas da morte quando Jack finalmente telefonou e deixou Peter inconsolável enquanto voava para Wisconsin, para vê-la. Ela morreu poucos dias depois e, em menos de um ano, Jack vendeu a fazenda, casou-se de novo e se mudou para Montana. Durante anos, Peter não soube para onde o cunhado tinha ido nem o que acontecera com os filhos da irmã. E quando finalmente teve notícias de Jack, anos depois da morte de Muriel, Katie disse que muita água tinha passado sob a ponte e que ele devia deixar a história de lado e esquecê-los. Peter mandou o dinheiro que Jack pedira, quando telefonara, mas nunca foi a Montana ver os filhos de Muriel. E sabia que, quando — e se — o fizesse, eles não mais o reconheceriam. Agora tinham uma nova mãe e uma nova família, e Peter sabia que Jack só tinha ligado para ele porque precisava de dinheiro. Ele não nutria um sentimento verdadeiro pelo irmão de sua falecida esposa, nem Peter por ele, embora tivesse apreciado encontrar seus sobrinhos. Mas estava muito ocupado para ir a Montana e, de certa forma, eles faziam parte de uma outra vida. De certo modo, era mais fácil fazer o que Katie dissera e simplesmente deixar de lado, embora se sentisse culpado em relação ao assunto sempre que passava por sua cabeça.

Peter tinha sua própria vida, sua família, em quem precisava pensar, seus filhos, por quem deveria lutar e proteger. E fora uma verdadeira batalha campal quando, quatro anos antes, seu filho mais velho, Mike, alcançou a idade de ir para a escola secundária. Aparentemente, todo Donovan de quem se lembravam fora para Andover, e Frank achava que Mike também deveria ir. Katie concordou com o pai, mas não Peter. Ele não queria mandar Mike para a escola, queria que ele ficasse em casa até a hora de ir para a universidade. Mas, desta vez, Frank venceu sem esforço, pois o voto decisivo foi dado pelo próprio Mike, convencido pela mãe e pelo avô que, a menos que fosse para Andover, nunca entraria numa universidade decente, muito menos para a escola de comércio, e ainda por cima perderia todas as possíveis oportunidades de conseguir um bom emprego mais tarde e contatos valiosos, nesse meio-tempo. Para Peter, tudo isto parecia ridículo, e ele chamou a atenção deles para o fato de que estudara na Universidade de Michigan, freqüentara a escola noturna em Chicago, para o bacharelado, nunca estudara na escola de comércio nem nunca ouvira falar de Andover enquanto crescia em Wisconsin.

— E fiz tudo certo — completou com um sorriso. Ele dirigia uma das mais importantes corporações do país. Mas não estava preparado para o que Mike lhe diria.

— Sim, mas você casou com a corporação, papai. Isto é diferente.

Este fora o pior golpe que o menino poderia ter-lhe desfechado e algo no olhar de Peter deve ter informado a Mike como ele tinha batido forte no pai, porque o garoto foi rápido em explicar que ele não tinha tido a intenção de dizer o que parecia e que, há duas décadas, as coisas eram "diferentes". Mas ambos sabiam que não. Afinal, Mike fora para Andover e agora, da mesma forma que o avô, iria para Princeton no outono. Paul também estava em Andover e apenas Patrick, o mais jovem, falava em ficar em casa para cursar a escola secundária ou, talvez, em ir para Exeter, apenas para fazer algo diferente dos irmãos. Ele ainda tinha um ano para pensar no assunto e estava falando em ir para o internato na Califórnia. Isso era algo que Peter gostaria de mudar, mas sabia que não conseguiria. Partir para cursar os anos de escola secundária fora de casa era uma tradição dos Donovan que não podia nem ao menos ser discutida. A própria Katie, apesar de sua ligação com o pai, tinha ido para a escola da Srta. Porter. Peter teria preferido que os filhos ficassem em casa, mas, para ele, perder a companhia dos filhos durante alguns meses por ano era uma pequena concessão e, em troca, eles receberiam uma excelente educação. Quanto a isso, não havia dúvidas, além do que disse Frank, de que eles fariam amizades importantes que durariam a vida toda. Era difícil fazer objeções, nesse caso, e Peter não as fez. Mas, todos os anos, quando os filhos partiam para o internato, ele era acometido por um sentimento de solidão. Katie e os meninos eram sua única família. E ele ainda sentia falta de Muriel e de seus pais, embora nunca o admitisse a Katie.

A vida de Peter progredira de forma impressionante, ao longo dos anos. Agora ele era um homem importante. Sua carreira era brilhante e, de forma adequada, a família mudou-se para uma casa maior em Greenwich quando ele teve condições financeiras de comprá-la sozinho. Dessa vez, não houve discussão quanto a aceitar a casa de Frank e a que Peter comprou era uma bela propriedade de 24 mil m² em Greenwich e, embora a cidade o atraísse, às vezes, Peter sabia como era importante para Katie ficar onde estava. Ela morara em Greenwich ao longo de toda a sua vida. Seus amigos moravam lá, a escola primária certa para seus filhos também, além dos comitês de que tanto gostava e, claro, seu pai. Ela adorava morar perto dele e cuidava de sua casa, além de nos finais de semana ir com Peter para lá, discutir assuntos de família ou negócios, ou apenas para jogarem um amistoso jogo de tênis. Katie ia vê-lo com muita freqüência.

No verão, eles iam para Martha's Vineyard, ficar junto de Frank, que tinha uma fabulosa propriedade lá há anos; a dos Haskells era mais modesta. Peter tinha que concordar com Katie que o lugar era ótimo para as crianças, e ele o adorava, tanto que, assim que pôde, comprou uma casa para a família. Peter obrigara Katie a devolver ao pai o chalé que ele lhes emprestara e que ficava em sua propriedade, comprando, para ela, uma adorável casa que ficava à beira da estrada. E os meninos adoraram quando Peter construiu, para eles, sua própria casa de hóspedes, lhes permitindo convidar os amigos — o que faziam constantemente. Há anos que Peter e Katie ficavam cercados de crianças, principalmente em Vineyard, e parecia sempre haver uma meia dúzia a mais de crianças na casa.

Levavam uma vida tranqüila e confortável e, apesar das concessões que Peter sabia que havia feito em sua vida doméstica — como onde morar e o colégio dos meninos —, sabia também que nunca sacrificara seus princípios ou sua integridade e, no que dizia respeito ao trabalho, Frank lhe dera carta branca. Peter aparecera com idéias brilhantes, que afetaram positivamente a empresa, levando-a a um crescimento e um desenvolvimento que estavam muito além de qualquer expectativa acalentada por Frank. As sugestões de Peter foram valiosas, suas decisões, certas e seguras. Frank sabia exatamente o que fazia quando o trouxe para trabalhar com ele e mais ainda quando o tornou diretor-presidente da Wilson-Donovan, aos trinta e sete anos. O modo como Peter dirigiu a empresa fora hábil desde o princípio, há sete anos, quatro deles passados desenvolvendo o Vicotec, cujo custo fora extremamente elevado, embora, mais uma vez, absolutamente brilhante. Desde o início o Vicotec fora o queridinho de Peter e sua linha de evolução e finalidade científica foram definidas por ele, que convencera Frank a ficar de acordo com o que propusera. Ambos concordavam que, a longo prazo, fora um enorme investimento, mas valera a pena. E, para Peter, o Vicotec oferecia ainda um bônus extra: ele era o auge do sonho de sua vida, para ajudar a humanidade, embora se mantendo no ganancioso e egoísta mundo dos negócios. Mas, se para mais nada servisse, Peter queria — em memória de sua mãe e de Muriel — que o Vicotec fosse lançado tão rápido quanto possível. Se elas tivessem tido um produto como este à disposição, suas vidas poderiam ter sido salvas, ou, no mínimo, prolongadas. E agora ele queria salvar outras, de pessoas que moravam em fazendas e áreas rurais ou mesmo em cidades, mas que viviam isoladas pela pobreza ou circunstâncias que as fariam morrer sem uma droga como aquela.

Ele se viu pensando nisso e nas reuniões que tivera na Europa, durante toda a semana, enquanto estava no táxi. Só o fato de saber como o Vicotec fora longe já era incrivelmente compensador. E enquanto o carro se dirigia a Paris em grande velocidade, Peter ficou triste, porque, como de costume, Katie não fora com ele.

Para Peter, Paris era a cidade perfeita. Ela sempre lhe tirava o fôlego. Havia algo em Paris que fazia seu coração disparar. Lá estivera pela primeira vez havia quinze anos, a negócios, e na época se sentira como se tivesse sido colocado sobre a terra para viver aquele único momento, para vê-la. Chegara a Paris sozinho, durante um feriado nacional, e ainda se lembrava de dirigir pelos Champs-Elysées, com o Arco do Triunfo bem à frente, enquanto a bandeira francesa, nobremente desfraldada, flutuava com a brisa que saía de dentro do arco. Ele parara o carro, saíra e enquanto estava parado, e olhando, ficara constrangido ao perceber que estava chorando.

Katie costumava brincar com ele, dizendo que em outra encarnação Peter deveria ter sido francês, para gostar tanto assim de Paris. Era um lugar que significava muito para ele, embora não tivesse bem certeza do porquê. Havia algo incrivelmente bonito e poderoso em relação à cidade e ele nunca tivera uma estada ruim. E sabia que, desta vez, as coisas não seriam diferentes, pois, apesar do estilo um tanto taciturno de Paul-Louis Suchard, Peter achava que sua reunião com ele no dia seguinte seria nada menos do que uma comemoração.

O táxi passou zunindo pelo tráfego do meio-dia, enquanto Peter olhava os sinais familiares da cidade passando rapidamente, como os Inválidos e a Ópera, e quando, minutos mais tarde, entraram na Place Vendôme, Peter sentiu-se quase como se estivesse chegando em casa. A estátua de Napoleão ficava no alto da coluna, que, por sua vez, estava colocada no meio da praça, e quem semicerrasse os olhos poderia facilmente imaginar carruagens com brasões na porta, entrando impetuosamente, cheias de nobres franceses de perucas brancas e calções de cetim. O absurdo pitoresco de seu pensamento fez Peter sorrir, enquanto o táxi parava em frente ao Ritz e o porteiro corria para abrir a porta do carro. Ele reconheceu Peter, como parecia conhecer todos os hóspedes que chegavam, e fez sinal, rapidamente, a um mensageiro, para que levasse a única peça que compunha a bagagem de Peter, enquanto ele pagava ao motorista.

A fachada do Ritz era surpreendentemente despretensiosa, com apenas um dossel para caracterizá-la, e não parecia ser mais impressiva do que a grande quantidade de lojas que se estendiam por toda a parte, a sua volta. Chaumet e Boucheron eram vizinhos, com sua mercadoria cintilante, Chanel ficava na esquina da praça e JAR's, o joalheiro altamente exclusivo, cujas iniciais se deviam a seu fundador, Joel A. Rosenthal, ficava recuado, bem atrás dele. Mas, certamente, entre os elementos mais importantes da Place Vendôme estava o Ritz Hotel, e Peter sempre dizia que não havia lugar algum no mundo como aquele. Era o máximo da decadência e do luxo, oferecendo a seus hóspedes conforto ilimitado em alto estilo. Ele sempre se sentia um pouco culpado de se hospedar no Ritz quando viajava a negócios, mas começara a gostar demais dali, ao longo dos anos, para se hospedar em outro lugar. O hotel era um raro elemento de fantasia numa vida que, em todos os aspectos, era completamente sensata e ordenada pela razão. Peter amava o requinte, a elegância, a decoração requintada dos quartos, a beleza suntuosa dos brocados nas paredes, as belas lareiras antigas. E, assim que passou pela porta giratória, sentiu, imediatamente, um frêmito de excitação.

O Ritz nunca o decepcionara, nem lhe falhara. Como uma bela mulher, a quem um homem só visita ocasionalmente, ele esperava por Peter, todas as vezes em que vinha, de braços abertos, cabelo arrumado, maquiagem perfeita e parecendo ainda mais encantador do que na vez anterior.

Peter amava o Ritz quase tanto quanto amava Paris. Ele era parte da magia e encanto da cidade e, quando entrou no saguão, pela porta giratória, foi imediamente cumprimentado por um porteiro uniformizado e subiu rapidamente os dois degraus em direção ao balcão de recepção para se registrar. Até ficar no balcão, esperando para se registrar, era divertido e ele adorava observar as pessoas. À sua esquerda estava um simpático homem mais velho latino-americano, em companhia de uma jovem notável, de vestido vermelho. Conversavam em voz baixa, em espanhol. O cabelo e as unhas estavam impecavelmente bem-feitos e Peter observou que ela usava um enorme diamante na mão esquerda. Ela o olhou de esguelha e sorriu, enquanto Peter a encarava. Ele era um homem extremamente atraente e nada em seu comportamento poderia sugerir à mulher que estava a seu lado que fora um dia um menino de fazenda. Parecia ser exatamente o que era: um homem rico, poderoso, que se movia nos círculos da elite e daqueles que dirigem os impérios do mundo. Tudo em Peter sugeria poder e importância e, além do mais, havia também algo de atraente nele, algo bondoso e jovial, não esquecendo que ele era, inegavelmente, muito bem-apessoado. E se alguém se desse ao trabalho de olhar, perceberia ainda algo mais, algo intrigante em seu olhar, mais do que a maioria das pessoas percebia ou se preocupava em ver. Havia em Peter suavidade, bondade e uma espécie de compaixão raramente encontrada nos homens que detêm o poder. Mas a mulher de vestido vermelho não percebia isso. O que ela via era a gravata Hermès, as mãos fortes, limpas, a pasta, os sapatos ingleses, o terno bem-cortado, e teve que se forçar a voltar os olhos de novo para seu companheiro.

No outro lado de Peter havia três japoneses, mais velhos, muito bem-vestidos em seus ternos escuros, todos fumando cigarros e conferenciando discretamente. Havia também um outro oriental mais jovem esperando por eles e um porteiro no balcão falando com eles em japonês, e enquanto Peter se afastava, ainda esperando sua vez, notou uma agitação na porta, e, em seguida, quatro homens fortes de pele escura passavam pela porta giratória e pareciam assumir o controle, enquanto outros dois, semelhantes, vinham atrás. Então, como uma máquina de chicletes cuspindo sua mercadoria, a porta giratória despejou no saguão três mulheres muito atraentes, vestidas em *tailleurs* Dior de cores claras. O *tailleur* era igual, em cores diferentes, mas as mulheres não eram em nada parecidas entre si. Da mesma forma que a espanhola que Peter tinha visto, estas também estavam imaculadamente arrumadas, com os cabelos impecavelmente penteados. Todas usavam diamantes no pescoço e orelhas, e, como grupo, provocavam uma tremenda impressão. Em um instante, os seis guarda-costas que as acompanhavam pareceram cercá-las, enquanto um árabe, muito mais velho, muito distinto, surgia pela porta giratória, bem atrás delas.

— Rei Khaled... — Peter ouviu alguém por perto sussurrar. — Ou pode ser seu irmão... todas as suas três esposas... vão ficar aqui por um mês... o quarto andar inteiro, dando vista para os jardins, está reservado para eles...

Aquele era o governante de uma pequena nação árabe, e enquanto andavam pelo saguão, Peter contou oito guarda-costas, além de um agrupamento de pessoas que parecia segui-los. Foram imediatamente acompanhados por um dos porteiros e abriram caminho pelo saguão, com os olhares de todos cravados sobre eles. Ficaram tão absorvidos com o rei e sua comitiva que ninguém reparou em Catherine Deneuve, que entrava apressada no restaurante para almoçar, e por pouco esqueceram que Clint Eastwood estava hospedado lá, enquanto fazia um filme que estava sendo rodado nos arredores de Paris. Rostos e nomes como os deles eram lugar-comum no Ritz e Peter imaginou se, alguma vez, ele se tornaria tão *blasé* que nem tomaria conhecimento dessas celebridades. Mas o simples fato de estar lá e assistir a tudo aquilo parecia sempre tão divertido que ele não conseguia desviar o olhar ou fingir que estava entediado, como alguns dos *habitués* faziam, e não pôde evitar ficar olhando fixamente para o rei árabe e seu pequeno grupo de adoráveis consortes. As mulheres conversavam e riam em voz baixa e os guarda-costas mantinham estrita vigilância sobre elas, não permitindo que ninguém sequer se aproximasse, rodeando-as como se fossem um muro de estátuas carrancudas, enquanto o rei seguia tranqüilamente, conversando com outro homem, e então Peter ouviu, de repente, uma voz atrás de si e sobressaltou-se.

— Boa tarde, Sr. Haskell. Seja bem-vindo. Estamos muito felizes de vê-lo novamente.

— Também me sinto feliz por estar de volta — disse Peter virando-se e sorrindo para o jovem recepcionista que fora designado para registrá-lo. Iam lhe dar um quarto no terceiro andar, mas, na sua opinião, não podia haver quartos ruins no Ritz. — Você parece tão ocupado como sempre — disse Peter, referindo-se ao rei e ao pequeno exército de guarda-costas, embora o hotel estivesse sempre cheio de pessoas assim.

— Como de costume... *comme d'habitude*... — O jovem sorriu e pôs de lado a ficha que Peter tinha preenchido. — Agora vou lhe mostrar seu quarto. — Ele checara o passaporte e dera o número do quarto a um dos mensageiros, e fez sinal a Peter para que o seguisse descendo os degraus e através do saguão.

Eles passaram pelo bar e restaurante, que estavam cheios de freqüentadores bem-vestidos e pessoas que tinham se encontrado para tomar drinques ou almoçar, discutir negócios ou projetos mais interessantes. E, enquanto passava, Peter deu uma olhada em Catherine Deneuve, ainda bonita, e rindo, enquanto conversava com um amigo numa mesa de canto. Era tudo o que ele amava neste hotel, os rostos, as pessoas, o simples fato de olhar para eles já era excitante. E enquanto andavam pelo longo *hall*, em direção ao elevador de trás, passaram por uma sucessão de vitrines que ocupavam a extensão de um quarteirão, cheias de artigos caros de todas as butiques e joalheiros de Paris. A meio caminho deste corredor, Peter viu um bracelete de ouro que achou que

Katie gostaria de ter e fez uma anotação mental, para posteriormente voltar ali e comprá-lo. Ele sempre trazia algo das viagens para Katie. Era seu prêmio de consolação por não ir junto, ou, ao menos, fora, anos atrás, quando estava grávida, ou amamentando, ou então com a liberdade tolhida pelos filhos quando eram muito pequenos. Atualmente, ela realmente não queria viajar com ele, e Peter sabia disso. Ela gostava de suas reuniões do comitê e de seus amigos. Com os dois meninos mais velhos fora de casa, estudando no internato, e só um em casa, ela realmente poderia ir, mas sempre tinha uma desculpa, e Peter não queria mais pressioná-la. Katie simplesmente não queria viajar. Mas ele ainda lhe levava presentes, e para os meninos também, se estivessem em casa. Era um último vestígio da infância.

Eles chegaram, por fim, ao elevador e agora o rei árabe não podia mais ser visto. Ele, esposas e comitiva tinham subido alguns minutos antes, para ocupar a dúzia de quartos que lhes estavam reservados. Eram clientes habituais do Ritz e as mulheres do rei costumavam passar os meses de maio e junho em Paris e, às vezes, ficavam até a época das coleções, em julho. E voltavam no inverno, pela mesma razão.

— Está quente, este ano — disse Peter, sentindo-se à vontade, batendo papo com o recepcionista, enquanto esperavam o elevador.

Lá fora, o tempo estava esplêndido, aromático e quente, dando vontade de se deitar sob uma árvore, em algum lugar, e ficar olhando para o céu, observando as nuvens passando. Não era, realmente, um dia para trabalhar. Mas, de qualquer maneira, Peter ia ligar para Paul-Louis Suchard e ver se ele conseguia arrumar um tempo para se encontrarem antes da reunião marcada para a manhã seguinte.

— Fez calor a semana inteira — disse o porteiro, cordial. O tempo deixava a todos de bom humor e, como havia ar condicionado nos quartos, ninguém se queixava da temperatura. E ambos sorriram, quando uma americana, com três *yorkshire terriers*, passou por eles. Os cachorros estavam tão afofados e cobertos de laços que os dois homens trocaram um olhar rápido, enquanto a observavam.

E então, quase como se o lugar em que estavam tivesse sido eletricamente carregado, Peter sentiu uma repentina onda de atividade atrás de si. Ele estava olhando para a mulher com os cachorros, e até ela levantou os olhos, surpresa. Peter imaginou se seriam de novo os árabes, acompanhados de seus guarda-costas, ou então alguma estrela de cinema, mas a realidade é que se percebia um aumento instantâneo de excitação. Ele então se virou para saber o que estava acontecendo e viu uma falange de homens de terno escuro, com fones de ouvido, vindo na direção do elevador. Eram quatro e tornava-se impossível ver quem vinha atrás deles. Também era fácil perceber que eram guarda-costas, por causa dos fones de ouvido que usavam e dos *walkie-talkies* que carregavam. E, se estivesse um pouco mais frio, eles provavelmente estariam usando capas de chuva.

Eles se dirigiram ao lugar em que estavam Peter e o recepcionista quase em uníssono, em seguida, moveram-se apenas o suficiente para revelar um pequeno grupo de homens que vinha atrás. Estes, por sua vez, usavam ternos leves, pareciam americanos e um deles era mais alto e sensivelmente mais louro que os outros, parecendo quase um artista de cinema e dando a impressão de possuir algo que fascinava todos que o acompanhavam. Os três que estavam com ele pareciam beber cada palavra que dizia, extremamente sérios e absorvidos, até que de repente riram do que ele dizia.

Peter ficou intrigado e olhou o novo personagem de lado, longa e firmemente, com a certeza de que já o vira em algum lugar, mas não conseguia se lembrar de onde, até que de repente ficou claro em sua cabeça quem era: Anderson Thatcher, o jovem senador muito dinâmico e polêmico, da

Virginia. Tinha quarenta e oito anos, o escândalo o atingira, levemente, mais de uma vez, mas os vapores exalados foram rapidamente dispersos. Ele também fora atingido, mais de uma vez — e de forma mais séria —, pela tragédia. Seu irmão Tom, enquanto concorria para a presidência da República, fora assassinado, havia seis anos, pouco antes da eleição. Na época, fora considerado como o provável vencedor e todos os tipos de teoria sobre quem fora o assassino correram pelo país, e até dois filmes, muito ruins, foram feitos sobre o caso. Mas tudo que conseguiram descobrir foi um assassino solitário, um pistoleiro maluco. Nos anos que se seguiram, no entanto, Anderson Thatcher, "Andy", como era conhecido pelos amigos, tinha sido seriamente preparado e avançara — entre fileiras de aliados e inimigos —, sendo agora considerado como sério candidato à presidência para a próxima eleição. Ele ainda não anunciara sua candidatura, mas quem o conhecia sabia que o faria brevemente. E, ao longo dos últimos sete anos, Peter o acompanhara com interesse. Apesar de algumas coisas picantes que ouvira falar sobre sua vida pessoal, Peter achava que o senador poderia ser um candidato interessante no próximo pleito eleitoral. E ao olhá-lo agora, cercado por companheiros de campanha e guarda-costas, Peter sentiu que havia nele um carisma óbvio, que o deixava fascinado ao observá-lo.

A tragédia o atingira pela segunda vez quando seu filho de dois anos morrera de câncer. Sobre este assunto, Peter sabia menos coisas, mas se lembrava de algumas fotografias pungentes que o *Time* publicara, quando a criança morreu. Uma delas, em particular, mostrava sua mulher, parecendo arrasada e surpreendentemente solitária quando saía do cemitério, enquanto Thatcher conduzia sua própria mãe pelo braço, na saída da cerimônia. A angústia estampada no rosto da jovem mãe o tinha feito estremecer. Mas tudo atraíra a simpatia das pessoas para eles e era intrigante vê-lo agora, profundamente absorvido na conversa com os companheiros.

E foi um pouco depois, enquanto ainda esperavam o elevador, que o grupo se deslocou ligeiramente, e Peter pôde ver, de relance, uma outra pessoa, que estava atrás deles. Era não mais que um sinal, a mais rápida impressão, e então ele a viu parada lá, a mulher que vira na fotografia. Os olhos denotavam desânimo e a impressão que passava era de incrível delicadeza, parecendo muito pequena e frágil, quase como se fosse voar a qualquer momento. Era não mais que um fio de mulher, com os maiores olhos que Peter já vira, e transmitia algo que dava vontade de ficar observando-a, fascinado. Usava um *tailleur* de linho Chanel azul-celeste, e havia algo de muito meigo e retraído nela, enquanto seguia os homens do grupo. Nenhum deles parecia lhe prestar atenção, nem mesmo os guarda-costas, enquanto ficava em silêncio, esperando o elevador atrás de todos. E quando Peter a olhou, ela de repente o olhou de relance. Ele achou que ela tinha os olhos mais tristes que já vira, e, mesmo assim, não havia nada de patético a seu respeito. Ela era simplesmente distante, e Peter notou que suas mãos eram delicadas e graciosas quando enfiou a mão na bolsa e tirou um par de óculos escuros. Mas ninguém falou com ela, nem mesmo pareceu notá-la, enquanto o elevador finalmente chegava. Todos entraram, impetuosamente, na sua frente, e ela os seguiu em silêncio. Havia uma surpreendente dignidade naquela mulher, como se vivesse em seu próprio mundo. Uma perfeita dama. Se sabiam ou não que estava viva, não parecia ter nenhuma importância para ela.

Enquanto Peter a observava, fascinado, soube exatamente quem era. Vira inúmeras fotografias dela, ao longo dos anos: em épocas mais felizes, quando se casara e mesmo antes disto, com seu pai. Esta mulher era a esposa de Andy Thatcher, Olivia Douglas Thatcher, e, da mesma forma que o marido, vinha de uma família muito importante na política. Seu pai era o muito respeitado governador de Massachusetts e seu irmão, um congressista novato de Boston. Peter achou que se lembrava que ela tinha em torno de trinta e quatro anos e era uma daquelas pessoas que fascinam a imprensa, que não consegue deixá-la em paz, embora lhe forneça muito pouco material jornalístico. Peter já vira entrevistas com Andy, é claro, mas não se recordava de nenhuma com Olivia Thatcher. Ela parecia ficar inteiramente nos bastidores, e Peter se sentiu hipnotizado quando entrou no elevador atrás de Olivia. Ela estava de costas para ele, mas ao mesmo tempo tão perto que, sem fazer esforço algum, ele poderia ter colocado os braços a seu redor. Só de pensar nisso ficou arfando, enquanto olhava para o cabelo escuro, tão adorável. E, como se sentisse que Peter pensava nela, Olivia se virou e olhou para ele, que, por um momento, sentiu o tempo parar. Novamente estava abalado pela tristeza que havia em seus olhos e era como se, apesar de não ter dito nem uma palavra, ela estivesse lhe falando algo. Olivia tinha os olhos mais expressivos que já vira, e de repente Peter ficou pensando se não era imaginação sua, se realmente havia algo mais em seus olhos do que nos das outras pessoas. Ela se virou quase tão de repente quanto se voltara para olhá-lo e não mais lhe dirigiu o olhar quando Peter saiu do elevador, sentindo-se, de alguma forma, mexido.

O carregador já tinha levado sua mala para o quarto e a *gouvernante* já o tinha examinado e encontrado tudo em perfeita ordem. Quando entrou e olhou em torno, Peter sentiu, mais uma vez, como se tivesse morrido e ido para o céu. O brocado que forrava as paredes era em tom pêssego cálido e a mobília antiga, a lareira de mármore cor de damasco e a cortina e colcha eram feitas de sedas e cetins combinando. Havia um banheiro de mármore e todas as comodidades e confortos possíveis. Era como se fosse um sonho que se tornara realidade e Peter afundou numa confortável poltrona de cetim, e olhou para fora, para o jardim imaculadamente cuidado. Era perfeito.

Peter deu uma gorjeta ao recepcionista e andou, vagarosamente, pelo quarto, indo até a varanda e se inclinando na sacada, para admirar as flores lá embaixo, enquanto pensava em Olivia Thatcher. Havia algo impressivo, em seu rosto e seus olhos, e ele já achara isso quando vira suas fotografias, embora nunca tivesse visto nada mais forte do que enxergara em seu olhar quando ela o fixara no elevador. Havia algo ali muito doloroso, mas também forte. Era como se estivesse dizendo algo — para ele ou para qualquer pessoa que a olhasse — e, a seu próprio modo, era muito mais forte e irresistível que o marido. E Peter não pôde deixar de pensar que ela não lhe parecia uma pessoa capaz de participar do jogo político. Na realidade, pelo que sabia, ela nunca o fizera, nem mesmo agora, com o marido em posição de ser lançado candidato.

Peter também imaginou os segredos que se escondiam sob aquela aparência. Ou será que imaginava tudo? Talvez ela não fosse nem um pouco triste, apenas quieta. Afinal, ninguém falara com ela. Mas por que o olhara daquele jeito? O que estivera pensando?

Depois de lavar as mãos e o rosto, ele continuava absorto em seus pensamentos a respeito da Olivia, e, cinco minutos depois, telefonou para Suchard. Não agüentava esperar nem mais um minuto para vê-lo. Mas era domingo, e Suchard não lhe pareceu muito entusiasmado com um encontro improvisado. Mas, mesmo assim, concordou em se encontrar com Peter dentro de uma hora. Peter andava pelo quarto com impaciência, e decidiu ligar para Katie, mas, como sempre, ela não estava em casa. Eram apenas nove da manhã, em Greenwich, e Peter pensou consigo mesmo se ela saíra para cumprir pequenas missões em algum lugar ou visitar amigos

Katie raramente estava em casa depois das nove e nunca voltava antes de cinco e meia. Estava sempre ocupada. No momento, por estar mais cheia de atividades e envolvida com a junta de educação e apenas um filho em casa, freqüentemente ia para casa ainda mais tarde.

Quando Peter finalmente saiu de seu quarto, estava freneticamente excitado porque ia se encontrar com Suchard. Era este o momento que tinha esperado: o sinal verde para que pudessem ir em frente com o Vicotec. Era apenas uma formalidade, sabia, mas, mesmo assim, uma formalidade importante na busca de conseguir a "via expressa" junto ao FDA. E Suchard era o mais inteligente e respeitado cérebro de suas diversas equipes e departamentos de pesquisa, sua bênção sobre o Vicotec significaria mais do que qualquer outra coisa.

Dessa vez, o elevador veio mais depressa e Peter entrou rapidamente. Ainda vestia o mesmo terno escuro, mas mudara a camisa e a que usava agora era azul, com punhos e colarinho branco engomados; parecia revigorado e limpo quando olhou para a figura esbelta no canto do elevador. Era uma mulher de calças compridas pretas de linho, com uma camiseta também preta e óculos escuros. O cabelo estava puxado para trás e ela usava sapatos sem salto, e quando se virou e olhou para ele, Peter soube, apesar dos óculos escuros, que era Olivia Thatcher.

Depois de ler sobre ela durante anos, Peter a vira duas vezes no espaço de uma hora, e agora, sua aparência era completamente diferente. Parecia ainda mais magra e jovem do que no *tailleur* Chanel e, tirando os óculos, ela olhou para Peter, que teve certeza de ser reconhecido também, embora nenhum dos dois tivesse dito uma palavra, e Peter tampouco a ficou olhando. Mas havia algo naquela mulher que o desarmava completamente. Não conseguia imaginar o que o intrigava, seus olhos, com certeza, mas era muito mais do que isso. Havia alguma coisa no modo como se movia e olhava, a lenda de tudo que ouvira a seu respeito. Ela parecia muito altiva e segura, muito serena, e surpreendentemente auto-suficiente. O simples fato de olhá-la daquele jeito fez com que tivesse vontade de se aproximar e fazer mil perguntas idiotas. Igual a todos os repórteres. Por que parece ser tão segura de si? Está triste, Sra. Thatcher? Como se sentiu quando seu garotinho morreu? Está se sentindo deprimida, agora? Era o tipo de perguntas que sempre lhe faziam e que ela nunca respondia. Mesmo assim, ao olhá-la, também quis saber as respostas, agarrá-la, puxá-la para perto de si, saber o que sentia e por que seu olhar penetrava em seus olhos como se fosse duas mãos procurando pelas suas. Ele queria saber se estava louco por dar tantas interpretações às atitudes de Olivia Thatcher. Peter queria saber quem era, embora tivesse consciência de que jamais saberia. Eles estavam destinados a ser estranhos um para o outro, a nunca trocarem uma única palavra.

O simples fato de estar próximo dela o deixava sem ar. Ele conseguia sentir seu perfume, ver a luz brilhar sobre seus cabelos, sentir a suavidade de sua pele e, misericordiosamente — já que ele não conseguia tirar os olhos de cima dela —, eles chegaram ao térreo e a porta se abriu. Havia um guarda-costas esperando-a e Olivia não disse nada, apenas entrou no saguão e foi andando, enquanto ele a seguia. Ela tinha uma vida tão estranha, pensou Peter, enquanto a via ir-se, sentindo-se atraído como se ela fosse um ímã, sendo obrigado a se lembrar que tinha trabalho a fazer e tempo algum para fantasias infantis. Para ele era óbvio que havia algo mágico em Olívia e era fácil perceber por que ela havia se transformado numa lenda. Mas, mais que tudo isto, ela era um mistério, o tipo de pessoa que nunca se conseguia conhecer, embora se desejasse. Ficou pensando se alguém a conhecia, enquanto saía para o sol brilhante e o porteiro chamava um táxi. E quando o táxi começou a andar, ele a viu virar a esquina e sair da Place Vendôme, andando com pressa pela rue de la Paix de cabeça baixa, óculos escuros e seguida pelo guarda-costas, enquanto Peter pensava para onde estava indo. Em seguida, obrigou-se a tirá-la da mente, enquanto o táxi seguia a toda velocidade e ele olhava para as ruas de Paris que passavam rapidamente.

Capítulo Dois

O encontro com Suchard foi rápido e objetivo, como Peter esperava, mas estava completamente despreparado para ouvir o que Paul-Louis Suchard dissera em relação ao produto. Peter não esperara, nem por um momento, o veredicto que Suchard lhe deu, pois, segundo suas afirmações, todos os testes feitos com o Vicotec, exceto um, mostravam que ele era potencialmente perigoso, possivelmente letal, se fosse usado de maneira imprópria ou simploriamente manipulado, e, como resultado das imperfeições que demonstrara, se algum dia pudesse ser usado, sua produção e posterior liberação só seriam possíveis dali a alguns anos. O Vicotec tampouco estava pronto para ser aplicado em cobaias humanas, como Peter desejava tão desesperadamente.

Peter sentou-se e olhou fixamente para ele, enquanto escutava. Não conseguia acreditar no que acabara de ouvir, não podia nem remotamente imaginar aquela interpretação para seu produto. E ele se tornara informado o bastante em relação às propriedades químicas do remédio para poder lhe fazer algumas perguntas bem precisas e tecnicamente sofisticadas. Suchard só tinha respostas para algumas, mas, no geral, ele achava que o Vicotec era perigoso e que, cautelosamente, o produto devia ser abandonado. Ou, se quisessem correr o risco de desenvolvê-lo mais adiante, durante os próximos anos, os problemas poderiam ser elaborados, mas certamente não havia garantias de que em algum momento poderiam utilizá-lo e torná-lo útil e seguro. E se não pudessem, era quase certo que o Vicotec se transformaria num assassino. Peter sentiu-se como se alguém o tivesse golpeado com um tijolo.

— Você tem certeza de que não há nenhum erro no método que usou, Paul-Louis? — perguntou Peter, desesperado, querendo encontrar falhas nos métodos de pesquisa, em qualquer coisa, exceto em seu amado "bebê".

— É praticamente certo que não há erro — disse Paul-Louis em um inglês com forte sotaque. Mas era muito fácil entender o que ele tinha acabado de dizer, para grande horror de Peter. Como sempre, Paul-Louis parecia estar mal-humorado, mas ele era sempre assim. E era quem, normalmente, descobria as falhas dos produtos da Wilson-Donovan e, também, quase sempre o mensageiro das más notícias. Era sua vocação. — Há um teste que ainda não terminamos e que pode mitigar alguns dos resultados, mas, mesmo assim, não o modificará completamente.

Ele continuou a explicar que o teste poderia criar um pouco mais de otimismo em termos do tempo que poderiam precisar para testes adicionais, mas estavam falando ainda em termos de anos, não meses, e certamente não de semanas, como esperavam, antes da audiência com o FDA.

— Quando os testes ficarão prontos? — perguntou Peter, sentindo-se infeliz.

Não conseguia acreditar no que ouvia. Era o pior dia de sua vida, pior do que qualquer coisa que experimentara no

Vietnã e, certamente, desde esta época. O que Paul-Louis dissera representava quatro anos de trabalho escorrendo pelo ralo — se não completamente, ao menos de forma parcial.

— Precisamos de mais alguns dias, mas acredito que o teste é apenas uma formalidade. Acho que já sabemos o que Vicotec pode ou não fazer. Estamos todos conscientes da maior parte de seus pontos frágeis e problemas.

— Você acha que ele é recuperável? — perguntou Peter, parecendo apavorado.

— Pessoalmente acredito que sim... mas alguns membros da minha equipe acham que não. Para eles Vicotec será algo sempre muito perigoso, muito fraco, um risco muito grande nas mãos de uma pessoa não habilitada. Mas certamente ele não será o que você desejava. Não agora. E talvez nunca.

A Wilson-Donovan desejara uma forma de quimioterapia fácil de ser administrada, mesmo por leigos, em áreas rurais distantes, onde não havia cuidados médicos eficientes para pacientes de câncer. Mas, pelo que Paul-Louis estava dizendo, nada disso seria possível. Ele ficou sentido, por Peter, quando viu sua expressão. Parecia que tinha acabado de perder toda a família e todos os amigos e estava só, começando a pensar nas ramificações, que seriam infinitas. Para Peter, o que ouvia de Paul-Louis era uma enorme decepção e um verdadeiro choque.

— Sinto muito — acrescentou Paul-Louis Suchard em voz baixa. — Acho que, no devido tempo, você ganhará esta batalha, mas precisará ser paciente — disse delicadamente, e Peter sentiu as lágrimas assomarem aos olhos, ao perceber como tinham chegado perto e como ainda estavam longe de alcançar seus objetivos. Não eram as respostas que esperara. Sua expectativa era que o encontro fosse apenas uma formalidade e, ao contrário, fora um pesadelo.

— Quando nos entregará o resultado, Paul-Louis? —

perguntou Peter, temendo voltar a Nova York para contar a Frank, principalmente com informações incompletas.

— Daqui a uns dois ou três dias, talvez quatro, ainda não posso afirmar com certeza absoluta. Mas, certamente, você terá suas respostas no final de semana.

— E se o resultado dos testes for bom, você acha que isso modificaria a posição que tem agora?

Peter estava implorando, insistindo muito para conseguir as boas notícias que queria. Ele sabia como Suchard era cauteloso e talvez dessa vez o estivesse sendo em excesso. Era difícil entender como os seus resultados podiam ser tão diametralmente opostos ao que todos os outros tinham obtido. Embora Suchard nunca tivesse errado antes e fosse um enorme risco não acreditar no que dizia. Obviamente, não podiam ignorar o que estava afirmando.

— O resultado poderá alterar parte de meu ponto de vista, mas não sua totalidade. Se o resultado dos próximos testes for mais favorável, talvez você precise ainda de um ano de pesquisa adicional.

— E o que acha de seis meses? E se trabalharmos no Vicotec em todos os nossos laboratórios e concentrarmos nele todas as possibilidades de pesquisa?

Com o lucro que teriam com o produto, o esforço poderia valer a pena. E lucro era algo a que Donovan gostava de dar ouvidos, mas não a testes.

— Talvez. Mas se é isto que está querendo fazer, saiba que é um tremendo compromisso.

— É claro que isso depende do Sr. Donovan. Terei que discutir o assunto com ele.

Havia muita coisa que teria que discutir com Frank e não queria fazê-lo por telefone. Ele sabia que significava correr um risco, mas ele realmente queria esperar pelos últimos resultados dos testes, e só falar com Frank depois que soubesse, exatamente, o que Suchard descobrira.

— Gostaria de esperar até que terminasse o último teste, Paul-Louis. Se não se importar de manter tudo confidencial até o final.

— Não me importo nem um pouco.

Eles concordaram em se encontrar de novo assim que o teste final estivesse terminado, e Paul-Louis disse que ligaria para ele no hotel.

A reunião terminou em tom melancólico e Peter sentia-se exausto quando tomou um táxi para voltar ao Ritz e saltou antes, para andar os últimos quarteirões para a Place Vendôme. Ele estava se sentindo desesperadamente infeliz. Tinham trabalhado tão duro e Peter acreditara tanto no produto que não podia entender como tudo tinha dado tão errado. Como podia o Vicotec se apresentar, agora, como um assassino? Por que não descobriram isso antes? Por que as coisas tinham de acontecer daquele jeito? Sua única grande chance de ajudar a humanidade, e, em vez disso, ele patrocinara um assassino. A ironia que cercava o Vicotec tinha um gosto muito amargo, e quando voltou ao hotel, nem a algazarra da hora do coquetel, o vaivém dos hóspedes numa agitação bem-vestida, o deixou alegre. Os habituais astros de cinema, árabes, japoneses e franceses e modelos de todo o mundo lhe passaram despercebidos, enquanto atravessava o *lobby* em largas passadas e subia as escadas para seu quarto, pensando no que ia fazer agora. Peter sabia que tinha que ligar para o sogro, embora quisesse esperar até receber o resto das informações. Gostaria de falar com Katie sobre o assunto, mas sabia que qualquer coisa que lhe dissesse chegaria aos ouvidos do sogro antes do dia seguinte. Este era um dos verdadeiros pontos fracos do relacionamento deles, já que Katie não conseguia nem tinha vontade de guardar nada apenas para si própria e tudo que era dito entre marido e mulher era partilhado com o pai. Era um resíduo que sobrara do antigo relacionamento deles, do tempo em que crescera sozinha em companhia do pai e, por mais que Peter tivesse tentado ao longo dos anos, não conseguira modificar a situação. Por fim, acabou se conformando com tal situação, mas tinha o cuidado de não dizer nada a Katie, a não ser que quisesse compartilhá-lo com Frank. E desta vez não o queria, de jeito nenhum. De qualquer forma, ainda não. Peter queria esperar até falar de novo com Paul-Louis, para então enfrentar o que fosse necessário.

Naquela noite, Peter ficou sentado em seu quarto, olhando pela janela e sentindo o ar quente, sem conseguir acreditar no que tinha acontecido. Era incrível. E, às dez horas, ele estava parado na sacada, tentando não insistir na possibilidade de fracasso. Mas só conseguia pensar, agora, nos sonhos, e como tinham estado próximos deles, e nas esperanças frustradas e vidas modificadas pelo que Paul-Louis lhe dissera e poderia descobrir em breve. Ainda havia esperança, mas certamente muito pouca chance de conseguir uma liberação antecipada, agora. E comparecer à audiência do FDA em setembro seria algo sem sentido. O FDA não permitiria que começassem a fazer experiência com seres humanos, já que ainda havia tantos aspectos a solucionar no Vicotec. De repente, havia tantas coisas em que pensar que era difícil se concentrar em meio a tudo aquilo e, enfim, às onze, Peter decidiu ligar para Katie. Teria sido bom poder lhe dizer o que o estava perturbando, mas ouvir sua voz, pelo menos, poderia animá-lo.

Ele discou o número tranqüilamente, mas ninguém atendeu. Eram cinco da tarde em sua casa, em Greenwich, e nem Patrick estava lá. Talvez Katie tivesse ido jantar em casa de amigos. E, quando colocou o receptor no gancho, foi tomado, subitamente, por uma sensação de depressão. Quatro anos de trabalho duro tinham se escoado pelo ralo num único dia, e, junto com ele, quase tudo com que jamais sonhara. E não havia ninguém com quem falar sobre o assunto. Era duro.

Ele voltou à sacada, onde ficou mais um pouquinho e pensou em ir dar um passeio, mas mesmo perambular por Paris pouco o atraía, e, em vez disso, decidiu fazer um pouco de exercício, para exorcizar seus demônios íntimos. Olhou a pequena ficha de programação que ficava sobre a mesa e depois desceu rapidamente as escadas até o *spa*, que ficava dois andares abaixo de seu quarto. Felizmente ainda estava aberto e ele tinha trazido um traje de banho azul-escuro, no caso de ter alguma oportunidade de usá-lo. Normalmente, Peter gostava de usar a piscina do Ritz, mas dessa vez não sabia ao certo quanto tempo teria para freqüentá-la. Do modo como as coisas estavam, enquanto esperava que Suchard terminasse os testes, ele teria tempo para fazer muitas coisas. Apenas não estava no estado de espírito adequado para fazê-las.

O funcionário de serviço pareceu um pouco surpreso quando ele chegou. Já era quase meia-noite e não havia ninguém por lá. O *spa* parecia deserto, e tudo estava em silêncio. O único funcionário presente estava lendo um livro, tranqüilamente, e apontou uma cabine para Peter trocar de roupa e lhe deu uma chave. Pouco depois, Peter dava uma volta pela piscina rasa de desinfetante, para depois ir para a piscina principal, que era grande e bonita, e se sentia, subitamente, satisfeito por ter ido para lá. Era exatamente daquilo que precisava e, na sua opinião, nadar, depois de tudo que acontecera, clarearia sua cabeça.

Ele mergulhou elegantemente na piscina, na parte mais funda, e seu corpo longo e magro cortou a água. Nadou uma distância considerável sob a água, e depois subiu à superfície, dando longas e completas braçadas em toda a extensão da piscina, até chegar à outra extremidade. E foi então que a viu. Ela estava nadando tranqüilamente sob a água na maior parte do tempo e ocasionalmente vinha à tona, para depois mergulhar de novo. E era tão miúda e graciosa que quase desaparecia na enorme piscina. Usava um traje de banho preto e simples, e quando ia à superfície, o cabelo castanho-escuro molhado e grudado na cabeça parecia preto e os enormes olhos escuros manifestaram surpresa quando ela o viu, reconhecendo-o imediatamente, embora não o demonstrasse. Apenas mergulhou de novo e continuou a nadar, enquanto Peter a observava. Era tão estranho ficar olhando para ela que parecia estar sempre tão perto e, ao mesmo tempo, tão distante, como parecera no elevador, nas duas vezes em que a vira e agora aqui, na piscina. Ela estava sempre tão torturantemente perto e tão distante que bem poderia se encontrar em outro planeta.

Eles nadaram silenciosamente, em extremos opostos da piscina, durante algum tempo e depois se cruzaram diversas vezes, enquanto faziam voltas completas e lutavam com sinceridade para se livrar de seus tormentos interiores e, de repente, como se tivessem combinado, ambos pararam no extremo da piscina. Estavam sem fôlego, e, sem saber o que fazer e incapaz de tirar os olhos dela, Peter lhe sorriu, e ela lhe respondeu com outro sorriso. Em seguida, ela foi embora rapidamente, antes que ele pudesse lhe falar ou fazer qualquer pergunta. Ele não planejara fazê-lo, mas desconfiava que estava acostumada com pessoas que a acossavam ou queriam saber de coisas que não tinham o direito de perguntar. Peter ficou surpreso ao ver que não estava acompanhada por um guarda-costas e imaginou se alguém ao menos sabia que estava ali. Era quase como se não lhe prestassem nenhuma atenção. Quando a vira com o senador, ninguém olhara para ela nem lhe falara, e ela parecia estar bastante satisfeita de permanecer em seu próprio mundo, como estava agora, enquanto continuava nadando.

Ela veio à tona no extremo oposto ao de Peter, desta vez, e sem realmente pretender fazê-lo, ele começou a nadar vagarosamente em sua direção. Não tinha a menor idéia do que teria feito se ela tivesse se dirigido a ele com algum interesse real.

Mas, de qualquer maneira, não conseguia imaginá-la com tal comportamento. Ela era alguém para quem se olhava, por quem se ficava fascinado, uma estátua, um mistério. Não era uma pessoa de verdade e, como se para provar o que ele estava pensando, assim que Peter se aproximou, ela saiu graciosamente da piscina, e com um gesto rápido, se enrolou numa toalha. Quando ele levantou de novo os olhos, ela já tinha ido embora. Ele tinha razão: não era uma mulher, apenas uma lenda.

Quando voltou ao quarto, pouco depois, Peter pensou em ligar para Katie. Em Connecticut eram quase sete horas e ela provavelmente estava em casa, jantando com Patrick, a menos que tivessem saído com amigos.

O que ele achava estranho era que realmente não tinha vontade de falar com Katie. Não queria lhe dar a impressão de que estava tudo bem, tampouco queria contar o que acontecera com Suchard. Ele não podia confiar que Katie não contaria tudo ao pai, mas o fato de não ser possível lhe dizer nada o fazia sentir-se estranhamente isolado, enquanto ficava deitado em sua cama, no Ritz de Paris. Era um tipo especial de purgatório, num lugar que se propunha a ser o Céu. E Peter ficou deitado, no ar quente da noite, sentindo-se melhor do que antes, ao menos fisicamente. Nadar lhe fizera bem. E ver Olivia Thatcher de novo o fascinara. Era tão bonita, embora tão irreal, e tudo a seu respeito o fazia sentir que estava desesperadamente sozinha. Ele não sabia ao certo o que o fazia pensar assim, se era o que tinha lido sobre ela, se era real ou o que Olivia lhe transmitira com aqueles olhos de veludo marrom que pareciam tão cheios de segredos. Era impossível afirmar alguma coisa através do simples fato de olhá-lo, mas o fato é que vê-la fizera com que tivesse vontade de tocá-la, como se fosse uma espécie de borboleta rara, só para ver se ela sobreviveria ao toque. Mas, como acontecia com a maioria das borboletas raras, ele suspeitava que se a tocasse, suas asas virariam pó.

Pouco depois adormeceu e sonhou com borboletas raras e uma mulher que o espiava por trás das árvores, numa luxuriante floresta tropical. Ele achava que estava perdido e quando entrou em pânico e começou a gritar, continuava a vê-la, enquanto ela o conduzia, em silêncio, à segurança. Peter não tinha certeza absoluta de quem era a mulher, mas achava que era Olivia Thatcher.

E de manhã, quando acordou, ainda estava pensando nela. Era a mais estranha das sensações, mais um delírio do que propriamente um sonho. No entanto, vê-la perto de si a noite inteira, no sonho, lhe dera, realmente, a sensação de que a conhecia.

O telefone então tocou. Era Frank. Eram quatro da manhã, em Connecticut, e em Paris, dez horas, e ele queria saber como tinha corrido o encontro com Suchard.

— Como soube que ia encontrá-lo ontem? — perguntou Peter, tentando acordar e não perder a presença de espírito. Seu sogro acordava, todos os dias, às quatro da manhã e por volta de seis e meia ou sete horas já estava no escritório. Mesmo agora, a poucos meses de se aposentar — ou ao menos era o que dizia —, ele não alterara sua rotina nem em um só minuto.

— Sei que partiu de Genebra ao meio-dia. Imaginei que não perderia tempo. Quais são as boas novas? — Frank perguntou, soando animado e Peter então se lembrou, com muita clareza, de todo o impacto que lhe provocara o que Suchard dissera.

— Na realidade, eles ainda não terminaram de fazer os testes — disse Peter, num tom intencionalmente vago e desejando que Frank não tivesse ligado. — Vou esperar aqui, mais uns dias, até que terminem.

Frank riu, enquanto o ouvia, mas desta vez, o som da risada do sogro lhe deu nos nervos. O que, em nome de Deus, ele ia lhe dizer?

— Você não consegue deixar seu bebê sozinho nem por um minuto, não é, filho?

Mas Peter entendeu o que o sogro quis dizer. Eles tinham investido muito no Vicotec — não só dinheiro, como tempo, e, no caso de Peter, o produto era o sonho de sua vida. Ao menos Suchard não dissera que ele estava morto, Peter pensou consigo mesmo, quando se sentou na cama. O que dissera era que ele tinha problemas. Para ser franco, problemas sérios, mas ainda havia esperança para o filho de seus sonhos.

— Bem, divirta-se em Paris durante alguns dias. Vamos segurar a barra para você, aqui no escritório. E esta noite vou levar Katie para jantar no "21". Enquanto ela não se importar, você pode ficar por aí, esperando sentado. Acho que posso passar sem você.

— Obrigado, Frank. Quero estar aqui para discutir os resultados com Suchard, quando ele terminar os testes. — Não lhe parecia justo não dar nem um sinal de advertência a Frank. — Aparentemente, houve alguns probleminhas.

— Nada sério, tenho certeza — continuou Frank, sem lhe dar maior atenção. Os resultados na Alemanha e Suíça tinham sido muito bons para lhe provocar uma verdadeira preocupação. Peter pensava assim também, até que Paul-Louis o alertara que o Vicotec era um assassino em potencial. Ele só esperava, agora, que todos estivessem errados e que os problemas que tinham descoberto, no final de semana, fossem todos de menor importância. — O que vai fazer enquanto fica aí esperando?

Frank soava mais divertido do que qualquer outra coisa. Gostava do genro e sempre tinham sido bons amigos. Peter era sensato, inteligente e provara ser um excelente marido para Katie. Ele a deixava fazer o que queria e não interferia no modo como ela gostava de fazer as coisas. Peter a deixava morar onde queria, mandar os meninos para as escolas certas, "certas" significando Andover e Princeton. Ele passava um mês, todos os anos, em Martha's Vineyard e respeitava a relação que havia entre Frank e Katie desde que ela era criança. Além disto, era um excelente diretor-presidente da Wilson-Donovan e um bom pai para os meninos. Na realidade, havia muito poucas coisas em Peter que desagradavam a Frank, como sua teimosia a respeito de certos assuntos, como internato, ou questões familiares que Frank ainda achava que não eram de sua conta.

Suas idéias de *marketing* tinham feito história e, graças a ele, a Wilson-Donovan era a mais bem-sucedida empresa da indústria farmacêutica. Frank fora o responsável pelo crescimento da empresa, que transformara numa entidade gigantesca, a partir de um sólido negócio familiar. Mas fora Peter que a ajudara a se transformar num império multinacional. O *New York Times* escrevia sobre ele constantemente e o *Wall Street Journal* o chamava de menino prodígio do mundo farmacêutico. Na realidade, eles tinham querido fazer uma entrevista com ele sobre o Vicotec, recentemente, mas Peter insistira que não estavam prontos. E o Congresso o convidara, há pouco tempo, para se apresentar perante um importante subcomitê, para discutir questões éticas e econômicas envolvidas no cálculo de custos dos produtos famacêuticos. Mas ele ainda não informara quando poderia comparecer.

— Trouxe algum trabalho comigo — disse Peter, dando uma olhada na sacada iluminada pelo sol e sem vontade nenhuma de trabalhar, mas respondendo à pergunta do sogro. — Achei que faria algum trabalho no computador e o mandaria para o escritório. Ficarei ocupado com isto e com uma excursão a pé — disse, pensando que tinha o dia inteiro a sua frente.

— Não se esqueça de fazer um estoque de champanhe — disse Frank jovialmente. — Você e Suchard vão ter uma comemoração a fazer. E comemoraremos um pouco mais assim que voltar ao escritório. Devo ligar para o *Times* hoje? — perguntou Frank casualmente, enquanto Peter sacudia a cabeça, nervoso, e se levantava, parecendo muito alto, magro e nu.

— Se fosse você, eu esperaria. Acho importante esperar pelos últimos testes, para garantir nossa credibilidade — disse ponderadamente, imaginando que alguém podia vê-lo pela janela aberta. O cabelo escuro estava desgrenhado e Peter enrolou o lençol em volta da cintura. O robe felpudo do hotel está fora de seu alcance, jogado sobre uma cadeira de brocado cor de pêssego, no meio do quarto.

— Não fique tão nervoso — aconselhou Frank. — Os testes estão indo bem. Ligue-me assim que souber de alguma coisa — disse, subitamente ansioso para se pôr em movimento e ir para o escritório.

— Eu o farei. Obrigado por ligar, Frank. Mande lembranças a Katie, caso eu não consiga falar com ela antes que você a veja. Ontem ela esteve fora o dia inteiro e agora é cedo demais para ligar — explicou.

— Ela é uma garota ocupada — disse seu pai, orgulhosamente. Para Frank, Katie ainda era uma garota e, de certo modo, não se modificara, desde a época da universidade, e ainda tinha o jeito da época em que conhecera Peter, há vinte e quatro anos. Era graciosa e loura, "engraçadinha", seus amigos ainda diziam, e muito atlética. Usava o cabelo curto e tinha olhos azuis, como Peter, e havia algo de fada nela, a não ser quando não conseguia o que queria. Katie era boa mãe, boa esposa e uma filha excepcional para Frank. Ambos sabiam disso. — Eu lhe darei suas lembranças — tranqüilizou-o Frank, e depois desligou, enquanto Peter ficava sentado no quarto, vestido com um lençol e olhando pela janela. O que ia dizer a Frank se tudo explodisse na cara deles? Como iam justificar os milhões que tinham gasto, os bilhões que não ganhariam, pelo menos por algum tempo, até que gastassem ainda mais para sanar os problemas do Vicotec? Peter não pôde deixar de pensar se Frank estaria disposto a fazer tudo isso. Será que estaria disposto a perseguir o Vicotec até o ponto em que se tornasse perfeito ou insistiria que abandonassem o projeto? Como presidente da empresa a decisão ainda era dele, mas Peter ia fazer tudo que fosse possível para lutar pelo Vicotec. Ele estava sempre disposto a fazer longos trajetos para conseguir grandes vitórias, enquanto Frank gostava de vitórias rápidas, que apareciam. O simples fato de tê-lo feito atravessar os quatro anos de aperfeiçoamento do produto fora bastante duro, e mais um ano ou dois poderia ser demais, particularmente sob o ponto de vista do que isso iria custar.

Peter pediu café e *croissants* ao serviço de quarto e depois pegou o telefone. Sabia que devia esperar pelo telefonema de Suchard, mas não pôde evitar. Ligou para Paul-Louis e foi informado de que o Dr. Suchard estava no laboratório e não podia ser interrompido. Estavam tendo uma reunião importante e a única coisa que Peter pôde fazer foi se desculpar e voltar à agonia da espera. Parecia que uma eternidade se passara, enquanto esperava notícias dele. No entanto, fazia menos de vinte e quatro horas que tinham se encontrado. Mas Peter já estava excitado demais com tanta tensão.

Ele vestiu o robe antes do café da manhã chegar e pensou em ir nadar novamente, mas isso lhe pareceu muito decadente, durante o horário de trabalho. Pegou o computador e sentou-se para trabalhar, enquanto mastigava o *croissant* e tomava o café em goles rápidos. Mas era impossível se concentrar e por volta do meio-dia tomou um banho, se vestiu e abriu mão de qualquer esperança de trabalhar.

Ele demorou bastante para decidir o que ia fazer. Queria algo frívolo e verdadeiramente parisiense. Um longo passeio pelo Sena, ou no Septième, pela rue du Bac, ou apenas sentar-se no Quartier Latin, bebendo e olhando os transeuntes.

Ele queria fazer qualquer coisa, exceto trabalhar e pensar em Vicotec. Queria sair do quarto e tornar-se parte da cidade.

Peter vestiu um terno de trabalho escuro e uma de suas camisas brancas perfeitamente cortadas. Ele não ia se encontrar com ninguém, mas não tinha trazido nada além disso e quando chegou à Place Vendôme, sob o brilhante céu de junho, chamou um táxi e pediu ao motorista que o levasse ao Bois de Boulogne. Tinha se esquecido do quanto gostava de estar lá e ficou sentado durante horas, sob o sol quente, num banco, tomando sorvete e olhando as crianças. Havia uma longa distância das lutas romanas que estavam se passando no laboratório, com o Vicotec, distância ainda maior de Greenwich, Connecticut, e enquanto ele ficava sentado ali, perdido em seus próprios pensamentos, ao sol de Paris, lhe parecia que havia uma longa distância da misteriosa e jovem esposa do senador Thatcher.

Capítulo Três

Quando Peter saiu do Bois de Boulogne naquela tarde, tomou um táxi e foi até o Louvre, por onde ficou passeando um pouco. Era um museu belamente organizado e as estátuas ali no pátio eram tão intensas que ele ficou parado, olhando-as fixamente durante muito tempo, magnetizado, sentindo-se em silenciosa comunhão com elas. Peter nem ligou para a pirâmide de vidro colocada em frente ao Louvre e que causara tanta controvérsia entre estrangeiros e parisienses. Andou um pouco e então finalmente tomou outro táxi para voltar para casa. Ficara fora durante horas e sentia-se humano, de novo, e, de repente, mais esperançoso. Mesmo que os testes não tivessem bons resultados eles recuperariam, de alguma forma, o que já sabiam, e avançariam, a partir daí. Não deixaria que um projeto importante como aquele morresse por causa de alguns problemas e a audiência com o FDA não era o fim do mundo. Afinal, já tinha passado por várias, ao longo dos anos, e se demorasse cinco anos em vez de quatro, ou até seis, no fim das contas, para acertar o que havia de errado com o Vicotec, que assim fosse.

Peter estava se sentindo relaxado e filosófico quando voltou ao Ritz no final da tarde, e não havia recados. Depois de comprar um jornal, fez questão de ir procurar a moça encarregada das vitrines, para comprar o bracelete de ouro para Katie. Era uma corrente sólida, bonita, com um coração de ouro grande como pingente. Ela adorava corações e Peter sabia que usaria a pulseira. Seu pai costumava lhe dar jóias caras de verdade, como colares e anéis de diamantes, e sabendo que não podia competir com o sogro, Peter normalmente lhe comprava presentes do tipo que sabia que ela usaria ou então que tivessem um significado especial.

Mas quando voltou ao quarto e o viu vazio, sentiu-se, subitamente, ansioso. A tentação de ligar para Suchard era grande, mas dessa vez resistiu. Em vez disso ligou para Katie, mas quem atendeu foi, novamente, a secretária eletrônica. Em Connecticut era meio-dia e ele ficou imaginando se ela tinha saído para almoçar, e só Deus sabia onde os meninos estavam.

A essa altura, Mike e Paul já deveriam ter voltado da escola, Patrick não fora para o internato e, dentro de mais ou menos uma semana, Katie levaria todo mundo para Vineyard. Peter costumava ficar na cidade trabalhando e só se reunia à família no final de semana, para então passar com eles suas quatro semanas de férias em agosto. Naquele ano Frank ia tirar férias em julho e agosto e Katie estava planejando um grande churrasco para o feriado de Quatro de Julho para abrir a estação.

— Sinto não tê-la encontrado — disse para a máquina, sentindo-se tolo. Odiava falar com objetos eletrônicos. — A diferença de fuso horário está dificultando nossa comunicação. Ligo mais tarde... bye... oh... é Peter.

Ele sorriu amplamente e desligou, desejando não ter soado

tão idiota. A secretária eletrônica sempre o deixava sem jeito. "Capitão da indústria não consegue falar com secretária eletrônica", disse, debochando de si mesmo, enquanto se esparramava no sofá, no quarto de cetim cor de pêssego e olhou em torno, tentando decidir o que fazer no jantar. Tinha a opção de ir a um bistrô por perto, comer no restaurante do hotel ou ficar ali mesmo e pedir comida ao serviço de quarto, enquanto assistia à CNN e trabalhava no computador. Acabou optando pela última hipótese. Era a mais simples.

Peter tirou o paletó e a gravata e arregaçou as mangas da camisa imaculadamente limpa. Ele era uma dessas pessoas que, ao final do dia, ainda estavam com a aparência impecável, e seus filhos implicavam, dizendo que ele nascera usando gravata, o que o fazia rir, ao se lembrar da juventude em Wisconsin. Peter teria apreciado oferecer um pouco de Wisconsin e menos de Greenwich, Connecticut e Martha's Vineyard aos filhos. Mas Wisconsin estava longe, ficara para trás, e como seus pais e irmã estavam mortos há muito tempo, ele não tinha motivo algum para ir até lá. Às vezes, ainda pensava nos filhos de Muriel, que agora moravam em Montana, mas, de certa forma, agora lhe parecia ser tarde demais para tentar fazer contato com eles. Estavam crescidos e nem ao menos o reconheceriam. Katie estava certa. Era muito tarde.

Não havia nada de interessante no noticiário da TV naquela noite, e Peter se deixou absorver pelo trabalho. Ficou surpreso com a boa qualidade do jantar, mas, para tristeza do garçom, não prestou muita atenção à comida, embora estivesse belamente arrumada, colocou o *laptop* na mesa ao lado e continuou trabalhando.

— *Vous devriez sortir, monsieur* — disse o garçom. — O senhor deveria sair. — A noite estava bonita e a cidade parecia primorosa sob a lua cheia, mas Peter se obrigou a não prestar atenção.

Ele prometeu a si mesmo que mais tarde iria nadar de novo, como prêmio depois que acabasse o trabalho, e estava justamente pensando nisto, às onze da noite, quando ouviu um insistente som de bip, que a princípio pensou que vinha do rádio, da TV ou do computador, que tinha deixado ao lado da cama. O som de um sino que o importunava e um gemido agudo o deixaram confuso sobre o que estaria havendo e Peter abriu a porta do quarto, descobrindo, imediatamente, que com a porta aberta o som ficava ainda mais alto. Outros hóspedes também estavam examinando o corredor e alguns pareciam preocupados e assustados.

— *Feu?* Fogo? — perguntou a um mensageiro que passou correndo e olhou para Peter com um olhar de incerteza, mal parando para lhe responder.

— *C'est peut-être une incendie, monsieur* — informou a Peter o que poderia estar acontecendo.

Ninguém parecia ter certeza de nada, mas era, definitivamente, algum tipo de alarme e um número cada vez maior de pessoas começou a esvaziar os corredores. E, de repente, parecia que toda a equipe de funcionários do hotel tinha entrado em ação. Vigias noturnos, chefes dos garçons, carregadores, garçons, criadas, a *gouvernante* do andar, empregados de todos os tipos andavam de forma tranqüila mas rápida pelos andares, batendo nas portas, tocando sinos e apressando todo mundo a sair dos quartos tão rapidamente quanto fosse possível e, *non, non, madame,* por favor não tire sua camisola, assim estará bem. A *gouvernante* estava distribuindo roupões, e mensageiros carregavam pequenas sacolas, enquanto ajudavam as mulheres com seus cachorros. Nenhuma explicação fora dada ainda, mas todos foram informados que teriam que abandonar imediatamente seus quartos, sem se demorar nem por um instante.

Peter hesitou, pensando se devia ou não levar o *laptop* consigo, mas então decidiu, rapidamente, deixá-lo no quarto. Não havia segredos da empresa no computador, apenas um monte de anotações, informações e correspondência que precisava enviar. De uma certa forma, era quase um alívio deixá-lo. Ele nem se preocupou em vestir o paletó, apenas botou a carteira de dinheiro e o passaporte no bolso das calças, pegou a chave do quarto e depois desceu correndo as escadas em meio a senhoras japonesas vestidas de Gucci e Dior, uma enorme família americana "fugindo" do segundo andar, várias mulheres árabes usando jóias extraordinárias, um punhado de belas alemãs saindo à frente de todos pelas escadas, e um bando de miniaturas de *yorkshire terriers* e *poodles* franceses.

Havia algo de maravilhosamente cômico em tudo aquilo e Peter não pôde deixar de rir para si mesmo enquanto descia calmamente as escadas, tentando não fazer a comparação com o *Titanic*. Dificilmente o Ritz estaria afundando.

E, ao longo de todo o caminho, os hóspedes foram atendidos pelo pessoal do hotel, que ajudava, acalmava, dava uma ajuda quando necessário, cumprimentava todo mundo e pedia desculpas pelo incômodo. Mas apesar de tudo isto, ninguém tinha explicado, exatamente, por que tudo aquilo estava acontecendo: se era incêndio, alarme falso ou alguma outra grave ameaça aos hóspedes do hotel. Mas quando passaram pelas bem supridas vitrines, depois pelo saguão e finalmente chegaram à rua, Peter viu que as tropas da CRS estavam lá, completamente perfiladas, armadas e blindadas. Eram o que se poderia chamar de o equivalente a uma equipe da SWAT americana e ao ver o rei Khaled e seu grupo sendo rapidamente embarcados em carros do governo, Peter pensou se havia, talvez, uma ameaça de bomba. Havia também duas atrizes francesas muito conhecidas com "amigos", um surpreendente agrupamento de homens mais velhos com moças jovens e Clint Eastwood estava lá, de *jeans* e camiseta, acabando de chegar da filmagem. Quando o hotel inteiro tinha sido evacuado, já era quase meia-noite, mas era impressionante ver como tudo tinha sido feito rapidamente, de forma sensata e segura. O *staff* do hotel tinha feito um magistral trabalho ao guiar os hóspedes para a Place Vendôme e agora, a uma distância segura, estavam montando mesas de rodinhas e servindo docinhos e café e, para aqueles que precisavam, também havia bebidas mais fortes. Teria sido quase divertido, se não tivesse acontecido tão tarde e não fosse tão inoportuno, além da aura de sufocante perigo que se formara ao redor dos hóspedes.

— Lá se vai minha natação noturna — disse Peter a Clint Eastwood, enquanto ficavam lado a lado, olhando para o hotel e procurando ver se viam fumaça, mas não havia nenhuma. Os CRS tinham entrado dez minutos antes, à procura de bombas. Aparentemente, a gerência recebera um telefonema informando que havia uma bomba lá.

— Lá se vai o meu sono — disse o ator, com pesar. — Tenho uma tomada às quatro da manhã e isso pode demorar muito, se estiverem procurando uma bomba.

Ele estava pensando em dormir no *set* de filmagem, mas os outros hóspedes não tinham outra opção a não ser ficar parados na rua, ainda um tanto espantados, agarrando-se a seus animais de estimação, seus amigos e suas pequenas caixas de couro cheias de jóias.

E quando Peter viu uma outra onda de tropas da CRS entrar e obedeceu à ordem de ir mais para trás e afastar-se do hotel, ele se virou e de repente a viu. Reconheceu Andy Thatcher, cercado, como sempre, por gente de seu partido e guarda-costas, parecendo completamente alheio ao tumulto. O senador continuou conversando, animadamente, com as pessoas que o cercavam e todas — exceto uma — eram homens e esta única mulher parecia um buldogue político, fumava furiosamente e Thatcher parecia absorvido pelo que ela dizia. Peter notou também que Olivia estava parada fora do grupo, e que ninguém falava com ela nem lhe prestava nenhuma atenção, enquanto a observava com a costumeira fascinação. Olivia ficou de lado, ignorada até pelos guarda-costas, enquanto tomava uma xícara de café, oferecida pelo hotel, aos golinhos. Ela usava uma camiseta branca e *jeans*, e Peter achou que parecia uma garota, usando mocassins baratos, e os olhos que o tinham magnetizado davam a impressão de estar absorvendo tudo que acontecia, enquanto seu marido e o grupo que o seguia se moviam, vagarosamente, para a frente. Thatcher e um de seus acompanhantes falavam com vários homens da CRS, mas estes apenas sacudiam a cabeça. Ainda não tinham encontrado o que procuravam. Alguém trouxe cadeiras dobráveis, os garçons as ofereceram aos hóspedes e trouxeram vinho, deixando todos em surpreendente estado de bom humor em meio ao transtorno. O acontecimento estava, vagarosamente, se transformando numa festa de rua de final de noite na Place Vendôme. Peter, no entanto, continuava a observar Olivia Thatcher com interesse.

Depois de algum tempo, ela pareceu se afastar ainda mais do grupo e até os guarda-costas pareciam ter perdido sua pista e não lhe prestavam nenhuma atenção. Quanto ao senador, ficara de costas para ela desde que saíram do hotel e não lhe dirigiu a palavra uma vez sequer, enquanto sua comitiva se acomodava nas cadeiras e Olivia se afastava ainda mais, misturando-se às centenas de hóspedes na Place Vendôme, para pegar outra xícara de café. Parecia bastante tranqüila e nem um pouco aborrecida pelo fato de todo o partido do marido ignorá-la. E quando Peter a olhou, ficou ainda mais fascinado, sem conseguir evitar olhar fixamente para ela.

Olivia ofereceu uma cadeira a uma americana idosa, afagou um cachorrinho e finalmente colocou sua xícara vazia sobre um mesa. Um garçom lhe ofereceu outra, mas ela sorriu e sacudiu a cabeça graciosamente, enquanto a recusava. Havia nela algo de maravilhosamente suave e luminoso, como se fosse realmente um anjo que acabara de se mudar para a Terra. Para Peter, era difícil aceitar o fato, agora, de que era apenas uma mulher. Ela parecia muito tranqüila, gentil, perfeita, misteriosa e, quando as pessoas se aproximavam, muito assustada. Quando sob vigilância cerrada, ficava obviamente constrangida e parecia se sentir mais feliz quando ninguém lhe prestava atenção — o que, aliás, acontecia naquela noite. Estava vestida de forma tão despretensiosa e modesta que até os americanos que estavam no meio da multidão não a reconheceram, embora a tivessem visto centenas de vezes em todos os jornais e revistas do país. Durante anos ela fora o sonho dos *paparazzi*, que se atiravam sobre ela e a pegavam despreparada, particularmente na época em que seu filho estivera doente e à beira da morte. Mas, mesmo agora, ela os intrigava, como se fosse de certo modo uma lenda e uma espécie de mártir.

E enquanto Peter continuava a observá-la, reparou que ela estava se afastando cada vez mais por trás dos outros hóspedes e que agora ele realmente tinha que se esforçar para conseguir vê-la. Ficou pensando se ela tinha algum motivo para fazê-lo ou se simplesmente se afastara sem pensar. Agora estava longe do marido e sua comitiva e não conseguiriam vê-la, se quisessem, a menos que fossem atrás e tentassem encontrá-la. Mais hóspedes tinham retornado ao hotel, vindo de restaurantes ou boates, como o Chez Castel, ou simplesmente de jantares com amigos ou do teatro. E curiosos tinham chegado, para ver o que estava acontecendo. Os boatos que corriam colocavam a culpa de tudo no rei Khaled, embora houvesse um importante ministro britânico hospedado no hotel, o que causara o boato de que tudo aquilo poderia ser obra do IRA. O fato é que alguém tinha, supostamente, colocado uma bomba — ou dissera que tinha — e, por ordem da polícia, ninguém voltaria ao hotel enquanto os CRS não a encontrassem.

Já passava muito da meia-noite e Eastwood tinha ido dormir em seu *trailer*, no *set* de filmagem, havia muito tempo. Ele não ia perder suas horas de sono parado na Place Vendôme, esperando até de manhã. E quando Peter olhou em volta, reparou que Olivia Thatcher se afastava, vagarosamente, dos hóspedes do hotel e se dirigia, com indiferença, para o outro lado da praça. Ela dera as costas às pessoas paradas lá e depois, de repente, parecera estar se dirigindo tranqüila e rapidamente para a esquina. Peter perguntou-se para onde ela estaria indo. Olhou para ver se ela tinha um guarda-costas a reboque, mas tinha certeza de que, se alguém soubesse o que estava fazendo, mandaria um. O fato é que estava nitidamente sozinha, enquanto começava a andar mais rápido, sem nem ao menos dar uma olhadela por cima do ombro. Peter não conseguia tirar os olhos de cima dela e, sem pensar, se afastou da multidão e começou a segui-la para a esquina da Place Vendôme. Havia tanta atividade do lado de fora do hotel e tanta gente se espalhando por todo lugar que a impressão que dava é que ninguém os vira se afastando. O que Peter não percebeu foi que, ao menos durante um curto tempo, um homem o seguiu, mas ao ouvir um som de agitação na praça, voltou ao centro da ação, onde duas modelos de moda muito conhecidas tinham ligado um *CD-player* e começaram a dançar uma com a outra, em frente a um homem da CRS, que parecia nervoso. A CNN tinha chegado e estava entrevistando o senador Thatcher, perguntando-lhe suas opiniões a respeito de terroristas, tanto no exterior quanto em seu país, e ele lhes respondeu, em termos ambíguos, o que achava. Em vista do que acontecera com seu irmão, há quase seis anos, ele era, particularmente, pouco indulgente ao considerar tal tipo de disparate. Thatcher fez um pequeno discurso vibrante e as pessoas que o ouviram aplaudiram quando terminou. Em seguida, a equipe da CNN foi em frente, entrevistar outras pessoas. Curiosamente, nunca pediam para falar com sua mulher, e achavam, obviamente, que o senador falava pelos dois Thatcher. Depois a equipe se dirigiu às modelos dançantes e as entrevistou. Elas disseram que estavam achando a noite muito divertida e que essas coisas deveriam acontecer com mais freqüência no Ritz. Elas estavam hospedadas no hotel para fotografar, durante três dias, para o *Harper's Bazaar*, e ambas disseram que adoravam Paris. Depois, cantaram uma musiquinha e fizeram uma dança de brincadeira na Place Vendôme. Era um grupo animado e, apesar do possível perigo apresentado pela bomba, que ainda não fora encontrada, a noite estava sendo festiva.

Mas Peter estava longe de tudo aquilo, enquanto seguia a mulher do senador e a via dobrar a esquina e sair da Place Vendôme. Ela parecia saber para onde estava indo e não hesitou nem por um minuto, mas continuou andando. Olivia andava a passo rápido e Peter deu largas passadas para entrar em seu ritmo, mas deixando-a manter a dianteira, pois não tinha a menor idéia do que lhe diria caso parasse, se virasse e lhe perguntasse o que ele estava fazendo ali. Aliás, Peter não tinha a menor idéia do que estava fazendo e por quê. Apenas sabia que tinha de estar lá. Tinha se sentido impelido a segui-la desde a Place Vendôme e dissera a si mesmo que queria ter a certeza de que ela estava em segurança, naquela hora da noite, mas também não tinha a mais vaga idéia de por que ele achava que deveria ser a pessoa adequada para segui-la.

Ele ficou surpreso ao vê-la caminhar por todo o percurso até a Place de la Concorde, onde ficou parada, sorrindo para si mesma, enquanto olhava as fontes, tendo a Torre Eiffel iluminada ao fundo. Havia um velho vagabundo que ficava sentado lá, por hábito, um jovem passeando e dois casais se beijando, mas ninguém lhe prestou atenção enquanto ela parecia muito feliz por estar ali. Tal atitude deu a Peter o desejo de atravessar e colocar um braço a seu redor e ficar olhando as fontes em sua companhia. Mas, em vez disso, ele ficou parado a uma distância educada e lhe sorriu. Em seguida, para seu grande espanto, Olivia o olhou de lado com uma interrogação no olhar. Era como se de repente tivesse tomado consciência de sua presença, e do motivo pelo qual ele estava ali, como se sentisse que Peter lhe devia uma explicação. Era evidente que ele a seguira, mas ela não parecia nem aborrecida nem apavorada, e, para grande constrangimento de Peter, virou-se e foi andando, vagarosamente, em sua direção. Sabia quem ele era, reconhecera o homem da piscina da noite anterior, e enquanto vinha a seu encontro, Peter enrubescia em meio à escuridão.

— Você é fotógrafo? — perguntou-lhe, muito tranqüila.

Parecia muito vulnerável e, subitamente, muito triste. Aquilo já lhe acontecera antes, umas mil vezes, um milhão de vezes, *ad nauseam et infinitum*. Os fotógrafos a seguiam por toda a parte e se sentiam vitoriosos sempre que lhe roubavam um momento íntimo. Já estava acostumada, não gostava da situação, mas a aceitava como parte de sua vida.

Ele sacudiu a cabeça e, ao perceber como se sentia, arrependeu-se de ter se intrometido em sua vida.

— Não, não sou... Sinto muito... Eu... Eu só queria me certificar de que você... É muito tarde. — Em seguida, a olhou de repente, e sentiu-se menos constrangido e mais protetor. Era tão incrível e delicada. Nunca conhecera alguém como Olivia. — Você não deve ficar andando sozinha a esta hora da noite, é perigoso. — Ela olhou o jovem e o velho vagabundo de relance e deu de ombros, olhando para Peter com interesse.

— Por que estava me seguindo? — perguntou muito diretamente, os olhos de veludo castanho tão suaves que o fizeram ter vontade de estender a mão e tocar seu rosto.

— Eu... Eu não sei — disse sinceramente. — Curiosidade... Cavalheirismo... Fascínio... Tolice... Estupidez... — Ele queria lhe dizer que estava desarmado por sua beleza, mas não conseguiu. — Queria ter certeza de que estava bem. — E então decidiu não fazer rodeios. As circunstâncias não eram comuns, e ela parecia ser do tipo de pessoa com quem se pode ser franco. — Você simplesmente foi embora, não? E eles não sabem que foi, sabem? — Ou talvez agora já soubessem, e a estivessem procurando por todos os cantos, mas ela não se importava e lhe transmitia isso. Parecia uma criança travessa quando o olhou: ele tinha visto o que fizera e ela sabia.

— Eles provavelmente nunca saberão a diferença — disse ela com sinceridade, não parecendo sentir remorsos, mas, surpreendentemente, cheia de malícia. Pelo que Peter tinha percebido ela era, de verdade, uma mulher deixada de lado. Ninguém em seu grupo lhe prestava atenção, nem conversava com ela, nem mesmo o marido. — Tive que ir embora. Às vezes, é muito opressivo estar... em minha situação. — Ela o olhou sem muita certeza se a reconhecera e, caso não tivesse reconhecido, não queria estragar a situação.

— Todas as situações são, às vezes, opressivas — disse ele filosoficamente. Às vezes a dele também era, embora soubesse que a dela era muito mais. Ele a olhou com simpatia. Já que tinha vindo até tão longe atrás dela, não haveria mal algum em avançar mais um pouquinho. — Posso convidá-la para tomar uma xícara de café? — Era uma abordagem tradicional e ambos sorriram, embora ela hesitasse um pouco antes de decidir se era aquilo mesmo que Peter queria dizer ou se estava apenas sendo engraçado. Ao ver sua hesitação, Peter sorriu calorosamente. — Foi um convite sincero. Sou relativamente bem-comportado e você pode confiar em mim ao menos para tomar uma xícara de café. Eu sugeriria que fôssemos até meu hotel, mas parece que eles estão tendo alguns problemas por lá.

Ela riu e pareceu relaxar, enquanto o olhava. Já o conhecia do hotel, do elevador e da piscina. Ele estava usando uma camisa clara, que parecia limpa, calças de terno e sapatos de boa qualidade e algo em seu olhar lhe dizia que era respeitável e bondoso. Olivia fez um aceno afirmativo com a cabeça.

— Aceitaria uma xícara de café, mas não em seu hotel — disse de forma afetada. — Ele está um pouco agitado demais para o meu gosto, esta noite. O que acha de Montmartre? — perguntou cautelosamente e ele riu amplamente, gostando da sugestão.

— É uma grande idéia. Posso oferecer um táxi?

Ela acenou afirmativamente com a cabeça e se dirigiram ao ponto de táxi mais próximo. Peter a ajudou a entrar no carro e Olivia deu ao motorista o endereço de um bistrô que conhecia e que ficava aberto até muito tarde, além de ter mesas na calçada. A noite estava quente e nenhum dos dois tinha a menor vontade de voltar ao hotel, embora parecessem um pouco tímidos. Foi ela quem primeiro quebrou o gelo, enquanto o olhava com uma expressão debochada.

— Você faz isto com muita freqüência? Seguir mulheres, quero dizer.

De repente, tudo aquilo a divertia e ele teve a graça de enrubescer dentro do táxi, enquanto sacudia a cabeça.

— Para falar a verdade, nunca fiz isto antes. Esta é, absolutamente, a primeira vez e ainda não sei ao certo por que o fiz — a não ser pelo fato de que ela parecia tão vulnerável e frágil que, por algum louco motivo, Peter queria protegê-la. Mas não lhe falou nada.

— Estou realmente muito satisfeita por tê-lo feito — disse ela parecendo genuinamente divertida e surpreendentemente à vontade em sua companhia, quando chegaram ao restaurante, onde se sentaram a uma mesa ao ar livre, e pouco depois estavam com duas xícaras de café fumegante à sua frente. — Que grande idéia — falou, sorrindo. — Agora, fale-me sobre você — disse Olivia, colocando as mãos sob o queixo e parecendo-se, de forma surpreendente, com Audrey Hepburn.

— Não há muita coisa a dizer — falou Peter, ainda parecendo tenuemente constrangido, embora excitado, por estar ali.

— Tenho certeza de que há. De onde você é? Nova York? — adivinhou corretamente. Ao menos ele trabalhava lá.

— Mais ou menos. Trabalho em Nova York e moro em Greenwich.

— E você é casado e tem dois filhos.

Ela preencheu os espaços em branco, enquanto sorria melancolicamente. Sua vida era, provavelmente, tão feliz e comum, tão diferente da dela, com todas as suas tragédias e decepções.

— Três filhos homens — corrigiu-a. — E sim, sou casado.

E então, quando pensou em sua fartura de filhos, sentiu-se culpado em relação a ela e o garotinho que perdera para o câncer. Ele fora seu único filho e ele sabia — como, aliás, todo mundo — que não tivera outros.

— Moro em Washington — disse ela em voz baixa — na maior parte do tempo. — Ela não falou sobre filhos, e ele não perguntou.

— Você gosta de Washington? — perguntou ele delicadamente e ela deu de ombros, enquanto tomava o café aos golinhos.

— Realmente não. Eu odiava a cidade quando era jovem. Suponho que, se pensasse nela agora, a odiaria mais. Mas não é da cidade que não gosto, mas das pessoas e o que fazem com suas vidas. Não só com suas próprias vidas como também com as dos outros. Odeio a política e tudo o que ela representa.

Enquanto falava, Peter pôde perceber como ela era ardorosa e séria. Mas tendo um irmão, um pai e um marido profundamente envolvidos com política, ela tinha poucas esperanças de escapar de suas garras. Então ela o olhou. Ainda não tinha se apresentado e gostaria de acreditar que ele não tinha a menor idéia de quem era, apenas uma mulher usando mocassins, *jeans* e camiseta. Mas podia ver em seus olhos que conhecia seu segredo. Talvez não fosse por esse motivo que estava lá, tomando café com ela às duas da madrugada, mas na verdade não estava alheio àquele fato.

— Suponho que não seria realista se pensasse que não sabe meu nome... ou sabe? — perguntou ela de olhos arregalados, e Peter, sentindo pena de novo, assentiu com a cabeça. O anonimato teria sido bom, mas não era seu destino, não nesta vida.

— Sei e acho que não seria realista pensar que as pessoas não sabem quem é. Mas isso não deveria mudar nada. Você tem direito de odiar a política ou qualquer outra coisa, ou ir dar um passeio na Place de la Concorde ou dizer o que quiser a um amigo. Todos precisam disso — falou, percebendo como ela se sentiu mal.

— Obrigada — disse ela suavemente. — Você falou, antes, que todos têm, às vezes, dificuldades. Você também as tem?

— De vez em quando — respondeu ele com sinceridade. — Todos nós nos metemos, às vezes, em apertos. Sou o chefe de uma empresa e às vezes gostaria que ninguém soubesse, para poder fazer tudo que tenho vontade. — Como agora. Para ficar um mínimo de tempo com Olivia ele gostaria de ser novamente livre, de esquecer que era casado. Mas sabia que jamais poderia fazer isso com Katie. Nunca a enganara nem pretendia começar agora, nem mesmo com Olivia Thatcher. E aquela também era a última coisa que passaria pela cabeça dela. — Acho que de vez em quando todos nos cansamos da vida que levamos e das responsabilidades que são colocadas sobre nossos ombros. Provavelmente não tão cansados quanto os seus — disse com simpatia —, mas acho que todos, cada um de seu jeito, gostaríamos às vezes de sair da Place Vendôme e desaparecer por um tempo. Como Agatha Christie.

— Sempre fiquei intrigada com esta história — disse Olivia com um sorriso tímido — e sempre quis fazer o mesmo.

Ela ficara impressionada por Peter conhecer aquela história. Sempre fora fascinada pelo fato de um dia Agatha Christie ter simplesmente desaparecido. Seu carro foi encontrado batido numa árvore, e a famosa autora desaparecera. Ela só reapareceu sete dias depois, sem dar nenhuma explicação para seu sumiço. Naquela época, o acontecimento causara um enorme tumulto, gerara manchetes de jornais por toda a Inglaterra, contando seu desaparecimento. Na verdade, as manchetes tinham corrido mundo.

— Bem, você fez o mesmo agora, ao menos por algumas horas. Você saiu de sua própria vida, exatamente como Agatha — falou-lhe sorrindo em seguida, e ela lhe dirigiu um olhar cheio de malícia, enquanto também sorria.

Olivia riu da idéia e, por um momento, a adorou.

— Mas ela desapareceu durante dias. O que estou fazendo é apenas por algumas horas — disse, parecendo levemente decepcionada.

— A essa altura eles provavelmente estão completamente loucos, procurando-a por toda parte. Devem achar que você foi raptada pelo rei Khaled.

Dessa vez ela riu ainda com mais intensidade, e parecia uma criança. Alguns minutos depois, Peter encomendou sanduíches para os dois, e quando chegaram, ambos os devoraram. Estavam morrendo de fome.

— Acho que nem estão procurando por mim, sabia? Se eu desaparecesse mesmo, não tenho certeza se iam reparar, a não ser que tivessem uma reunião, naquele dia, ou um discurso de campanha num clube feminino. Sou muito útil em ocasiões assim, mas, fora delas não tenho muita importância. Sou como aquelas árvores artificiais, que eles levam para o palco. Não é preciso alimentá-las nem regá-las, basta apenas que se dê um jeito nelas para que tenham boa aparência quando for necessário um pequeno detalhe para enfeitar o cenário onde vai se desenrolar o espetáculo.

— É uma coisa horrível de se dizer — repreendeu-a Peter, embora não tivesse certeza se devia discordar dela pelo que vira. — É assim que se sente, de verdade, em relação à sua vida?

— Mais ou menos — respondeu, sabendo que estava ousando muito.

Se ele por acaso fosse um repórter, ou, pior ainda, do tipo que escreve para tablóides sensacionalistas, no dia seguinte, pela manhã, ela teria sido transformada em picadinho. Mas, de certa forma, não se importava. Às vezes, precisava confiar em alguém e havia algo incrivelmente caloroso e atraente em Peter. Nunca falara com ninguém assim, e não queria interromper a conversa ou voltar à sua vida, ou mesmo ao Ritz. Olivia queria ficar ali, em Montmartre, com ele, para sempre.

— Por que se casou com ele? — Peter ousou perguntar, quando ela pousou o sanduíche no prato e ficou olhando, pensativamente, para a noite e depois desviou o olhar para Peter.

— Naquela época ele era diferente, mas tudo mudou muito rapidamente. Muitas coisas ruins nos aconteceram. No início, tudo parecia ir bem. Nós nos amávamos, nos importávamos um com o outro e ele jurou que jamais entraria na política. Vi o que a carreira de meu pai fez conosco, com minha mãe, em particular, e Andy ia ser apenas um advogado. Pretendíamos ter filhos, cavalos, cachorros e viver numa fazenda em Virginia, e foi o que fizemos, durante seis meses, e aí tudo acabou. O político da família era seu irmão, não Andy, Tom acabaria eleito presidente e eu ficaria feliz em jamais ver a Casa Branca, exceto quando acendessem a árvore de Natal. Mas Tom foi assassinado seis meses depois que nos casamos e o pessoal da campanha veio atrás de Andy. Não sei o que aconteceu com ele, acho que se sentiu na obrigação, depois do assassinato do irmão, de tomar o lugar dele e fazer "algo importante para seu país". Ouvi este refrão até a exaustão. Acho que por fim ele se apaixonou pela política. Essa coisa que chamam de ambição política é feita de material intoxicante e comecei a perceber que ela exige mais de uma pessoa do que uma criança e parece oferecer mais excitação e paixão do que qualquer mulher. A política devora todos aqueles que dela se aproximam e é impossível amá-la e sobreviver. Simplesmente não se consegue. Sei disso. Por fim, ela consome tudo que se tem por dentro, todo amor, bondade e decência, destruindo tudo que se era antes e deixando apenas um político no lugar. Não é mais do que uma troca. De qualquer forma, foi isso que aconteceu. Andy entrou na política e, para me compensar, e porque tinha dito que o faria, tivemos um bebê. Mas ele não o queria, realmente. Alex nasceu durante uma de suas viagens em campanha e Andy não esteve presente. Nem tampouco quando ele morreu. — Seu rosto transformou-se numa máscara de gelo quando ela se referiu à morte do filho. — Coisas deste tipo mudam tudo... Tom... Alex... política e a maioria das pessoas não sobrevive a elas. Nós não sobrevivemos. Não sei por que achei que deveríamos ter sobrevivido. Era, na verdade, pedir demais e acho que, quando Tom morreu, ele levou consigo a melhor parte de Andy. A mesma coisa aconteceu comigo com a morte de Alex. A vida, às vezes, desfere golpes pesados. Às vezes, você simplesmente não consegue ganhar o jogo, não importa o empenho que tenha ou o dinheiro que coloque sobre a mesa. Investi muito neste jogo, permaneci nele durante muito tempo. Estamos casados há seis anos e nem um só deles foi fácil.

— E por que fica? — perguntou ele.

Era uma conversa surpreendente para se ter com um estranho e ambos ficaram espantados com a ousadia das perguntas de Peter e a franqueza das respostas de Olivia.

— Como é que vou embora? O que digo? Sinto que seu irmão morreu e que sua vida ficou torta... Sinto que nosso único filho...

Ela começou a falar, mas não conseguiu continuar, ele pegou sua mão e a segurou, e ela não a retirou. Na noite anterior, eram estranhos numa piscina e, de repente, um dia depois, num café em Montmartre eram quase amigos.

— Você pode ter outro filho? — perguntou Peter cautelosamente, pois nunca se sabe o que aconteceu com uma pessoa, o que ela pode ou não fazer, mas ele queria perguntar e ouvir sua resposta.

Ela sacudiu a cabeça, com tristeza.

— Posso, mas não vou. Não agora. Não de novo. Nunca mais quero me ligar tanto a um ser humano. E também não quero ter outro filho neste mundo em que vivo agora. Não com ele. Não na política. Ela quase arruinou minha vida e a de meu irmão quando éramos jovens... e, mais importante, arruinou a de minha mãe. Ela foi um bom joguete da política durante quase quarenta anos e odiou cada momento, embora nunca tenha dito nada a ninguém, nem tampouco admitiria a realidade, mas o fato é que a política arruinou sua vida. Minha mãe tem vivido constantemente apavorada de como seus movimentos serão interpretados, tem medo de pensar, fazer, ser ou dizer qualquer coisa. É assim que Andy gostaria que eu fosse, mas não consigo.

Quando acabou de falar, Olivia parecia estar verdadeiramente em pânico e ele soube, na mesma hora, o que estava pensando.

— Eu não a magoarei, Olivia. Nunca, jamais contarei nada disto a ninguém. Tudo ficará entre nós e Agatha Christie. —

Ele sorriu, enquanto Olivia o olhava cautelosamente, decidindo se devia ou não acreditar no que dizia. Mas o estranho é que confiava nele e só de olhá-lo podia perceber que não a trairia. — Esta noite nunca aconteceu — prosseguiu, cuidadosamente. — Voltaremos ao hotel separados e ninguém jamais saberá onde estivemos ou que ficamos juntos. Eu não a conheço.

— Ouvir isso é reconfortante — disse ela, parecendo verdadeiramente aliviada e muito grata, confiando nele.

— Você costumava escrever, não? — perguntou ele, lembrando-se de algo que lera sobre ela há anos, imaginando se ainda escrevia.

— Sim, eu escrevia. Minha mãe também, e era muito talentosa. Ela escreveu um romance sobre Washington que gerou inimizades, no início da carreira de meu pai. O livro foi publicado, mas nunca mais ele a deixou publicar nada e ela realmente devia tê-lo feito. Não sou tão talentosa quanto minha mãe, nunca publiquei nada, mas há muito tempo tenho vontade de escrever um livro sobre pessoas e concessões mútuas e o que acontece quando você cede demais ou com muita freqüência.

— E por que não escreve? — perguntou, com sinceridade, mas ela apenas riu e sacudiu a cabeça.

— O que acha que aconteceria se o fizesse? A imprensa criaria um tumulto e Andy diria que coloquei sua carreira em risco. O livro nunca veria a luz do dia, seria queimado num depósito de mercadorias ou noutro lugar qualquer pelos capangas de Andy.

Olivia era o proverbial pássaro que vivia numa gaiola dourada, sem poder fazer nada do que queria por medo de que pudesse magoar o marido. E, mesmo assim, tinha se afastado dele e desaparecido para sentar-se num café em Montmartre e abrir o coração a um estranho. A vida que ela levava era esquisita e ele podia dizer como ela estava próxima de romper com tudo aquilo enquanto a olhava. O ódio que tinha da política e o sofrimento que esta lhe trouxera era óbvio e abundante.

— E você? — perguntou ela, voltando os profundos olhos castanhos para Peter, pensando nele. Tudo que sabia sobre ele é que era casado, tinha três filhos homens, era um executivo e morava em Greenwich. Mas Olivia também sabia que era um bom ouvinte e quando segurou sua mão e a olhou, sentiu algo se agitar bem no fundo de si mesma, numa parte que achava já ter morrido e que, de repente, reparava que ainda respirava. — Por que está em Paris, Peter?

Ele hesitou durante muito tempo, enquanto segurava sua mão e olhava dentro de seus olhos. Ele não contaria nada a ninguém, mas Olivia confiara nele e agora precisava falar. Sabia que tinha que falar com alguém.

— Estou aqui trabalhando para a empresa farmacêutica que dirijo. Há quatro anos estamos trabalhando num produto muito complicado, o que não é um tempo tão longo neste campo, mas para nós parece excessivo, e empregamos no produto uma enorme soma em dinheiro. É algo que pode revolucionar a quimioterapia e, para mim, é muito importante, é minha única contribuição ao mundo, que compensa todas as coisas frívolas e egoístas que fiz até hoje. Ele significa tudo, para mim, e passou triunfante por todos os testes nos países em que o introduzimos. Os últimos estão sendo feitos aqui e vim arrematar as coisas, pois estamos pedindo permissão ao FDA para começar com os primeiros experimentos em seres humanos, baseados nos testes já concluídos. Nossos laboratórios em Paris estão chegando às etapas finais e, até aqui, o produto tinha sido impecável. Mas aqui, os resultados dos testes mostraram algo muito diferente e, embora ainda não estejam finalizados, quando cheguei, ontem, o chefe de nossos laboratórios me disse que poderia haver sérios problemas com a droga. Para colocar as coisas de forma clara, em vez de ser uma dádiva de Deus para salvar a espécie humana, talvez o produto seja um assassino. Só saberei da história completa até o final da semana, mas poderia ser o fim de um sonho, ou o início de longos anos de testes. E, se for este o caso, tenho de ir para casa e dizer ao presidente da empresa que, coincidentemente, é meu sogro, que o nosso produto está arquivado ou podemos colocá-lo na vitrine. Não vai ser uma comunicação simples.

Ela parecia impressionada, enquanto o olhava e assentia com a cabeça.

— Acho que não. Você falou o que lhe disseram, ontem?

Olivia tinha certeza de que Peter o fizera, sua pergunta era quase retórica, mas ficou espantada quando ele sacudiu a cabeça, parecendo sentir-se um pouco culpado.

— Não quero dizer nada enquanto não estiver de posse de todas as informações — falou, esquivando-se do assunto.

Os olhos de Olivia penetraram fundo nos dele, enquanto o observava.

— Esta vai ser uma semana daquelas para você, enquanto espera os resultados — disse Olivia de forma simpática, começando a ter uma vaga idéia, pelo brilho de seus olhos, de como aquilo era importante para ele. — O que sua mulher disse? — perguntou, supondo que outras pessoas tinham um relacionamento com ele do qual não desfrutava. Afinal, ela não tinha como saber de seus problemas particulares, de não poder contar nada a Katie sem que ela fosse falar com o pai.

Mas então ele a espantou ainda mais.

— Eu não lhe falei — disse suavemente e Olivia o olhou surpresa.

— Não contou? Por que não? — Ela não conseguia imaginar o motivo.

— É uma longa história — disse ele, sorrindo timidamente, deixando Olivia admirada. Havia algo em seus olhos que falavam baixinho de solidão e decepção, mas era algo tão sutil que Olivia se perguntou se ele mesmo tinha consciência do que lhe acontecia. — Ela é extremamente apegada ao pai. — Peter contou, vagarosamente, pensando no que dizia. — Sua mãe morreu quando era criança e ela cresceu sozinha, a seu lado. Não há absolutamente nada que deixe de contar ao pai.

Ele levantou os olhos para Olivia e percebeu que ela o entendia.

— Mesmo o que você lhe conta em confiança? — perguntou Olivia, parecendo sentir-se ultrajada por tal indiscrição.

— Até mesmo isso — sorriu. — Katie não tem segredos com o pai.

Dizer isso lhe partiu o coração. Ele não sabia bem por que, mas falar sobre aquilo agora o incomodara mais do que ao longo de todo o tempo em que estava casado.

— Não deve ser nada confortável — disse Olivia, procurando seus olhos, tentando ver se ele estava infeliz ou se ao menos tinha consciência disso. Peter parecia estar sugerindo que a lealdade de Katie ao pai, mesmo naquele nível, era não só aceitável, mas normal. No entanto, seus olhos transmitiam uma mensagem diferente. Ela ficou pensando se era isso que quisera dizer quando afirmara que todos têm suas dificuldades, às vezes. Para Olivia — para quem privacidade, discrição e lealdade eram quase tudo — os problemas de Peter provocavam náuseas.

— É assim que as coisas são — disse ele com simplicidade. — Aceitei isso há muito tempo. Não acho que eles tenham a intenção de fazer qualquer mal com isso, mas significa que às vezes não posso lhe contar as coisas. Eles têm uma tremenda ligação.

Olivia decidiu, para o bem de Peter, não entrar no assunto. Não tinha intenção de retirar dele a camada que o protegia nem magoá-lo por lhe chamar a atenção sobre como o comportamento de sua mulher era inadequado. Afinal, ela mal o conhecia e não tinha esse direito.

— O dia de hoje deve ter sido solitário, já que você estava preocupado com o resultado dos testes e não tinha com quem conversar.

Olivia o olhou com simpatia. Tinha ido ao cerne da questão e eles trocaram um cálido sorriso de entendimento. Ambos carregavam fardos pesados sobre os ombros.

— Tentei me manter ocupado, já que não podia contar a ninguém — disse ele em voz baixa. — Fui ao Bois de Boulogne e fiquei olhando as crianças brincarem. Depois fui dar um passeio ao longo do Sena, fui ao Louvre e voltei ao hotel, onde fiquei trabalhando até que o alarme detonou. — Ele sorriu amplamente. — E daí em diante, o dia está sendo muito bom.

Logo um novo dia ia surgir. Eram quase cinco da manhã e ambos sabiam que tinham que voltar ao hotel sem muita demora. Eles ainda conversaram durante meia hora e às cinco e meia deixaram finalmente o café, com relutância, e foram procurar um táxi. Andavam pelas ruas de Montmartre, ela com sua camiseta e ele em mangas de camisa, de mãos dadas, como dois jovens em seu primeiro encontro, parecendo incrivelmente à vontade um com o outro.

— A vida às vezes é estranha, não acha? — perguntou ela, olhando-o alegremente, pensando em Agatha Christie e imaginando se ela fizera algo assim ou alguma coisa ainda mais ousada, durante seu desaparecimento. Quando reapareceu, a famosa autora não explicou nada.— Você acha que está completamente só e então de repente alguém sai da neblina, de forma inesperada, e você não está mais só — disse Olivia em voz baixa.

Jamais sonhara que encontraria alguém como Peter, que preencheu uma grande lacuna em sua vida. Ela estava faminta por uma amizade.

— É uma boa coisa para a gente lembrar quando as coisas ficam difíceis, não acha? Nunca se sabe o que pode acontecer na próxima esquina — disse Peter, sorrindo para ela.

— No meu caso, o que pode me acontecer na próxima esquina é uma eleição presidencial. Ou pior ainda, o tiro de um outro louco.

Era uma idéia chocante, que trazia de volta as horríveis recordações do assassinato de seu cunhado. Estava claro que ela amara Andy Thatcher profundamente, algum dia, e ela ainda se entristecia com o fato da vida ter sido tão dura com eles e lhe aprontado tantos reveses. De certo modo, Peter sentia pena dos dois, mas, na maior parte, era com Olivia que se preocupava. Nunca vira ninguém ignorar um outro ser humano do jeito que Andy Thatcher ignorava a esposa, todas as vezes em que os vira. Havia uma indiferença total em relação a ela, como se ela não existisse ou se ele nem ao menos a enxergasse. E essa falta de interesse se estendia, nitidamente, a seus assessores. Talvez Olivia estivesse certa e fosse, para eles, apenas uma peça da decoração.

— E você? — perguntou ela a Peter, preocupada. — Será que vai ser muito ruim se o produto se mostrar um desastre quando os testes terminarem? O que lhe acontecerá, quando chegar a Nova York?

— Se o produto for um desastre eles provavelmente vão me pendurar pelos pés e me esfolar — disse ele com um sorriso triste e depois ficou novamente sério. — Não vai ser fácil. Meu sogro ia se aposentar este ano, acho que, em parte, como um voto de confiança em mim, mas não creio que o fará se perdermos o produto. Penso que será difícil, mas terei que apoiá-lo.

Mas não era só aquilo. Para Peter, colocar Vicotec no mercado significava salvar pessoas que morreriam, sem tratamento, como acontecera com sua mãe e irmã. Isso significava tudo, para ele, mais até do que o lucro ou a reação de

Frank Donovan. E agora, poderiam perder o Vicotec. Só de pensar nisso o deixava arrasado.

— Gostaria de ter sua coragem — disse ela, com tristeza e a expressão de seu olhar era a mesma que vira no dia em que a conhecera: a de uma tristeza que não conhecia limites.

— Você não pode fugir das coisas, Olivia.

Mas disso ela já sabia, desde que seu filho de dois anos morrera em seus braços. Poderia haver coragem maior do que essa? Olivia não precisava de instruções a respeito do que significava ser corajosa.

— E se sua sobrevivência depender de uma fuga? — Olivia perguntou com expressão séria e Peter colocou um braço ao redor de seus ombros.

— Você precisará ter muita certeza antes de tomar essa medida — disse, olhando-a seriamente e desejando poder ajudá-la. Era uma mulher que precisava, desesperadamente, de um amigo, e ele teria adorado sê-lo por um tempo maior que apenas algumas horas. Mas sabia também que, uma vez que a deixasse no hotel, não poderia mais contatá-la, muito menos vê-la.

— Acho que estou começando a ter muita certeza — disse ela suavemente. — Mas ainda não cheguei à decisão final.

Era uma afirmação dolorosamente sincera, e, apesar de estar desesperadamente infeliz, ela ainda precisava tomar a decisão.

— E para onde iria? — perguntou ele quando finalmente conseguiram um táxi e mandaram que seguisse para a rue Castiglione. Peter não queria levá-la direto ao hotel, pois não sabiam ainda se os hóspedes tinham conseguido entrar ou se estavam reunidos na praça, esperando.

Mas, para Olivia, aquela era uma pergunta fácil de responder. Ela já estivera lá antes e desde a primeira vez soubera que aquele seria para sempre seu porto seguro.

— Há um lugar onde costumava ir há muito tempo, quando vim estudar, durante um ano, na universidade. É uma pequena aldeia de pesca, no sul da França. Eu a descobri quando vim para cá pela primeira vez e era lá que costumava passar os finais de semana. O lugar não é chique nem está na moda, ao contrário, é muito simples, mas era o único ao qual podia ir sempre que precisava me encontrar. Fui para lá uma semana depois da morte de Alex, mas tive medo de que a imprensa acabasse me encontrando, e acabei indo embora antes que me achassem, pois odiaria perder meu refúgio. Gostaria de voltar para lá, algum dia, e ficar durante algum tempo, talvez até escrever, finalmente, o livro que acho que tenho na cabeça e ver se consigo fazê-lo. É um lugar mágico, Peter. Gostaria de mostrá-lo a você.

— Talvez um dia possa fazê-lo — disse ele quase prontamente, puxando-a para mais perto de si, num gesto de conforto e apoio, sem nenhuma tentativa de fazer avanços ou tentar beijá-la. Nada no mundo o teria agradado mais, mas, por respeito a Olivia e a sua esposa, ele não o faria de jeito nenhum. Para ele, Olivia era, de certa forma, uma fantasia, e o simples fato de ter passado a noite em sua companhia, conversando, era um presente de que se lembraria para sempre com prazer. Era como um trecho de um filme.

— De qualquer forma, como é o nome deste lugar? — perguntou e ela sorriu e lhe deu o nome, como se fosse um presente. Era quase uma senha entre eles.

— La Favière. Fica no sul da França, perto de um lugar chamado Cap Benat. Você deve ir para lá, se algum dia precisar. É a melhor coisa que posso dar a quem quer que seja — sussurrou ela, enquanto deitava a cabeça em seu ombro e, pelo resto da viagem, ele a abraçou, percebendo, sem que nada fosse dito, que era disso que ela precisava. Peter queria lhe dizer que seria sempre seu amigo, que, sempre que precisasse, estaria a seu lado, que não deveria hesitar em chamá-lo, mas, por não saber exatamente como lhe dizer tudo isso, apenas abraçou-a. Por um louco momento até quis dizer que a amava, e imaginou há quanto tempo ninguém lhe dizia isso, ninguém conversava com ela como se se importasse ou tinha qualquer interesse no que estava sentindo.

— Você é um homem de sorte — disse-lhe Olivia suavemente, quando o táxi parou na rue Castiglione, abaixo da Place Vendôme, como tinham dito ao motorista.

— O que a faz dizer isso? — perguntou Peter, curioso. A única coisa que lhe parecia ser de sorte, naquele momento, era ter passado a noite em sua companhia, era terem aberto suas almas um para o outro e partilhado segredos.

— Porque está satisfeito com sua vida, acredita no que faz e ainda tem fé na decência da espécie humana. Eu gostaria de tê-la, mas perdi essa fé há muito tempo.

Mas ela não tivera tanta sorte. A vida tinha sido boa, em sua maior parte, com Peter, mas extremamente dura com Olivia. Ela não lhe disse que desconfiava que o casamento dele era bem menos satisfatório do que dizia a si mesmo, porque achava que nem mesmo Peter sabia disso. De certa forma, ele tinha sorte por estar ainda muito cego, embora fosse sincero, se importasse e tivesse trabalhado duro, além de estar disposto a fechar os olhos à indiferença da mulher, que só se envolvia com sua própria vida, e a intromissão abusiva do sogro na vida do casal. Aos olhos de Olivia, ele era feliz, porque não via o vazio que o rodeava. Talvez o sentisse, mas realmente não o via. E Peter era, basicamente, uma pessoa tão boa, decente e amável e ela o sentira tão caloroso naquela noite que, mesmo agora, pouco antes do alvorecer, não queria deixá-lo.

— Odeio ter que voltar — sussurrou ela, sonolenta, aninhada em seu ombro, no banco de trás do táxi. Depois de tudo que conversaram, estavam esgotados e ela começava a murchar, agora.

— E eu odeio ter que deixá-la — disse Peter com sinceridade, tentando se obrigar a lembrar de Katie, mas era com esta mulher que queria estar, não com Katie. Nunca conversara com ninguém como com Olivia, naquela noite, ela era muito generosa e compreensiva, além de tão solitária, ferida e carente. Como poderia deixá-la? Agora ficava difícil lembrar-se de por que deveria fazê-lo.

— Sei que devo voltar, mas não consigo me lembrar por quê — disse ela, sorrindo sonolenta e pensando na glória dos *paparazzi* se os tivessem visto nas últimas seis horas. Era difícil de acreditar que tinham passado tanto tempo fora. Tinham conversado por tantas horas em Montmartre, e agora era uma agonia ter de voltar ao lugar ao qual pertenciam, embora soubessem que tinham que fazê-lo. Peter percebeu, de repente, que nunca conversara com Katie daquele jeito e, pior ainda, estava se apaixonando por Olivia antes mesmo de beijá-la.

— Ambos temos que voltar — disse ele com tristeza. — A esta altura, devem estar loucos de preocupação por sua causa. E eu tenho que esperar pelas notícias do Vicotec. — Se não fosse por isso, teria adorado fugir com ela.

— E depois? — Olivia estava se referindo ao Vicotec. — Nossos mundos caem, separadamente, e continuamos indo em frente. Por que temos que ser valentes? — Ela parecia e soava como uma criança impertinente e Peter sorriu, enquanto olhava a expressão de seu rosto.

— Acho que é porque foi para isto que fomos escolhidos. Em algum lugar, em algum momento, alguém disse: "Ei, você, entre nesta fila, a dos valentes." Mas, na verdade, Olivia, você é muito mais forte do que eu. — Ele sentira isso naquela noite e a respeitara muito por sua força.

— Não, não sou — disse ela com simplicidade. — Nunca me ofereci como voluntária para passar por tudo isto. Não foi uma prova de múltipla escolha, apenas aconteceu. E isso não é coragem, mas destino. — Ela o olhou em silêncio, desejando que fosse seu e sabendo que nunca seria. — Obrigado por ter me seguido esta noite... e pela xícara de café. — Sorriu novamente e Peter tocou seus lábios com os dedos.

— A qualquer momento, Olivia... lembre-se disso. A qualquer momento em que quiser uma xícara de café, estarei a seu lado... Nova York, Washington... Paris... — Este era seu jeito de lhe oferecer amizade e ela sabia. Infelizmente para os dois, era tudo o que Peter podia dar.

— Boa sorte com o Vicotec — disse ela enquanto saíam do táxi e o olhava. — Se o certo for você ajudar as pessoas, Peter, as coisas acontecerão. Acredito nisso.

— Eu também — disse ele com tristeza, já sentindo sua falta antes mesmo de se separarem. — Cuide-se, Olivia.

Ele queria lhe dizer tantas coisas, desejar-lhe tanto bem, agarrar-se a ela, fugir com Olivia para a aldeia de pesca perto de Cap Benat. Por que a vida era, às vezes, tão injusta? Por que não era mais generosa?

Eles ficaram na esquina durante o que pareceu um longo tempo e, depois que ele apertou sua mão pela última vez, ela finalmente virou a esquina e atravessou rapidamente a praça: era uma pequena e graciosa figura vestida de camiseta branca e *blue jeans*. E enquanto a olhava ir embora, Peter ficou pensando se a veria de novo, mesmo no hotel. Quando a seguiu, Olivia parou na porta do Ritz, acenando pela última vez e, enquanto a olhava, Peter se odiou por não tê-la beijado.

Capítulo Quatro

Naquele dia, para sua grande surpresa, Peter dormiu até o meio-dia. Estava exausto por ter chegado às seis da manhã e, quando acordou, só conseguia pensar em Olivia. Sentia-se calmo e triste sem ela e, ao olhar pela janela, notou que chovia. Pensou em Olivia durante muito tempo, enquanto comia *croissants* e tomava café, pensando no que teria acontecido quando voltou a seu quarto naquela manhã. Imaginou se, por acaso, o marido tinha ficado furioso com ela, extremamente preocupado ou mesmo apenas intranqüilo. Ele não conseguia imaginar Katie fazendo uma coisa assim. No entanto, dois dias antes, ele não conseguiria imaginar-se numa situação como a daquela noite.

Ele gostaria de poder continuar conversando com Olivia a noite inteira. Ela era tão sincera e aberta com ele. E enquanto terminava seu café da manhã, pensou em algumas das coisas que tinha dito — sobre sua própria vida e a dele. Examinar seu casamento através dos olhos de Olivia lhe deu, subitamente, uma perspectiva diferente, e Peter sentiu-se desconfortável ao encarar o relacionamento de Katie com o pai. Eram tão íntimos que se sentia excluído, e Peter estava aborrecido por não poder conversar sobre Suchard com Katie, além do motivo de sua demora em Paris. Mesmo que não quisesse contar isso a Frank, certamente teria gostado de falar sobre o assunto com a mulher, mas sabia, com total certeza, que não poderia fazê-lo.

Era estranho pensar que tinha sido mais fácil conversar sobre aquele assunto com uma perfeita estranha, na noite passada. Olivia fora muito simpática e bondosa, entendeu com facilidade como era angustiante a espera que devia enfrentar. Ele desejou conversar de novo com ela, e enquanto tomava banho e se vestia descobriu que só conseguia pensar nela... seus olhos... seu rosto... o olhar tristonho enquanto se afastava e a dor que ele tinha percebido enquanto a observava. Era tudo tão irreal. Quando o telefone tocou, uma hora depois, foi quase um alívio. Era Katie. De repente, ele precisava estender a mão para ela, trazê-la para perto de si, assegurar-se de que realmente o amava.

— Oi — disse Katie. Em Greenwich, eram sete da manhã e ela soava animada, alerta, e já com pressa. — Como está Paris?

Ele hesitou, por um momento, sem muita certeza do que poderia falar.

— Bem. Sinto sua falta — disse ele, tomando consciência, de repente, de que esperar notícias de Suchard lhe parecia um peso esmagador e que a noite anterior fora apenas uma ilusão. Ou será que Olivia é que era real agora, enquanto Katie se transformava no sonho? Ainda cansado da noite anterior, tudo lhe parecia muito confuso.

— Quando é que você volta? — perguntou ela, enquanto tomava uma xícara de café aos golinhos e terminava de tomar o café da manhã em Greenwich. Katie ia pegar o trem das oito para Nova York e estava apressada.

— Dentro de alguns dias, espero — disse ele pensativo. — No final de semana estarei aí, com certeza. Suchard sofreu alguns atrasos nos testes e decidi esperar aqui. Achei que ficar poderia estimulá-lo a terminar o trabalho um pouco mais rápido.

— Há alguma coisa importante provocando os atrasos ou são apenas detalhes técnicos? — perguntou ela, e era quase como se pudesse ver Frank esperando, a seu lado, pela resposta. Peter tinha certeza de que Frank lhe transmitira tudo que lhe contara no dia anterior. E, como sempre, sabia que tinha de ser cuidadoso com o que lhe dizia, pois iria direto aos ouvidos de seu pai.

— Apenas coisas de menor importância. Você sabe como Suchard é meticuloso — disse Peter, com ar de indiferença.

— Se quer minha opinião, acho que ele é um chato, que vai encontrar problemas até mesmo onde eles não existem. Papai me contou que foi ótimo, em Genebra.

Ela soava orgulhosa do marido, embora um tanto fria. Ao longo dos anos, o relacionamento entre os dois dera estranhas voltas. Ela se tornara menos afetiva do que costumava ser, e menos efusiva, a não ser que estivesse num estado de espírito alegre, e apenas com ele. E Katie não parecia estar particularmente calorosa naquela manhã.

— Em Genebra foi ótimo, com certeza. — Peter sorriu, tentando visualizá-la, mas, de repente, só conseguia enxergar o rosto de Olivia, sentada na cozinha, na casa de Greenwich. Foi uma espécie estranha de alucinação, que o preocupou, pois Katie era sua vida, não Olivia Thatcher. Ele abriu mais os olhos e ficou olhando para a chuva que caía lá fora, tentando concentrar-se no que via. — Como foi o jantar com seu pai, na noite passada? — Ele tentou mudar de assunto, pois não queria discutir o Vicotec com ela. Teriam muito que conversar naquele fim de semana.

— Ótimo. Fizemos muitos planos para Vineyard. Papai

vai tentar ficar os dois meses inteiros, este ano. — Katie parecia satisfeita e Peter se esforçou para não pensar no que Olivia lhe tinha dito sobre fazer concessões em tudo. Sua vida era assim há quase vinte anos, e não podia mudá-la de uma hora para outra.

— Sei que ele vai ficar em Vineyard durante dois meses, vocês todos estão me abandonando, na cidade. — Ele sorriu com a idéia e depois pensou nos filhos. — Como estão os garotos? — Era fácil deduzir, pelo seu tom de voz, o quanto os amava.

— Ocupados. Nunca os vejo. Pat terminou a escola, Paul e Mike voltaram no dia em que você viajou e esta casa está parecendo, de novo, um jardim zoológico. Passo o tempo inteiro pegando meias e *jeans* jogados no chão e tentando combinar pares de tênis de tamanhos diferentes.

Ambos sabiam que eram abençoados com os filhos que tinham. Os três eram bons garotos e Peter adorava ficar em sua companhia, sempre gostara. Ao ouvir notícias deles, dadas por Katie, subitamente ficou com saudades.

— O que vai fazer hoje? — perguntou, soando tristonho. Tinha, à sua frente, mais um dia de espera pelas notícias de Suchard, sem nada para fazer a não ser ficar sentado no quarto, trabalhando em seu computador.

— Tenho uma reunião do conselho na cidade. Pensei em almoçar com papai e quero pegar algumas coisas para levar para Vineyard. No ano passado, os meninos destruíram nossos lençóis e precisamos também de toalhas novas e outras miudezas.

Katie parecia ocupada e distraída, e o fato de ir se encontrar de novo com o pai não passara despercebido a Peter.

— Achei que tinha jantado com Frank ontem — disse Peter, franzindo as sobrancelhas. A perspectiva que tinha, agora, das coisas era, de repente, um pouco diferente.

— Jantei. Mas eu lhe disse que ia para a cidade, hoje, e

ele me convidou para um almoço rápido, em sua sala. — O que ela teria, possivelmente, a lhe dizer, ficou pensando Peter, enquanto a ouvia. — E você? — Ela inverteu as posições e ele observou a chuva que caía sobre os telhados de Paris, cidade que adorava até com chuva. Gostava de tudo, em Paris.

— Estou pensando em trabalhar um pouco, em meu quarto. Trouxe pequenos assuntos que precisam ser elaborados no computador.

— Não parece ser muito divertido. Por que não sai, ao menos, para jantar com Suchard?

Peter queria muito mais de Suchard do que uma saída para jantar e não desejava distraí-lo do que estava fazendo.

— Acho que ele está muito ocupado — disse vagamente.

— Eu também estou. Acho melhor me apressar, se não vou perder meu trem. Algum recado para papai?

Peter sacudiu a cabeça, pensando que, se tivesse algo a dizer ao sogro, ele mesmo ligaria ou passaria um fax. Não mandava recados a Frank através de Katie.

— Apenas divirta-se. Eu a verei em poucos dias — disse Peter, e nada em sua voz informaria a Katie que passara a noite revelando sua alma a uma outra mulher.

— Não trabalhe demais — disse ela tranqüilamente e depois desligou.

Peter ficou sentado por muito tempo, pensando na mulher. A conversa não fora satisfatória, mas era algo típico dela. Katie se interessava pelo que o marido fazia e se envolvia muito com qualquer assunto ligado aos negócios, mas, em outras ocasiões, não tinha tempo algum para o marido. Fazia muito tempo que eles não conversavam sobre seus pensamentos mais íntimos nem partilhavam sentimentos e, às vezes, Peter imaginava que Katie tinha medo de se aproximar de qualquer pessoa, além do pai. Ao perder a mãe, quando criança, ela passara a temer perda e abandono e tinha medo de ligar-se a qualquer pessoa que não fosse Frank. Para Katie, o pai tinha sido posto à prova, desde então, e sempre estivera a seu lado. Peter também, mas o pai era sua prioridade. E ele esperava muito de Katie, solicitando muito de seu tempo, interesse e atenção. Mas Frank também dava muito e esperava ser reconhecido pela generosidade de seus presentes com a mesma quantidade de tempo e afeto. Mas Katie precisava de mais coisas em sua vida, precisava do marido e dos filhos. Mesmo assim, Peter desconfiava que nunca amara ninguém como ao pai, nem mesmo ele ou os filhos, embora fosse incapaz de admiti-lo. E, quando achava que alguém ameaçava Frank, lutava como uma leoa para protegê-lo. Mas essa reação ela deveria ter em relação a sua própria família e não ao pai. E era esse traço, antinatural, do relacionamento que sempre incomodara Peter. Sua ligação com o pai estava além de qualquer lógica.

Peter trabalhou a tarde inteira no computador e, finalmente, às quatro horas, decidiu ligar para Suchard, sentindo-se tolo depois que o fez. Desta vez, Paul-Louis atendeu à ligação no laboratório, mas foi lacônico e disse a Peter que não tinha nenhuma novidade. Ele já tinha prometido ligar no momento em que os testes finais estivessem terminados.

— Sei, sinto muito... apenas achei... — Peter se sentiu um idiota por ser tão impaciente, mas o Vicotec significava muito para ele, mais do que qualquer outra coisa, e estava permanentemente em sua cabeça. Vicotec e Olivia Thatcher. Finalmente, trabalhar tornou-se impraticável e às cinco horas ele decidiu ir à piscina e ver se conseguia desgastar a tensão nadando.

Peter procurou Olivia no elevador e no *spa*. Procurou-a por toda a parte, mas não a viu. Perguntou-se onde ela estaria e o que achara da noite anterior. Se fora um raro interlúdio ou uma espécie de momento decisivo. Peter achava que ela estava assombrada com tudo o que tinham dito, o modo como ela ficara, o significado mais profundo de tudo o que lhe dissera. Ele continuou a ver aqueles enormes olhos castanhos, a inocência de seu rosto, a seriedade de sua expressão e a delgada figura de camiseta branca enquanto se afastava. Nem a natação conseguiu exorcizá-la de sua mente, e ele não se sentiu muito melhor quando voltou ao quarto e ligou a televisão. Peter precisava de alguma coisa, qualquer coisa, que o distraísse das vozes em sua cabeça, da visão de uma mulher que mal conhecia e a preocupação com o Vicotec se escoando pelo ralo depois que Suchard terminasse de fazer os testes.

Quando ele começou a assistir ao jornal da CNN, o mundo estava do jeito habitual. Problemas no Oriente Médio, um pequeno tremor de terra no Japão e uma ameaça de bomba no Empire State Building em Nova York, levando milhares de pessoas apavoradas para a rua e apenas servindo para lhe lembrar da noite anterior, quando vira Olivia sair da Place Vendôme e resolvera segui-la. E pensava nisso quando, de repente, achou que estava ficando maluco, pois o apresentador da CNN tinha acabado de dizer o nome dela e, em seguida, mostrado uma foto sem clareza de Olivia, de costas, vestida em sua camiseta branca, indo embora rapidamente, e uma fotografia ainda mais imprecisa de um homem que se encontrava a uma boa distância dela. Mas a única coisa que se conseguia ver do homem era a parte posterior da cabeça, mas nada que o caracterizasse.

"— A esposa do senador Anderson Thatcher desapareceu, na noite passada, durante uma ameaça de bomba no hotel Ritz em Paris. Ela foi vista saindo da Place Vendôme a passos rápidos, enquanto este homem foi fotografado seguindo-a. Não se tem maiores informações sobre ele, se a seguia intencionalmente ou de acordo com algum plano, ou ainda por simples coincidência. Ele não era seu guarda-costas e ninguém parece saber nada sobre o homem."

Peter percebeu, imediatamente, que a foto era sua, no momento em que começara a segui-la pela praça, mas, felizmente, ninguém o reconhecera e era impossível identificá-lo através da fotografia.

" — A senhora Thatcher não mais foi vista desde, aproximadamente, a meia-noite passada e não há notícias a seu respeito. Um vigia noturno afirma tê-la visto entrar no hotel esta manhã, cedo, mas outras fontes informam que ela não voltou ao hotel desde que esta fotografia foi tirada. Até agora não se pode afirmar se houve crime ou se talvez, por estar sob tanta tensão política, ela simplesmente tenha ido para algum lugar, descansar com amigos ou em algum lugar perto de Paris, por algumas horas, embora, na medida em que o tempo passa, isto pareça ser cada vez menos provável. A única coisa que sabemos com certeza é que Olivia Douglas Thatcher desapareceu. Esta é a CNN, Paris."

Peter ficou olhando fixamente para a tela da TV, sem acreditar no que via. Uma montagem com fotos de Olivia acabava de ser apresentada e, enquanto Peter continuava a assistir televisão, seu marido apareceu, entrevistado por um repórter local para o canal de língua inglesa, ao qual estava assistindo. O repórter insinuou que Olivia estivera deprimida, ao longo dos dois últimos anos, desde a morte de seu filhinho, Alex. E Andy Thatcher negou, acrescentando que tinha certeza de que sua mulher estava viva e bem em algum lugar e que, se tivesse sido levada por alguém, logo receberiam notícias do grupo responsável pelo seqüestro. Sua aparência era muito franca e surpreendentemente tranqüila. Os olhos estavam secos e não mostrava sinais de pânico. O repórter disse então que a polícia estivera no hotel com o senador e sua equipe de auxiliares durante toda a tarde, com pessoas ao lado dos telefones, esperando notícias. Mas algo na aparência de Andy Thatcher levou Peter a pensar que ele estava usando o que acontecera com sua mulher para fazer campanha, não parecendo tão frenético para saber seu paradeiro como estaria qualquer pessoa que estivesse em seu lugar. Mas o fato é que Peter ficou subitamente apavorado ao pensar no que lhe teria acontecido depois que o deixara.

Ele vira quando Olivia entrou no hotel, pouco depois das seis, e ele mesmo a deixara lá. O que, dentro das possibilidades, poderia ter-lhe acontecido? Sentia-se mais do que um pouco responsável pelo fato e ficou se perguntando se ocorrera algum crime, se ela fora agarrada quando se dirigia a seu quarto. Mas, enquanto a idéia girava em sua cabeça, Peter continuava parado no mesmo lugar. A idéia do rapto o preocupava muito, e não obstante achava que não fora aquilo que acontecera. E as palavras *Agatha Christie* continuaram girando, repetidamente, em sua cabeça. Peter não conseguia suportar a idéia de que algo de terrível poderia ter acontecido com Olivia, mas quanto mais pensava no assunto, mais desconfiava que nada ocorrera. Ela fugira na noite anterior e poderia, facilmente, tê-lo feito de novo. Talvez não conseguisse, realmente, enfrentar a volta à sua vida normal, embora soubesse que Olivia sabia que devia fazê-lo. Mas, na noite passada, ela lhe dissera que achava que não conseguiria agüentar a situação por muito mais tempo.

Peter começou a andar de um lado para o outro, em seu quarto, enquanto pensava nela e, poucos minutos depois, soube o que devia fazer. Era certamente estranho, mas, se sua segurança dependia do que lhe ocorrera fazer, valia a pena. Tinha que contar ao senador que saíra com ela, para onde tinham ido e que a trouxera de volta ao hotel naquela manhã. Queria também falar de La Favière, porque, quanto mais Peter pensava no caso, mais certeza tinha de que ela fora para lá. Era o único lugar onde ele sabia, de forma instintiva, que Olivia procuraria refúgio. E apesar de conhecê-la muito pouco, isto ainda lhe parecia óbvio. E, embora Andy Thatcher certamente soubesse o quanto La Favière significava para ela, talvez não tivesse dado importância a esse detalhe. Peter queria lhe falar sobre isso agora e sugerir que mandassem a polícia para lá imediatamente, a fim de procurá-la. E se não estivesse em La Favière, então teria certeza de que ela estava, realmente, em dificuldades.

Peter não perdeu tempo esperando o elevador, foi direto para a escada e subiu os dois andares que o separavam do apartamento do senador, onde sabia que estavam hospedados. Olivia mencionara o número de seu quarto na noite anterior e Peter viu, imediatamente, que havia policiais e homens do serviço secreto nos corredores, conversando. Pareciam controlados, e não abatidos, e, até do lado de fora de sua suíte, ninguém parecia particularmente preocupado. E o observaram quando Peter se aproximou. Ele parecia respeitável, tinha vestido o paletó, quando saíra do quarto. Levava a gravata na mão e pensou, subitamente, se Anderson Thatcher o receberia. Não queria discutir o assunto com ninguém e seria constrangedor lhe contar que tinha tomado café com sua mulher em Montmartre, durante seis horas, mas para Peter, parecia importante ser honesto com o senador.

Quando chegou à porta, Peter pediu para falar com o senador e o guarda-costas que estava de serviço perguntou se tinha hora marcada, e Peter teve que admitir que não. Disse quem era ao guarda-costas e se sentiu tolo por não ter ligado antes, mas, assim que soubera que Olivia desaparecera, ficara com pressa para comunicar, a seu marido, com a maior rapidez possível, o lugar em que achava que ela poderia ser encontrada.

Quando o guarda-costas abriu a porta e entrou na suíte, Peter ouviu risadas e barulhos, vislumbrou fumaça e ficou atento ao que parecia ser uma conversa animada. Quase soava como uma festa. Ficou pensando, consigo mesmo, se tudo aquilo teria alguma coisa a ver com os esforços que estavam sendo empreendidos para localizar Olivia, ou se, como tinha desconfiado antes, estavam na verdade discutindo a campanha ou outras questões políticas.

O guarda-costas voltou num instante e se desculpou, educadamente, em nome do senador Thatcher. Evidentemente, ele estava numa reunião e talvez o Sr. Haskell pudesse ter a bondade de telefonar, para que falasse o que desejava pelo telefone. Ele tinha certeza de que o Sr. Haskell entenderia, se levasse em consideração tudo que acabara de acontecer. E ele tinha certeza de que o Sr. Haskell compreenderia. O que Peter não entendeu foi porque estavam rindo naquele quarto, por que todos não saíam correndo para procurála, por que não estavam em pânico de perdê-la. Será que Olivia fazia coisas assim o tempo inteiro? Ou eles simplesmente não se importavam? Ou desconfiavam — como ele — que apenas estava farta de tudo e tinha tirado um dia ou dois para clarear as idéias?

Ele se sentiu tentado a dizer que seu recado tinha relação com o paradeiro da mulher do senador, mas também sabia que poderia estar errado e, agora, percebia com mais clareza, enquanto pensava no assunto, como seria constrangedor explicar o encontro, na noite anterior, na Place de la Concorde. E por que, exatamente, ele a tinha seguido? Se o assunto fosse mal colocado, poderia criar um enorme escândalo, tanto para ela quanto para ele, e Peter percebia, agora, que errara ao ir procurar Andy Thatcher. Deveria ter ligado, pensou Peter, voltando a seu quarto com essa intenção, mas, assim que pegou o telefone, viu sua foto de novo na CNN. O repórter estava investigando mais a idéia de suicídio do que de rapto, e neste momento, estavam mostrando velhas fotos de seu filho morto, e depois cenas do funeral, com Olivia chorando. E aqueles olhos assombrados, na tela da TV, se fixaram nele, implorando-lhe que não a traísse. Em seguida, a CNN entrevistou um especialista em depressão, que falou sobre os tipos de coisas loucas que as pessoas faziam quando perdiam a esperança, e desconfiavam que era o que acontecera com Olivia Thatcher quando seu filho morreu. Peter teve vontade de jogar alguma coisa em cima deles. O que sabiam sobre seu sofrimento, sua vida, sua dor? Que direito tinham de picar sua vida em pedaços? Depois, continuaram a mostrar fotografias do passado de Olivia, em seu casamento, no enterro do cunhado, seis meses depois que se casara com Andy.

Peter estava com o telefone na mão quando começaram a falar das tragédias que atingiram a família Thatcher, começando com o assassinato, seis anos antes, de Tom Thatcher, a criança que morrera e, agora, o trágico desaparecimento de Olivia Thatcher. Já o estavam chamando de trágico quando a telefonista atendeu e perguntou se podia ajudar Peter, e ele estava quase lhe dando o número do quarto dos Thatcher quando percebeu que não conseguiria fazê-lo. Ainda não. Antes, tinha que ver por si mesmo. E, se ela não estivesse lá, então saberia que algo tinha acontecido a ela, e ligaria para Andy assim que pudesse. Na verdade, Peter não lhe devia nada, mas, depois da noite anterior, achava que devia seu silêncio a Olivia. Ele só esperava não estar colocando sua vida em risco enquanto mantinha silêncio até chegar lá.

E assim que colocou o receptor no gancho, o apresentador da CNN estava dizendo que seus pais, o governador Douglas e sua mulher não tinham feito comentários sobre o misterioso desaparecimento de sua filha em Paris. A voz continuou a falar, monotonamente, enquanto Peter pegava um suéter no armário. Gostaria de ter trazido um *jeans*, mas, quando fora para a Europa, não havia como saber que iria a algum lugar onde pudesse usá-los. Dificilmente seria o tipo de traje que ele costumava usar em suas reuniões.

Depois ligou para a portaria e, ao ser informado de que não havia mais vôos para Nice naquela noite e que o último trem partiria em cinco minutos, Peter pediu um carro e um mapa que pudesse orientá-lo numa viagem para o sul da França e, quando lhe ofereceram um motorista, explicou que queria dirigir, embora certamente a viagem pudesse ser mais rápida e fácil com um motorista. Mas também teria muito menos privacidade. Na portaria informaram que aprontariam tudo dentro de uma hora, e que ele deveria dirigir-se para a porta da frente do hotel e pegar o carro, com os mapas. Eram pouco mais de sete horas e, às oito, ele desceu e viu um Renault novo esperando, com uma pilha de mapas no assento dianteiro. O porteiro lhe explicou, muito amavelmente, como sair de Paris, enquanto Peter entrava no carro sem bagagem alguma, levando apenas uma maçã, uma garrafa de água Evian e a escova de dentes no bolso. E quando se sentou à direção, a impressão que tinha era a de uma busca infrutífera, assim, já tinha combinado, na gerência, que, se fosse necessário, poderia deixar o carro em Nice ou Marselha e voltar de avião a Paris. Mas só faria isso caso não a encontrasse. E ficou pensando se Olivia aceitaria voltar com ele, caso a achasse. Ao menos poderiam conversar no caminho. Obviamente, ela tinha muita coisa na cabeça e talvez ele pudesse ajudá-la a colocar os pensamentos em ordem, enquanto voltavam a Paris.

A Autoroute du Soleil ainda estava razoavelmente movimentada àquela hora, e só depois de Orly o tráfego começou a diminuir e Peter pôde aumentar a velocidade, nas próximas duas horas, até chegar a Pouilly. Ele se sentia estranhamente tranqüilo, e, embora não soubesse exatamente por que, achava que estava fazendo a coisa certa para Olivia. E pela primeira vez em muitos dias sentiu-se livre de todos os pesos e preocupações. Havia algo no fato de pegar um carro e sair dirigindo velozmente, pela noite, que o fazia sentir-se como se tivesse deixado para trás todas as preocupações. Fora maravilhoso conversar com ela na noite anterior, algo como encontrar um amigo num lugar inesperado. E enquanto dirigia, só conseguia ver seu rosto, os olhos seguindo-o, exatamente como da primeira vez em que a vira. Também pensou em Olivia na noite em que a vira na piscina, nadando para longe dele, como um pequeno peixe, preto e ágil... e depois a corrida pela Place Vendôme, na noite anterior, rumo à liberdade... a expressão desesperançada em seus olhos quando ela foi embora... a sensação de paz que ela transmitia quando falava na pequena aldeia de pescadores. Era loucura atravessar a França para ir atrás dela, e Peter tinha consciência disto. Mal a conhecia. E, mesmo assim, da mesma forma como sentira que precisava segui-la pela praça, na noite anterior, sabia agora que tinha que ir atrás de Olivia. Por motivos que ainda lhe eram desconhecidos, naquele momento, tinha de achá-la.

Capítulo Cinco

A estrada para La Favière era entediante e longa, mas graças à velocidade que conseguiu atingir, a viagem foi mais rápida do que esperava e levou exatamente dez horas. Peter entrou vagarosamente na cidade às seis da manhã, na hora em que o sol estava nascendo. A maçã já tinha acabado há muito tempo e a garrafa de Evian estava quase vazia, pousada no assento a seu lado. Peter tinha parado para tomar café uma ou duas vezes e deixara o rádio ligado, para mantê-lo acordado, dirigindo com as janelas abertas, mas, agora que tinha chegado a seu destino, estava verdadeiramente exausto. Ficara acordado a noite inteira pela segunda vez em dois dias e até a excitação de ter chegado lá e a adrenalina que o estimulara começavam a desaparecer e ele percebeu que precisava dormir pelo menos uma hora, antes de começar sua busca. De qualquer forma, era muito cedo para procurá-la, e, a não ser os pescadores, que começavam a chegar às docas, todo mundo ainda estava dormindo em La Favière. Peter foi para o acostamento, desligou o carro e passou para o assento traseiro. Era apertado, mas exatamente do que precisava.

Eram nove da manhã quando acordou e ouviu crianças brincando perto do carro. Suas vozes se elevaram quando passaram correndo e Peter pôde ouvir as gaivotas voando. Quando se sentou no carro, ouviu grande variedade de sons e se sentia como se tivesse morrido. Foram uma longa noite e uma longa viagem, mas, se a encontrasse, teria valido a pena. Quando se esticou e espreguiçou, Peter aproveitou para dar uma olhada em seu rosto no espelho retrovisor e riu. Estava horrível, com uma cara de assustar as criancinhas.

Penteou o cabelo e escovou os dentes com o resto da Evian que trouxera e procurou parecer tão respeitável quanto conseguiu, ao sair do carro para dar início a sua busca. Não tinha a menor idéia de como começar e seguiu, vagarosamente, a algazarra das crianças que ouvira até a padaria, onde comprou um *pain au chocolat* e de onde saiu para olhar o mar. Os barcos de pesca já tinham saído, pequenos rebocadores e barcos a vela ainda estavam no porto e havia pequenos grupos de velhos discutindo o estado de coisas enquanto os mais jovens continuavam a pescar. O sol estava alto e, quando Peter olhou a sua volta, decidiu que ela tinha razão. Era o lugar perfeito para onde fugir, tranqüilo, bonito, e havia algo nele muito raro e acolhedor, como se fosse o abraço de um velho amigo. E perto do porto havia uma longa praia arenosa. Ele terminou seu *pain au chocolat* e começou a andar, vagarosamente, pela areia, com vontade de tomar uma xícara de café. Sentia-se hipnotizado pelo sol e pelo mar e pensou em como faria para encontrá-la. Andou todo o caminho até a praia e sentou-se numa rocha, pensando nela e imaginando se ficaria zangada se a encontrasse, se ao menos estava lá, quando olhou para cima e viu uma garota franzina mudar de direção e vir de outra praia, além daquela. Estava descalça, de short e camiseta, era pequena e magra e seu cabelo escuro voava com a brisa enquanto o olhava e sorria, e a única coisa que Peter conseguiu fazer foi olhar fixamente. Lá estava ela, sorrindo para ele do outro lado da praia, como se o estivesse esperando. Com um sorriso dirigido apenas a ele, Olivia Thatcher caminhou, vagarosamente, em sua direção.

— Não acho que seja coincidência — disse ela suavemente, enquanto se sentava na rocha, a seu lado.

Ele ainda estava atônito e não se movera desde que a vira. Estava muito desconcertado por tê-la encontrado.

— Você me disse que ia voltar — falou ele, os olhos penetrando profundamente nos dela, não mais surpreso nem zangado, simplesmente ali, à vontade com ela.

— Eu ia. Estava falando sério. Mas quando cheguei lá, descobri que não conseguiria. — Ela parecia triste, enquanto falava. — Como soube onde eu estava? — perguntou delicadamente.

— Vi na CNN. — Ele sorriu e ela pareceu ficar apavorada.

— Que estou aqui?

Ele riu da pergunta.

— Não, minha amiga. Apenas disseram que você tinha desaparecido. Passei o dia inteiro imaginando-a de volta a sua vida de mulher de senador, embora relutantemente e, às seis da tarde, liguei a televisão para assistir ao noticiário e lá estava você. Raptada — ao menos aparentemente — e eles tinham uma fotografia minha seguindo-a pela Place Vendôme, como seu possível raptor, mas, felizmente, não se pode vê-la com muita clareza.

Ele estava sorrindo. Era tudo tão absurdo e meio maluco. Mas mesmo assim Peter não falou nada das reportagens sobre sua depressão.

— Meu bom Deus, eu não tinha a menor idéia de que algo assim estava acontecendo. — Parecia pensativa, enquanto absorvia o que Peter acabava de lhe dizer. — Eu ia deixar um bilhete para Andy, dizendo que estaria de volta dentro de alguns dias, mas acabei não o fazendo. Simplesmente fui embora e vim para cá. Tomei o trem — disse, explicando-se, enquanto ele acenava afirmativamente com a cabeça, ainda tentando entender o que o tinha levado até ali. Era a segunda vez que a seguia, impelido por uma força que não conseguia explicar, mas a que tampouco conseguia resistir. Seu olhar penetrou profundamente no dele e nenhum dos dois se mexeu. Os olhos de Peter eram pura carícia, mas nem ela nem ele fizeram movimento algum para se tocar. — Estou alegre por ter vindo — disse Olivia suavemente.

— Eu também... — E de repente ele parecia um garoto de novo, enquanto a brisa despenteava seu cabelo escuro e o jogava sobre os olhos, da cor do céu de verão. — Não sabia se ia ficar aborrecida caso eu a encontrasse.

Aquilo o preocupara durante todo o trajeto, desde que saíra de Paris, com medo que Olivia achasse que segui-la era uma intromissão imperdoável em sua vida.

— Como eu poderia ficar aborrecida? Você tem sido tão bom comigo... me ouviu... se lembrou. — Ela estava desconcertada porque ele a encontrara, porque se preocupara o suficiente para, ao menos, tentar achá-la. De Paris até La Favière o trajeto era longo. De repente, Olivia ficou de pé, parecendo, mais do que nunca, uma garotinha, e estendeu a mão para ele. — Vamos, deixe-me levá-lo para tomar café. Você deve estar morrendo de fome, se dirigiu a noite inteira.

Ela enfiou a mão em seu braço enquanto andavam devagar em direção ao porto. Olivia estava descalça, os pés graciosos e pequenos, e a areia estava quente, mas ela não parecia dar importância.

— Você está muito cansado?

Ele riu, lembrando-se de como estava exausto quando chegara.

— Estou bem. Dormi umas três horas quando cheguei.

Não consigo dormir muito quando você está por perto. — Mas tampouco a vida era aborrecida quando estava a seu lado. Isso era certo.

— Sinto muito — disse ela, e logo em seguida o levou a um minúsculo restaurante, onde ambos pediram omeletes, *croissants* e café. A refeição servida era cheirosa, farta e Peter a devorou. Ela comeu delicadamente, observando-o, enquanto tomava o forte café preto.

— Ainda não consigo acreditar que veio — disse ela suavemente.

Parecia satisfeita mas, de certa forma, também melancólica. Andy nunca faria uma coisa assim. Nem mesmo no princípio de seu relacionamento.

— Tentei falar com seu marido sobre este lugar — disse ele com sinceridade, deixando-a, subitamente, muito preocupada.

— O que disse? Você lhe falou para onde achava que eu tinha ido?

Não queria que Andy fosse para lá. Não se importava em ver Peter, ao contrário, estava satisfeita porque fora, mas ainda não estava preparada para se encontrar com Andy, que era o grande motivo pelo qual estava lá.

— Não lhe disse nada, afinal. — Peter tranqüilizou-a rapidamente. — Queria, mas fui dispensado quando fui a sua suíte falar com ele. A polícia, o serviço secreto e os guarda-costas estavam lá e me pareceu que ele estava numa reunião.

— Tenho certeza de que a reunião não tinha nada a ver comigo. Ele tem uma percepção rara em relação a quando deve ou não se preocupar. Foi por isso que não lhe deixei um bilhete. Acho que estava errada, mas ele me conhece o bastante para saber que eu estaria bem. Não acho que Andy acredite, realmente, que fui raptada.

— Também tive essa impressão quando estive na suíte — disse Peter devagar. Não havia aquela intensa aura de pânico que seria de se esperar se ele realmente achasse que ela estava em perigo. Na verdade Peter não achara Anderson Thatcher preocupado... motivo pelo qual se sentira livre para partir e ligar para ele depois. — Você vai ligar para ele agora, Olivia? — perguntou Peter, preocupado. Ele achava que devia fazer ao menos isso.

— Ligarei sim. Ainda não sei o que quero dizer a ele. Não tenho certeza se posso voltar, embora imagine que terei que fazê-lo, ao menos rapidamente. Eu lhe devo algum tipo de explicação.

Mas o que havia a explicar: que não queria mais viver com ele, que o amara um dia, mas que tinha acabado, que ele tinha traído todas as suas esperanças, todo fiapo de decência, tudo com que se importava ou queria dele? Na cabeça de Olivia, não havia nada mais por que voltar. Descobrira no dia anterior, quando enfiou a chave na porta da suíte e sentiu que simplesmente não conseguia virá-la. Naquele momento, teria feito qualquer coisa para fugir de Andy e, da mesma forma, também não significava nada mais para ele. Sabia disso. Não significava há anos. E, na maior parte do tempo, Andy não dava a menor atenção a sua existência.

— Olivia, você vai deixá-lo? — perguntou Peter delicadamente, quando terminaram o café da manhã.

Não era de sua conta, mas ele dirigira durante dez horas para se assegurar de que ela estava bem e que nada de ruim tinha lhe acontecido. Isso lhe dava algum direito de pedir, ao menos, um mínimo de informações e ela sabia.

— Acho que sim.

— Tem certeza? No mundo em que vive, uma separação criará, provavelmente, um tremendo alvoroço.

— Não tanto quanto se descobrirem que você está aqui comigo — disse ela rindo e Peter deu um risinho de satisfação. Não podia deixar de concordar com ela sobre esse ponto. E então Olivia ficou séria de novo. — O alvoroço não me assusta. É só um bocado de barulho, como brincadeiras de criança na festa de Halloween. Não é esse o problema. Eu simplesmente não agüento mais conviver com as mentiras, o fingimento, a falsidade da vida na política. Já tive o suficiente de tudo isso para durar umas dez vidas. E sei que não conseguiria sobreviver a uma outra eleição.

— Você acha que ele vai concorrer na próxima eleição presidencial?

— Possivelmente. É mais do que provável — disse, pensativa. — Mas, se o fizer, não posso acompanhá-lo. Eu lhe devo algo, mas não isso. É demais para me pedir. Começamos com as idéias certas e sei que Alex significou muito para ele, também, embora nunca estivesse presente quando deveria. Mas, na maior parte do tempo, eu entendia. Acho que ele mudou quando o irmão morreu e que uma parte de Andy morreu junto com ele. Ele liquidou tudo que era ou pensava em relação à política. Simplesmente não consigo agüentar isto e não vejo por que deveria fazê-lo. Não quero terminar como minha mãe. Ela bebe demais, sofre de enxaqueca, tem pesadelos, vive em permanente terror junto à imprensa e suas mãos tremem o tempo inteiro, além de estar sempre apavorada quanto a provocar uma situação que possa criar constrangimento para meu pai. Ninguém pode viver sob esse tipo de pressão. Ela está péssima e é assim que tem vivido, há anos. Mas, aparentemente, está ótima. Fez plástica nos olhos e no rosto, esconde o medo que sente, enquanto papai a leva, exaustivamente, a todas as reuniões, palestras, discursos de campanha e comícios. Se fosse sincera, ela admitiria que o odeia por isso, mas nunca o faria. Ele arruinou sua vida, ela deveria tê-lo deixado há anos e, se o tivesse feito, agora seria uma pessoa inteira. Acho que só ficou com ele para que papai não perdesse uma eleição. — Peter a ouviu com expressão séria, profundamente afetado pelo que ela dizia. — Se soubesse que Andy entraria na política, jamais teria me casado com ele. Acho que devia ter desconfiado — disse Olivia, com expressão de tristeza.

— Você não poderia saber que seu irmão seria assassinado, ou que ele seria atraído para a política — disse Peter, com justiça.

— Talvez isto seja apenas uma desculpa, talvez tudo tivesse desmoronado, de qualquer maneira. Quem sabe. — Olivia deu de ombros e olhou para longe, fitando o horizonte. — Aqui é tão bonito... Gostaria de ficar para sempre. — Parecia falar a sério.

— Gostaria? — perguntou ele delicadamente. — Se o deixar, voltará para cá? — Queria saber para poder imaginá-la com os olhos da mente, quando pensasse nela durante as noites longas e frias do inverno em Greenwich.

— Talvez — respondeu ela, ainda sem ter certeza de muitas coisas.

Sabia que ainda tinha que voltar a Paris para conversar com Andy, embora estivesse relutante em fazê-lo. O fato de ter deixado o mito do rapto crescer, durante dois dias, a levava a imaginar o circo que ele armaria quando regressasse a Paris.

— Falei ontem com minha mulher — disse Peter em voz baixa, enquanto Olivia continuava pensando, em silêncio, no marido. — Foi estranho conversar com ela, depois de tudo que dissemos na noite anterior. Sempre justifiquei tudo que ela fazia... e seu relacionamento com o pai, embora realmente não o apreciasse. Mas depois de nossa conversa, ele realmente começou a me incomodar. — Era tão honesto com Olivia, tão capaz de dizer o que sentia quando estava em sua companhia. Ela era tão aberta, tão profunda e, mesmo assim, muito cuidadosa para não magoá-lo, e Peter o percebia. — Ela jantou com ele na noite anterior. Almoçou com ele ontem. Vai passar dois meses com ele, durante o verão, dia e noite. Às vezes acho que ela é casada com ele, não comigo.

Suponho que sempre me senti desta forma. A única coisa que tenho para me consolar é que temos uma vida boa, nossos filhos são incríveis e seu pai me deixa fazer o que quero no trabalho.

Por mais estranho que pudesse parecer, perdurou por um longo tempo, mas agora, de repente, não era mais assim.

— Ele o deixa fazer o que quer?

Agora ela o pressionava, como não ousara fazer em Paris. Mas dessa vez ele é quem tinha trazido o assunto à tona, e agora se conheciam melhor. Sua ida a La Favière o aproximara de Olivia.

— Frank me deixa fazer a maior parte das coisas que quero, e na maior parte do tempo.

Peter não continuou a falar. Estavam em terreno perigoso. Ela estava pronta a deixar Andy por seus próprios motivos, mas ele não tinha vontade de balançar seu barco doméstico com Katie. Disso ele tinha certeza.

— E se o Vicotec apresentar resultados ruins nos testes que estão fazendo agora? Qual será a atitude de seu sogro?

— Ele continuará a correr atrás. Assim espero. Apenas teremos que fazer mais pesquisas, embora elas sejam dispendiosas.

Fora essa a premissa, durante todo o tempo, e ele não conseguia nem imaginar que Frank fosse recuar, agora. Achava o Vicotec brilhante, apenas teriam que dizer ao FDA que ainda não estavam prontos.

— Todos fazemos concessões — disse Olivia em voz baixa. — O único problema é quando achamos que as fizemos em excesso. Talvez você as tenha feito, ou talvez não tenha a menor importância, na medida em que se sinta feliz. É assim que se sente? — perguntou ela, não como mulher, apenas como amiga.

— Acho que sim — respondeu Peter, parecendo confuso de repente. — Sempre achei que era feliz desse jeito, mas para ser sincero, Olivia, ao ouvi-la, fico pensando se era mesmo. Cedi em tantas coisas: no lugar em que moramos, onde os meninos estudam, onde passamos o verão. E então penso: e daí, quem é que se importa? O problema é que talvez eu me importe, e não ligaria a mínima para isso se Katie estivesse a meu lado, mas, de repente, eu a procuro e percebo que não está. Ou foi a uma reunião do comitê em algum lugar, ou está fazendo algo para os garotos ou para si mesma ou então está com o pai. Tem sido assim há algum tempo, ao menos desde que os meninos foram para o internato, ou até antes disso. Mas estive tão ocupado que nunca me permiti reparar no que estava acontecendo. De repente, depois de dezoito anos, não há ninguém com quem possa conversar. Estou aqui conversando com você, numa aldeia de pescadores na França e lhe contando coisas que nunca pude dizer a Katie... porque não posso confiar nela. É uma afirmação muito condenatória — disse com tristeza — e mesmo assim... — Peter olhou agudamente para Olivia e estendeu a mão para pegar a dela. — Não quero deixá-la. Nunca nem pensei nisso e não consigo me imaginar indo embora, ou tendo uma vida diferente da que partilho com Katie e nossos garotos... mas de repente percebo algo que não sabia nem ousava enfrentar antes. Estou completamente sozinho agora.

Olivia fez um aceno afirmativo com a cabeça silenciosamente. Era algo com que tinha mais familiaridade e que ela desconfiara a respeito de Peter desde a primeira vez em que conversaram, em Paris. Mas tinha certeza de que ele estava inconsciente do fato, e as coisas foram acontecendo até que de repente ele se viu num lugar que nunca esperara. E então ele olhou para Olivia com o máximo de honestidade, e lhe falou sobre algo que descobrira a respeito de si mesmo nos últimos dois dias.

— Não importa como me sinto, ou como ela me deixou de lado, acho que nunca terei coragem de deixá-la. Haveria muita coisa para desemaranhar. — Só de pensar em recomeçar sua vida, seriamente, o deprimia.

— Não seria fácil — disse Olivia em voz baixa, pensando em si mesma e ainda segurando a mão de Peter. Ele não tinha caído em seu conceito por causa do que lhe tinha dito, ao contrário, subira, porque era capaz de dizê-lo. — A mim isso também apavora. Mas ao menos você tem uma vida com ela, por mais cheia de falhas que possa ser. Ela está a seu lado, fala com você, se preocupa à sua maneira, mesmo se é limitada ou muito ligada ao pai. Mas ela deve também ser leal a você e a seus filhos. Afinal, vocês têm uma vida em comum, Peter, mesmo que não seja perfeita. Andy e eu não temos nada, há anos. Ela se foi, praticamente desde o início. — Peter desconfiou que isto era a mais pura verdade e não tentou defender Andy.

— Então talvez você devesse deixá-lo.

Peter, contudo, se preocupava agora com ela, que parecia tão vulnerável e frágil. Não gostava de pensar em Olivia sozinha, mesmo aqui, em sua exótica pequena aldeia. Pensou em como seria doloroso não vê-la de novo. Dois dias apenas de conhecimento a tinham transformado em alguém importante para Peter, que não conseguia imaginar como seria não conversar com ela. A lenda que vislumbrara no elevador se transformara numa mulher.

— Você não poderia voltar para a casa de seus pais por um tempo, até que as coisas se acalmem e depois então voltar para cá?

Peter estava tentando ajudá-la a elaborar as coisas e ela sorriu. Agora eram verdadeiramente amigos, parceiros no crime.

— Talvez. Não tenho certeza se minha mãe seria suficientemente forte para lidar com a situação, especialmente se meu pai tentar brigar comigo e se posicionar ao lado de Andy.

— Que agradável — Peter pareceu desaprovar, imediatamente. — Você acha que ele faria isto?

— Poderia fazer. Os políticos costumam, normalmente, se unir. Meu irmão concorda com tudo que Andy faz, só por princípio. E papai sempre o apóia. É bom para eles, o resto que se dane. E meu pai acha que Andy devia se candidatar à presidência. Portanto, não acredito que minha deserção receberia aprovação. Ela afetaria suas chances de se eleger ou então o tiraria, completamente, da competição. Não se pode nem pensar num presidente divorciado. Pessoalmente, acho que lhe faria um favor, pois ser presidente é uma atividade que seria um pesadelo. Uma vida infernal. Não tenho dúvidas sobre isto. Me mataria.

Peter fez um aceno afirmativo com a cabeça, espantado por estar discutindo tal assunto com Olivia. Por mais complicada que sua vida estivesse, particularmente no que dizia respeito ao Vicotec, que estava se desfazendo no ar, certamente era muito mais simples do que a dela. Ao menos sua vida era privada, ao passo que todos os movimentos de Olivia eram minuciosamente examinados. E ninguém em sua família tinha a mais remota intenção de concorrer a um cargo público, exceto Katie para o comitê escolar. Olivia, por outro lado, estava ligada a um governador, um deputado, um senador e, possivelmente, um presidente da República, num futuro não muito distante, contanto que ela não o deixasse. Era espantoso.

— Você acha que poderia ficar, se ele decidisse concorrer, quero dizer?

— Não sei como conseguiria. Seria o máximo da traição. Mas imagino que qualquer coisa é possível: eu enlouquecer ou ele me amarrar e amordaçar e colocar num armário. Poderia dizer às pessoas que estou dormindo.

Peter sorriu do que ela disse e saíram devagar do restaurante, de braços dados, depois que ele pagou o café da manhã. Estava surpreso porque a comida era muito barata.

— Se ele fizer isso, terei de salvá-la de novo — disse com

um amplo sorriso, enquanto se sentavam na doca e balançavam os pés na superfície da água. Ele ainda estava usando a camisa branca e as calças do terno e ela ainda estava descalça. Formavam um intrigante contraste.

— Foi isso que fez agora? — perguntou ela, encostando-se nele, com um amplo sorriso. — Me salvou? — Parecia satisfeita com a descrição do que acontecera. Há anos que ninguém a salvava e o gesto era bem-vindo.

— Eu achei que era... bem, você sabe, esta história de seqüestradores ou terroristas, seja quem for aquele cara de camisa branca que a seguiu pela Place Vendôme. Ele me pareceu um tipo realmente sombrio e, assim, achei que um resgate estaria de acordo com as regras. — Ele lhe sorria, e o sol irradiava calor e brilhava sobre eles, balançando seus pés enquanto ficavam sentados na doca, como duas crianças.

— Gosto disso — disse ela, e sugeriu que voltassem para a praia. — Poderíamos ir até meu hotel e depois nadar, saindo de lá. — Mas ele riu. Com certeza não estava vestido para nadar. Não com aquelas calças. — Podemos comprar um short ou um calção de banho. É uma pena perder este tempo.

Peter a olhou, pensativamente. Era uma pena perder qualquer coisa desta experiência, mas havia limites em relação ao que tinham o direito de fazer.

— Eu deveria estar voltando para Paris. Levei quase dez horas para chegar aqui.

— Não seja ridículo. Você não pode ter viajado todo este tempo só para tomar o café da manhã. Além disso, não tem nada a fazer em Paris, a não ser esperar o telefonema de Suchard, lhe dando notícias, e talvez ele nem ligue. Você pode ligar para o hotel e pedir os recados e ligar para Suchard daqui se tiver que fazê-lo.

— Isso certamente resolve o problema — disse, rindo da rápida decisão de Olivia em relação a seus deveres.

— Você pode também alugar um quarto no hotel em que

estou e amanhã voltaríamos juntos — disse casualmente, adiando a partida de Peter para o dia seguinte, mas ele não tinha certeza se devia concordar com ela, embora o convite fosse mais do que tentador.

— Você não acha que devia ao menos ligar para Andy? — Peter sugeriu calmamente, enquanto andavam pela praia, de mãos dadas, sob o sol brilhante. E quando a viu, radiante a seu lado, percebeu que nunca na vida conhecera tal liberdade.

— Não necessariamente — disse Olivia, parecendo qualquer coisa, exceto arrependida. — Veja a publicidade que ele obterá com tudo isso, a simpatia, a atenção do público. Seria uma pena terrível estragá-la.

— Você ficou muito tempo na política — riu Peter e sentou-se na areia, a seu lado, quando ela o puxou para perto. Tinha tirado os sapatos e as meias e os levava nas mãos, sentindo-se um vagabundo. — Está começando a pensar como eles.

— Nunca. Nem em meus piores momentos. Não sou suficientemente corrupta. Não quero nada a tal ponto. A única coisa que quis em minha vida perdi. Não me restou mais nada para perder agora.

Era a afirmação mais triste que já ouvira e sabia que ela estava falando sobre o bebê.

— Um dia você poderia ter mais filhos, Olivia — disse ele delicadamente, enquanto ela se deitava a seu lado, na areia, de olhos fechados, como se pudesse afastar a dor se se recusasse a vê-la. Mas ele podia enxergar lágrimas no canto de seus olhos, e as enxugou delicadamente. — Deve ter sido horrível... Sinto muito...

Queria chorar junto com ela, tomá-la nos braços, levar embora toda a tristeza que Olivia sentira nos últimos seis anos. Mas, enquanto a olhava, sentia-se impotente para fazer qualquer coisa.

— Foi horrível — sussurrou, com os olhos ainda fechados. — Obrigada, Peter... por ser meu amigo... e por estar aqui.

Olivia abriu os olhos e os dirigiu a Peter. Seus olhares se encontraram e ficaram presos um ao outro, por muito tempo. Ele fizera uma longa viagem, para encontrá-la, e de repente, naquela pequena cidade francesa, escondidos de todos que os conheciam, um sabia que podia contar com o outro, pelo tempo que fosse possível, enquanto ousassem. Ele se apoiou num cotovelo, olhando-a e soube, com certeza absoluta, que nunca tinha sentido o mesmo por ninguém, nem tampouco conhecera alguém igual a Olivia. Agora, não conseguia pensar em mais nada nem ninguém.

— Quero ficar a seu lado — disse ele delicadamente, olhando-a, traçando o contorno de seu rosto e lábios com os dedos. — ... e não tenho esse direito. Nunca fiz nada assim.

Sentia-se atormentado pelo sofrimento de Olivia e, ainda assim, era ela o bálsamo que abrandava todos os seus males. Estar junto dela era a melhor coisa que já lhe acontecera e, ao mesmo tempo, a que mais o confundia.

— Sei disso — falou ela, suavemente, que sabia tudo sobre ele através das informações que recebia de seu corpo, sua alma, seu coração. — Não espero nada de você — explicou — que está mais a meu lado do que ninguém esteve, nos últimos dez anos. Não posso pedir mais do que isso... e não quero fazê-lo infeliz — disse, olhando-o com tristeza.

De certa forma, Olivia sabia muito mais coisas sobre a vida do que Peter. Mais do que ele, sabia o que significava tristeza, perda, sofrimento e ser traída.

— Shhh... — disse ele, colocando um dedo sobre seus lábios e em seguida, sem ruído, deitou-se a seu lado, tomou-a nos braços e a beijou.

Não havia ninguém que pudesse vê-los nem se importar com o que faziam, nem tirar fotografias ou impedi-los. Só tinham suas próprias consciências e as dificuldades que traziam, e que jaziam como entulho do mar, lavado pela praia que os rodeava. Seus filhos, companheiros, suas recordações. E nada pareceu importar quando ele a beijou com toda a paixão enclausurada ao longo de anos, há muito esquecida. Ficaram deitados nos braços um do outro durante muito tempo, e os beijos dela eram tão famintos quanto os dele, sua alma ainda mais necessitada de amor. Demorou muito para que se lembrassem de onde estavam e se obrigassem a se separar e ficar deitados, sorrindo um para o outro.

— Eu a amo, Olivia — disse ele ofegante, enquanto a puxava para mais perto de si, os dois deitados lado a lado na praia, olhando para a luz do sol. — Depois de apenas dois dias deve lhe parecer loucura, a não ser pelo detalhe mínimo de que sinto como se a conhecesse por toda a vida. Não tenho o direito de nem ao menos lhe dizer... mas eu a amo. — Ele a olhou, com um toque no olhar que não estivera ali antes, e Olivia sorriu.

— Eu também o amo. Só Deus sabe o que isto nos trará, provavelmente não muita coisa, mas nunca fui tão feliz em toda a minha vida. Talvez devêssemos fugir juntos. Para o diabo com Vicotec e Andy.

Ambos riram do modo rude como ela falou, e foi incrível tomar consciência de que, naquele momento, nem uma simples alma tinha conhecimento de onde estavam. Todos pensavam que Olivia tinha sido seqüestrada, ou algo ainda pior, e ele simplesmente desaparecera, num carro alugado, uma garrafa de Evian e uma maçã. Era estonteante saber que ninguém no mundo conseguiria encontrá-los.

E então Peter pensou em uma coisa. Talvez, naquele mesmo momento, a Interpol estivesse a caminho.

— Por que será que seu marido não teve a idéia de que você veio para cá? — perguntou Peter, pois lhe parecia tão óbvio que certamente também pareceria a Andy.

— Nunca lhe falei sobre este lugar, sempre o mantive como um segredo meu.

— Você fez isso?

Peter pareceu espantado. Ela lhe contara sobre La Favière na primeira noite em que conversaram. E ela não contara a Andy? Sentia-se envaidecido com a confiança que depositava nele, e era mútua. Não havia nada no mundo que não diria a Olivia.

— Acho que estamos seguros aqui. Ao menos por algumas horas — disse ele, ainda determinado a voltar no final da tarde, mas, depois que compraram seu calção de banho e nadaram no mar, lado a lado, sua decisão começou a perder a firmeza inicial. Era muito mais excitante do que fora nadar na piscina do Ritz. Naquela noite ele nem ao menos a conhecia e Olivia o torturara quando nadara a seu lado. Mas aqui, ela o fez de forma muito próxima, e Peter mal conseguiu suportar.

Ela disse que nadar no mar a assustava e que nunca gostara de navegar por causa desse medo. Preocupava-se com correntes, marés e as espécies de peixes que nadavam ao seu redor. Mas, com ele, sentia-se protegida, e assim foram nadando em direção a um pequeno barco, amarrado a uma bóia. Subiram nele e descansaram um pouco, e foi preciso que Peter lançasse mão de todas as suas forças para não fazer amor com ela naquele exato momento, no pequeno barco a remo. Mas já tinham feito um acordo. Peter era inflexível quanto a achar que, se algo acontecesse entre eles, estragaria tudo, pois seriam devorados pelo sentimento de culpa. Além disso, ambos sabiam que, não importava o que florescera entre eles da noite para o dia, não poderia ter outro futuro além da amizade. Não podiam se dar ao luxo de arriscar a destruí-la, fazendo algo impensado. E, apesar do casamento de Olivia estar num estado bem mais precário que o dele e menos íntegro, ela concordou. Ter um caso com Peter só complicaria as coisas quando voltasse a Paris para conversar com Andy.

Mas era, sem dúvida, difícil manter seu relacionamento dentro de um clima tão platônico quanto conseguissem, limitando-o a beijos. Ambos falaram de novo no assunto, quando voltaram para a praia, tentando não ficar muito arrebatados, o que não era nada fácil. Seus corpos estavam molhados e macios quando se deitaram muito próximos, enquanto falavam sobre todas as coisas que lhes eram importantes. Conversaram sobre suas infâncias, a dela em Washington, a dele em Wisconsin. Ele lhe falou como sempre se sentira deslocado, em casa, e quanto ele desejara ter mais coisas do que sua família e como fora sortudo por ter conhecido Katie.

Ela lhe fez perguntas sobre sua família e ele lhe falou sobre o pai e a irmã. Peter contou que a mãe e a irmã tinham morrido de câncer, por isso o Vicotec tinha tanto significado para ele.

— Se tivessem um produto como esse à disposição, as coisas poderiam ter sido diferentes — disse com tristeza.

— Talvez — disse ela filosoficamente. Mas às vezes você não consegue ganhar a parada, não importa quantas drogas milagrosas tenha à sua disposição. — Tinham tentado tudo e, mesmo assim, não conseguiram salvar Alex. Depois ela lhe perguntou sobre a irmã.

— Ela tinha filhos? — Ele acenou afirmativamente com a cabeça, os olhos se enchendo de lágrimas, enquanto olhava à distância. — Eles o visitam?

Peter sentiu-se envergonhado, quando respondeu. Encarou Olivia e percebeu o tamanho de seu erro. De repente, estar a seu lado lhe deu vontade de mudar a situação, de mudar, aliás, um monte de coisas, algumas mais fáceis do que as outras.

— Meu cunhado se mudou e casou-se no espaço de um ano. Não tive notícias dele durante muito tempo. Não sei por que, talvez ele quisesse esquecer o passado. Ele não me ligou para dizer onde estavam até que precisaram de dinheiro. Acho que ele e a nova mulher tiveram mais um casal de filhos. Mas eu deixei Katie me convencer que muito tempo se passara, que eles não se importavam a mínima e que as crianças não me conheciam. Deixei-os de lado e não tenho notícias há muito tempo. Na última vez que ouvi falar deles, moravam numa fazendola em Montana. Às vezes, acho que Katie gosta que eu não tenha família, exceto ela, os meninos e Frank. Ela e minha irmã nunca se deram bem realmente, e ficou furiosa quando Muriel herdou a fazenda e eu não. Mas meu pai tinha razão ao dá-la a eles, pois eu não a queria nem precisava dela e papai sabia disso. — Peter olhou de novo para Olivia, consciente do que já sabia há anos, mas se recusava a admitir, em consideração a Katie. — Eu estava errado ao deixar que as crianças saíssem de minha vida. Deveria ter ido para Montana vê-los. — Ele devia isso à irmã, mas teria sido doloroso, e fora muito mais fácil dar ouvidos a Katie.

— Você ainda pode fazê-lo — disse Olivia gentilmente.

— Gostaria. Se ainda conseguir encontrá-los.

— Aposto que consegue, se tentar.

Ele acenou afirmativamente com a cabeça, sabendo o que precisava fazer agora. E em seguida foi surpreendido pela próxima pergunta que Olivia lhe fez.

— E se você nunca tivesse se casado com Katie? — Olivia lhe perguntou, com curiosidade. Ela adorava mexer com ele e fazer perguntas difíceis de serem respondidas.

— Se não tivesse me casado com Katie, hoje não teria a carreira que desenvolvi — respondeu com simplicidade. Mas Olivia foi rápida em sacudir a cabeça, discordando.

— Você está totalmente errado. E é aí que reside todo o seu problema — disse ela sem hesitar nem por um momento. — Você acha que tudo que tem é por causa dela: seu emprego, sucesso, carreira, até sua casa em Greenwich. Isso é loucura. Você teria tido uma carreira brilhante de qualquer jeito. Não foi ela quem a construiu, mas *você*. Você teria uma carreira fabulosa em qualquer lugar, até se tivesse voltado para Wisconsin. Você tem aquele tipo de mente — e desconfio que também a aptidão — para agarrar a oportunidade e ir em frente. Olhe o que fez com o Vicotec. Você mesmo disse que ele era, completamente, seu bebê.

— Mas ainda não consegui — disse ele com modéstia.

— Mas no fim vai conseguir, não importa o que Suchard diga. Um ano, dois, dez, quem se importa. Você conseguirá — disse Olivia, com absoluta convicção. — E se não der certo, outra coisa dará. E isso não tem nada a ver com o fato de com quem está casado. — Ela não estava errada, Peter é que não tinha consciência do fato. — Não estou negando que os Donovan lhe deram uma oportunidade, mas outras pessoas teriam feito o mesmo. E olhe para o que você lhes deu. Peter, você acha que fizeram tudo isso para você, e ainda se sente constrangido, mas a verdade é que fez tudo sozinho e nem mesmo sabe disso.

Era certamente uma perspectiva que nunca tivera e ouvi-la lhe deu confiança. Olivia era uma mulher notável. Ela lhe dava algo que nunca ninguém lhe oferecera antes — e com certeza não Katie. Mas ele também lhe dava alguma coisa, uma espécie de calor, carinho e ternura, pelos quais ansiava. Eles formavam uma combinação rara e Olivia se sentia grata por isso.

Voltaram ao hotel só no final da tarde e encomendaram *salade niçoise*, pão e queijo para comer no terraço. Às seis da tarde, Peter olhou para o relógio e se deu conta de que tinha que voltar a Paris. Mas depois de passar um dia inteiro nadando sob o sol, e controlando a paixão que sentia por Olivia, ele estava tão cansado que quase não conseguia se mexer, sem falar nas dez horas que teria que dirigir.

— Não acho que devesse ir — disse Olivia, muito bonita, jovem e bronzeada, além de um tanto preocupada. Por ele, ficaria lá para sempre, a seu lado. — Há dois dias que não tem uma noite de sono decente, e só chegará lá às quatro da manhã, se partir dentro de dez minutos.

— Devo admitir — disse ele, parecendo agradavelmente cansado — que a idéia de voltar não me parece tão atraente. Mas eu deveria voltar.

Tinha ligado para o Ritz, mas não havia recados. Mesmo assim, tinha de voltar a Paris, pois Suchard finalmente ligaria. Apenas sentia-se aliviado porque nem Katie nem Frank tinham ligado, naquela manhã.

— Por que não fica esta noite e parte para Paris amanhã? — propôs ela com sensatez, e Peter refletiu, enquanto a olhava.

— Se eu for amanhã você voltará comigo?

— Talvez — respondeu, parecendo de repente muito alegre, enquanto contemplava o mar.

— É isso que amo em você, uma verdadeira paixão pelo compromisso. — Mas ela também tinha paixão por outras coisas, e, apesar do pouco que experimentara, quase fora levado à loucura. — Está certo, está certo — concordou por fim.

Estava realmente muito cansado para empreender a viagem naquela noite, e preferia fazê-lo depois de uma boa noite de sono, na manhã seguinte.

Mas quando foram alugar o outro único quarto que restava no hotel, souberam que já estava ocupado. Só havia quatro quartos no hotel, e ela estava hospedada no melhor. Era um pequeno quarto duplo, com vista para o mar, e os dois ficaram se encarando por um longo momento.

— Você pode dormir no chão — disse finalmente, com um sorriso malicioso, tentando honrar o compromisso que tinham feito de que nada aconteceria entre eles de que pudessem se arrepender depois. Mas, às vezes, era difícil lembrar-se do acordo.

— É deprimente admitir — disse ele com um sorriso largo —, mas esta é a melhor oferta que recebo há muito tempo. Aceito.

— Muito bem. E eu prometo me comportar. Palavra de escoteiro.

Olivia levantou dois dedos, fazendo o gesto dos escoteiros, enquanto ele fingia estar desapontado.

— Isso é ainda mais deprimente.

Ambos estavam rindo quando saíram de braços dados para comprar uma camiseta limpa, um aparelho de barbear e um par de *jeans* para Peter, que encontraram na loja local. A camiseta tinha a propaganda da FANTA, os *jeans* se adaptaram perfeitamente a seu corpo e ele insistiu em fazer a barba no minúsculo banheiro, antes do jantar, e sua aparência era bem melhor quando ficou pronto. Olivia estava usando uma saia de algodão bordada, uma blusa de frente única e um par de *espadrillas* que comprara na vinda e enfeitada pelo brilhante cabelo escuro e o bronzeado, parecia realmente adorável. Era difícil acreditar agora que aquela era a mulher sobre quem tinha lido e ficado fascinado por tanto tempo. Ela não parecia mais a mesma pessoa. Era sua amiga e a mulher por quem estava se apaixonando. E havia algo de muito doce em relação ao que sentiam um pelo outro, tanto física quanto emocionalmente, e, apesar da oportunidade, se recusaram a satisfazer seu desejo. Era tudo maravilhosamente romântico e antiquado.

Ficaram de mãos dadas, se beijaram e foram dar um longo passeio na praia, à meia-noite e, ao ouvirem música, à distância, dançaram na areia, abraçando-se com força e depois ele a beijou.

— O que vai fazer quando voltarmos? — perguntou ele, por fim, quando se sentaram na areia, lado a lado, ainda ouvindo a música. — O que vou fazer sem você? — Aquela era uma pergunta que se fazia o tempo inteiro.

— O que sempre fez — respondeu ela em voz baixa.

Olivia não tinha intenção de acabar com o casamento de Peter, nem mesmo de encorajá-lo a pensar nisso. Não tinha o direito de fazê-lo, não importava o que acontecera entre ela e Andy. E, além do mais, a atração que partilhavam, de certa forma ela mal o conhecia.

— O que foi que sempre fiz? — perguntou Peter, soando subitamente infeliz. — Não consigo mais me lembrar. Tudo que ficou no passado me parece tão irreal agora. Nem mesmo sei se fui feliz.

E o pior de tudo é que ele estava começando a desconfiar que não era. Aquela era uma coisa nova para Peter.

— Talvez não tenha importância. Talvez não precise fazer essas perguntas a si mesmo — disse Olivia sensata. — Temos tudo isso neste momento... guardaremos a lembrança do dia de hoje. O que aconteceu me dará forças durante muito tempo — falou ela com tristeza e depois levantou os olhos para Peter.

Ambos sabiam qual era a verdade sobre a vida de Peter, que tinha se posto em liquidação sem nem ao menos ter consciência do que fazia, mas ela nunca o diria. Ele arrumara pretextos para si mesmo e deixara que Katie e Frank dirigissem tudo, desde o que lhe acontecia em casa até o trabalho. Fora acontecendo aos poucos. E a única coisa que o espantava, agora, quando se recordava de sua vida, através dos olhos de Olivia, era o fato de nunca ter percebido o que se passava. Mas fora tão mais fácil não tomar consciência...

— O que vou fazer sem você? — perguntou Peter, infeliz, enquanto a abraçava.

Não conseguia mais imaginar ficar sem ela para conversar. Sobrevivera durante quarenta e quatro anos sem ela, e, de repente, não conseguia agüentar a idéia de passarem um único momento separados.

— Não pense nisso — falou e, desta vez, foi ela quem o beijou. E tiveram que lançar mão de todas as suas forças para se separarem e voltar, vagarosamente, ao hotel, com os braços passados um em volta do outro. E enquanto subiam, devagar, para seu pequeno quarto, Peter sorriu e murmurou.

— Talvez você tenha que ficar acordada e jogar água fria em mim durante toda a noite — disse Peter com um sorriso triste.

Ele teria feito qualquer coisa para tocar tudo com uma varinha mágica e mudar as circunstâncias em que se encontravam, mas sabiam que não tinham o direito de fazer o que desejavam, e não ceder aos próprios desejos e controlá-los era uma verdadeira prova de sua integridade.

— É o que farei — prometeu Olivia com um largo sorriso.

Ainda não ligara para Andy e parecia não ter nenhuma intenção de fazê-lo naquele momento. Peter não falou mais sobre o assunto. Achava que a decisão era dela e pensou se ela estaria punindo Andy ou apenas com medo de telefonar.

Olivia foi fiel à palavra dada quando chegaram a seu quarto. Ela lhe entregou os travesseiros e um dos lençóis e o ajudou a armar uma estranha cama no carpete, ao lado da dela. Ele dormiu de *jeans*, camiseta e descalço, e ela vestiu a camisola no minúsculo banheiro. Por fim se deitaram no escuro, ela na cama e ele no chão, a seu lado, e ficaram de mãos dadas conversando durante horas, embora Peter não tenha feito nenhum movimento para beijá-la; eram quase quatro horas quando ela finalmente parou de falar e mergulhou no sono. Ele então se levantou, muito quieto, e a cobriu, olhando-a enquanto dormia como uma garotinha, inclinando-se e beijando-a muito delicadamente. Em seguida deitou-se novamente no chão, em sua cama improvisada, e pensou em Olivia até de manhã.

Capítulo Seis

Eram quase dez e meia quando acordaram, no dia seguinte, e o sol entrava pela janela. Olivia foi a primeira a acordar e ficou olhando para Peter da cama, quando ele começou a se mexer. E sorriu no momento em que ele a viu.

— Bom dia — sussurrou ela alegremente e ele gemeu, enquanto se virava para ficar de costas. Apesar do carpete fino e do lençol, o chão era duro e ele estava mais do que cansado, pois adormecera às sete. — Você está entrevado? — Ela viu seu rosto quando Peter se virou e se ofereceu para lhe fazer uma massagem nas costas. Ambos estavam orgulhosos de si mesmos, por terem conseguido passar a noite sem se comportar mal.

— Adoraria a massagem.

Ele aceitou a oferta da massagem com um amplo sorriso e deitou-se de bruços, dando outro gemido, o que a divertiu. Olivia ainda estava deitada na cama, estendendo a mão para ele e massageando delicadamente seu pescoço, enquanto Peter ficava deitado, todo alegre, de olhos fechados, na cama improvisada.

— Dormiu bem? — perguntou, enquanto massageava seus ombros, depois de ter terminado a nuca e tentando não pensar em como sua pele era suave. Peter tinha pele de bebê.

— Fiquei deitado aqui pensando em você a noite inteira — disse ele com sinceridade. — Foi, definitivamente, uma homenagem ao fato de eu ser um cavalheiro que me comportei, ou talvez tenha sido apenas um sinal de estupidez e velhice.

Em seguida se virou e a olhou, pegando suas mãos entre as dele, e, sem nenhum aviso, se levantou rapidamente e a beijou.

— Sonhei com você. — Ela lhe contou, quando Peter se sentou no chão, a seu lado, os rostos próximos e as mãos dele brincando com seu cabelo, enquanto a beijava nos lábios sem parar. Sabia que logo teria que deixá-la.

— O que aconteceu no sonho? — sussurrou ele, enquanto beijava seu pescoço e as promessas que fizera a si mesmo iam sendo, lentamente, esquecidas.

— Eu estava nadando no mar e comecei a me afogar... e então você me salvou. Acho que é muito representativo do que aconteceu desde que o conheci. Eu estava me afogando, quando o conheci — disse Olivia enquanto olhava para Peter que, dessa vez, passou os braços ao redor de seu corpo e a beijou. Peter estava de joelhos, e Olivia ainda na cama quando as mãos dele começaram, subitamente, a explorar seus seios, sob a camisola. Olivia gemeu suavemente, a seu toque, e quis lembrá-lo das mútuas promessas, mas esqueceu-as rapidamente e se esticou em sua direção, puxando-o contra si.

Seus beijos foram se tornando cada vez mais apaixonados, enquanto ela o puxava, lentamente, para a cama, e, pouco depois, seus corpos estavam entrelaçados e emaranhados nos lençóis — ela ainda de camisola e ele de *jeans*. Ficaram deitados, durante um longo tempo, beijando-se e esquecendo de si mesmos, enquanto um descobria coisas sobre o outro que tinham prometido não explorar. Peter a beijava como se quisesse devorá-la, engoli-la por inteiro, até que se transformasse numa parte dele para que pudesse mantê-la a seu lado para sempre.

— Peter... — Ela sussurrou seu nome, enquanto ele a puxava para perto, beijando-a novamente, e Olivia procurava alcançá-lo, faminta.

— Olivia... não... não quero que se arrependa depois...

Ele estava procurando ser responsável, mais pelo bem de Olivia do que de seu próprio ou de Katie, mas, naquela altura, também não conseguia parar. Sem dizer uma única palavra, ela puxou o *jeans*, a camiseta já fora tirada e Peter jogou sua camisola para cima, e enquanto esta caía em algum lugar, no chão, começou a fazer amor com Olivia. Quando recuperaram o fôlego e se deitaram nos braços um do outro, completamente esgotados e saciados, já era quase meio-dia. No entanto, nenhum dos dois jamais parecera mais feliz e Olivia sorriu para Peter, deitada em seus braços, as pernas completamente entrelaçadas com as dele agora.

— Peter... eu o amo...

— Isso é muito bom — disse, puxando-a tão estreitamente para perto que pareciam ser uma só pessoa —, porque nunca amei tanto ninguém em minha vida. Afinal, acho que não sou um cavalheiro — parecia apenas debilmente arrependido e muito satisfeito com o que tinham feito, enquanto Olivia lhe sorria sonolenta.

— Fico satisfeita porque você não é um cavalheiro. — Ela suspirou e se aninhou em seus braços.

Não disseram nada por muito tempo, só ficaram deitados, nos braços um do outro, sentindo-se gratos pelos momentos que tinham partilhado. E, por fim, sabendo que tinham que se deixar, fizeram amor de novo, pela última vez. E quando se levantaram, Olivia se grudou a ele e chorou.

Nunca mais queria deixá-lo, mas sabiam que tinham que fazê-lo. Decidira voltar a Paris com Peter e deixaram o hotel às quatro horas, parecendo duas crianças expulsas do Jardim do Éden.

Pararam no caminho, compraram comida e partilharam um copo de vinho e alguns sanduíches sentados na praia, olhando para o mar.

— Poderei visualizá-la aqui, se voltar — disse Peter com tristeza, olhando para Olivia e desejando, como ela, que pudessem ficar lá para sempre.

— Você virá me visitar? — Ela lhe perguntou, sorrindo com tristeza, o cabelo caindo sobre os olhos com grãos de areia grudados no lado do rosto sobre o qual estivera deitada.

Durante um longo momento, Peter não respondeu nada, pois não sabia ao certo o que lhe dizer. Sabia que não podia fazer promessas. Ainda era casado com Katie e, apenas uma hora antes, Olivia dissera que entendia sua situação. Ela não queria tirar nada dele, e só desejava partilhar com prazer o que tinham vivido nos dois últimos dias. Era mais do que algumas pessoas tinham ao longo de toda uma vida.

— Vou tentar — disse Peter por fim, não querendo quebrar uma promessa antes mesmo de fazê-la.

Ambos sabiam como ia ser difícil e já tinham afirmado que não podiam dar continuidade a seu caso de amor, que teria que permanecer apenas como uma lembrança. Suas vidas eram muito complicadas e estavam muito envolvidos com outras pessoas. E, quando Olivia voltasse a seu próprio mundo, os *paparazzi* que a seguiam, normalmente, nunca deixariam algo assim acontecer. O que tinham partilhado fora um milagre e não poderia ser repetido.

— Gostaria de voltar e alugar uma casa — disse Olivia solenemente. — Acho que realmente conseguiria escrever aqui.

— Você deve tentar — disse ele, enquanto a beijava.

Jogaram fora o resto do almoço e ficaram de pé por um momento, de mãos dadas, olhando para o mar.

— Gostaria de pensar que voltaremos aqui, um dia. Juntos, quero dizer — comentou Peter, prometendo-lhe algo que não ousara anteriormente, de que havia alguma vaga, distante, esperança de um futuro. Ou talvez apenas um outro dia. Uma outra recordação para levar consigo. Olivia não esperava nada dele.

— Talvez possamos voltar — disse ela em voz baixa. — Se deve ser assim, talvez aconteça.

Mas antes os dois tinham obstáculos a ultrapassar, barreiras a serem puladas, aros ardentes através dos quais saltar. Ele tinha que seguir os passos do Vicotec até o fim, o sogro com quem discutir, Katie esperando-o em Connecticut e ela tinha que voltar e lidar com Andy.

Eles se dirigiram, silenciosamente, ao carro de Peter e ela comprou comida para comerem na estrada, colocando-a no banco de trás e esperando que ele não visse as lágrimas em seus olhos, mas, mesmo sem olhá-la, ele podia senti-las. Ele as sentia no coração, pois estava chorando pelos mesmos motivos que Olivia. Queria mais do que qualquer um dos dois tinha direito a desejar.

Ele a puxou para perto de si, olharam o mar pela última vez, e lhe disse o quanto a amava. Ela disse o mesmo, novamente se beijaram e, por fim, entraram no carro alugado, para dar início à longa jornada de volta a Paris.

Mal se falaram, durante algum tempo, mas depois relaxaram e recomeçaram a conversar. Estavam lidando com o que tinha acontecido, cada um a sua maneira, tentando absorver aqueles dias, apossar-se deles e aceitar as inevitáveis limitações.

— Vai ser muito difícil — disse Olivia, sorrindo através das lágrimas, quando passaram por la Vierrerie — saber que você está por aí em algum lugar e que não posso ficar a seu lado.

— Sei — concordou ele, sentindo um bolo na garganta também. — Eu estava pensando na mesma coisa quando saímos do hotel. Isto vai me deixar maluco. Com quem vou conversar? — E agora, que tinham feito amor, ele sentia, de alguma forma, que Olivia lhe pertencia.

— Você poderia ligar, de vez em quando — sugeriu ela, esperançosa. — Poderia lhe dizer onde estou.

Mas ambos sabiam que, onde quer que ele estivesse, mesmo assim continuaria sendo um homem casado.

— Não me parece justo, em relação a você.

Nada daquilo era justo. Aquele era o perigo do que tinham feito, mas ambos tinham consciência do fato. E não fazer amor não teria, na verdade, modificado nada. De certa forma, talvez tivesse tornado as coisas ainda mais difíceis. Assim, ao menos, tinham realizado tudo e poderiam levar consigo as recordações.

— Talvez devêssemos nos encontrar em algum lugar daqui a seis meses, só para saber o que está acontecendo com nossas vidas. — Ela pareceu ficar momentaneamente constrangida, ao pensar em um de seus filmes prediletos, com Cary Grant e Debora Kerr. Era um clássico e Olivia sempre chorara, nas mil vezes em que o vira, quando era mais jovem. — Talvez pudéssemos nos encontrar no Empire State Building — disse, meio de brincadeira, e ele sacudiu rapidamente a cabeça.

— Não é uma boa idéia. Você nunca apareceria e eu ficaria louco quando acabasse numa cadeira de rodas. Tente outro filme. — Ele sorriu e ela lhe sorriu de volta.

— O que é que vai fazer? — perguntou Olivia, olhando tristemente pela janela.

— Voltar. Ser forte. Voltar para o que quer que estivemos fazendo antes, para terminar o trabalho. Acho que é mais fácil para mim do que para você. Fui tão cego e idiota. Nem ao menos percebi como era infeliz. Acho, contudo, que você tem muitas coisas a pôr em ordem. O jeito, para mim, será fazer com que pareça que nada aconteceu, como se eu não tivesse visto a verdade durante a semana que passei em Paris. Como conseguiria explicar isso, algum dia?

— Talvez não tenha que explicar.

Olivia ficou pensando como a confusão com o Vicotec ia abalá-lo, caso os testes não tivessem bons resultados. Aquilo ainda devia ser examinado e Peter estava ficando cada vez mais preocupado.

— Por que não me escreve, Olivia? — perguntou ele, finalmente. — Ao menos me dê notícias sobre onde está. Ficarei maluco se não souber. Promete que me escreverá?

— É claro. — Ela confirmou com a cabeça.

Enquanto viajavam pela noite, conversavam, e eram quase quatro da manhã quando chegaram em Paris. Ele parou a alguns quarteirões do hotel e, embora ambos estivessem casados, ele encostou o carro no meio-fio.

— Posso convidá-la para tomar uma xícara de café? — perguntou, lembrando-se da primeira frase que disse na Place de la Concorde, e Olivia sorriu com tristeza.

— Você pode me convidar para tudo que quiser, Peter Haskell.

— O que quero lhe dar não pode ser comprado por preço algum — disse ele, referindo-se a tudo que sentia por ela, e sentira, desde o primeiro momento em que a vira. — Eu a amo e, provavelmente, vou amá-la pelo resto da vida. Nunca vai haver ninguém como você. Nunca houve, nunca haverá. Lembre-se disso, esteja onde estiver. Eu a amo. — Ele então a beijou, longa e profundamente, e se apegaram um ao outro, como duas pessoas que estão se afogando.

— Eu também o amo, Peter. Gostaria que pudesse me levar.

— Eu também.

Peter sabia que nenhum dos dois jamais esqueceria o que

tinham partilhado durante os últimos dois dias e o que se passara entre eles naquela manhã.

Peter a levou ao hotel, deixando-a no outro extremo da Place Vendôme. Olivia não carregava nenhuma bagagem e estava usando sua única saia de algodão e levando na mão os *jeans* e a camiseta enrolados. Não deixou nada com Peter, a não ser o coração, e o olhou pela última vez enquanto ele a beijava. Depois, atravessou a praça correndo, com lágrimas rolando pelas faces.

Peter ficou sentado no carro durante muito tempo, pensando em Olivia e vendo-a, pela última vez, quando ela entrava no hotel. Sabia que já devia ter chegado a seu quarto e, desta vez, lhe prometera que não ia desaparecer de novo. E se o fizesse, queria que fosse ao seu encontro, ou ao menos lhe avisasse onde estava. Não a queria mais vagando pela França. Ao contrário de seu marido, Peter estava mais preocupado com sua segurança e também com tudo que tinham feito, e o que aconteceria agora com Olivia, quando voltasse, e se seria de novo usada e explorada ou se, dessa vez, o abandonaria. Ele também se preocupava em enfrentar Katie, quando voltasse a Connecticut. Será que ela sentiria que algo entre eles se modificara? Será que tinha? Olivia o fizera assumir o sucesso como seu, embora sentisse que ainda devia muito a Katie. Ele simplesmente não podia desapontá-la, agora, e tinha de ir em frente, como se nada tivesse acontecido. O que houvera com Olivia não tinha passado, nem presente ou futuro. Fora, simplesmente, um momento, um sonho, um instante, um diamante que encontraram na areia e guardaram para si, porque ambos tinham outras obrigações, que tinham prioridade. Katie é que era seu passado, presente e futuro. O único problema era a dor que sentia no coração. E, enquanto voltava ao Ritz, sentia como se seu coração fosse se quebrar quando pensava em Olivia. Ficou imaginando se alguma vez a veria de novo e onde ela estaria naquele exato momento. Viver sem ela era algo que estava além da imaginação, mas era tudo que Peter possuía agora.

E quando abriu a porta de seu quarto, viu um pequeno envelope esperando por ele. O Dr. Paul-Louis Suchard tinha ligado e solicitava ao Sr. Haskell que retornasse o mais cedo possível.

Peter voltou à vida real, às coisas que lhe importavam, sua mulher, seus filhos, seu trabalho. E, em algum lugar na distância, retrocedendo na névoa, estava a mulher que encontrara, mas nunca poderia ser sua, a mulher por quem estava tão desesperadamente apaixonado.

Quando o sol nasceu, ele estava na sacada, pensando nela. Tudo o que acontecera parecia um sonho e talvez fosse. Talvez nada fosse real. A Place de la Concorde... o café em Montmartre... a praia em La Favière... tudo. Ele sabia que não importava o que sentisse por ela, ou como tudo fora doce; por ora, teria que abrir mão de Olivia.

Capítulo Sete

Quando o telefone tocou, às oito, para despertá-lo, Peter estava morto para o mundo e, assim que desligou o telefone, perguntou-se pelo motivo que o fazia se sentir tão mal. Parecia que havia chumbo em sua alma e então imediatamente se lembrou do porquê do mal-estar. Ela tinha ido embora. Estava tudo acabado. Ele tinha que telefonar para Suchard, voltar para Nova York e enfrentar Frank e Katie. E Olivia voltara para o marido.

Era difícil de acreditar em como se sentia infeliz, enquanto tomava banho, pensando nela e obrigando sua mente a voltar, repetidamente, ao assunto que tinha que tratar naquela manhã.

Ele ligou exatamente às nove da manhã para Suchard, e Paul-Louis se recusou a dizer quais eram os resultados. Ele insistiu que Peter fosse diretamente ao laboratório, afirmando que agora todos os testes estavam prontos. Queria uma hora do tempo de Peter e disse que ele poderia facilmente tomar o avião das duas. Peter ficou aborrecido com Paul-Louis por ele não querer dar nem ao menos um resumo dos resultados pelo telefone e concordou em ir a seu escritório às dez e meia.

Pediu café e *croissants* ao serviço de quarto, mas não conseguiu comer nenhum, e deixou o hotel as dez, chegando dez minutos antes ao encontro. Suchard esperava por ele, com a fisionomia séria. Mas, no fim, os resultados não eram tão ruins quanto Peter temera ou Paul-Louis previra. Uma das substâncias essenciais que compunham o Vicotec era, nitidamente, perigosa, e talvez tivessem que encontrar uma outra que a substituísse, mas o produto inteiro não teria de ser abandonado. Ele tinha de ser "retrabalhado", como Suchard dissera, o que poderia significar um longo processo. Ao ser pressionado, Suchard admitiu que as mudanças poderiam ser efetuadas em seis meses ou um ano, talvez menos, se acontecesse um milagre, embora fosse duvidoso. Se conduzido de forma razoável, o processo demoraria em torno de dois anos, que era muito mais tempo do que Peter suspeitara depois da primeira conversa com o francês. E, se colocassem equipes extras para trabalhar nele, o Vicotec poderia, talvez, ficar pronto em menos de um ano, o que não era o fim do mundo, mas, certamente, trazia algum desapontamento. Mas a substância, do jeito que se encontrava agora, e da forma como tinham planejado comercializá-la era, virtualmente, letal. Mas as coisas não precisavam ser assim, e Suchard dera diversas sugestões de como efetuar as mudanças necessárias. Peter, porém, sabia que Frank não consideraria nenhuma das boas notícias. Ele odiava adiamentos e a ampla pesquisa, que ainda deveria ser feita, era de custo elevado. Não havia esperança de poder pedir experiências antecipadas com seres humanos ao FDA, agora, ou de comparecer à audiência marcada para setembro, a fim de colocá-las na "via expressa". O que Frank queria, é claro, era uma liberação antecipada da droga tão rápida quanto possível, que resultaria em maciças receitas, o que era completamente diferente dos objetivos de Peter. Mas, fossem quais fossem seus motivos ou objetivos, naquele momento não tinham nada a pedir ao FDA.

Peter agradeceu a Paul-Louis o esforço e a pesquisa cuidadosa que fizera, e ficou perdido em seus pensamentos enquanto voltava ao hotel, tentando encontrar as palavras exatas para contar tudo a Frank. As palavras de Paul-Louis ainda ecoavam em seus ouvidos, de forma desconfortável: "O Vicotec, do jeito que está agora, é um assassino." Certamente não era isso que tinham pretendido, ou o que teria desejado para sua mãe ou irmã. Mas, de certa forma, Peter não conseguia visualizar Frank aceitando as notícias de modo razoável, nem Katie. Ela detestava tudo que aborrecia o pai, mas mesmo Katie iria ter que entender daquela vez. Ninguém queria que acontecesse uma série de tragédias — aliás, nem uma —, não podiam se dar ao luxo de permitir alguma ocorrência assim.

Peter fechou a mala quando voltou ao hotel e nos dez minutos em que esperou pelo carro ligou a televisão no noticiário. E lá estava ela. Era quase exatamente o que esperara. A grande notícia do horário é que Olivia Douglas Thatcher fora encontrada, mas a história que contaram era esquisita demais para ser verdadeira, e claro que não o era. Aparentemente, Olivia saíra para encontrar-se com uma amiga, sofreu um acidente de carro de menor importância e sofrera de leve amnésia durante três dias. Aparentemente, ninguém no pequeno hospital onde ficara internada a reconhecera ou vira o noticiário, e, milagrosamente, na noite anterior, ela recuperara a memória e estava, agora, alegre, em companhia do marido.

— Nada como um relato honesto — disse Peter sacudindo a cabeça e parecendo aborrecido. O noticiário mostrou todas as mesmas velhas e repetidas fotografias de Olivia e depois apresentaram uma entrevista com um neurologista, que especulou sobre possíveis danos neurológicos permanentes provocados por uma concussão de menor importância. No fim, concluíram a matéria desejando à Sra. Thatcher uma recuperação rápida e completa.

— Amém — disse Peter, e desligou o aparelho, olhando o quarto pela última vez e pegando a pasta. Sua mala já tinha sido levada e não havia mais nada a fazer a não ser sair do quarto do hotel.

Mas deixar o quarto, pela primeira vez, lhe provocou uma estranha sensação de nostalgia. Tanta coisa acontecera durante aquela viagem que ele teve ímpetos de subir correndo as escadas, só para vê-la. Poderia bater na porta da suíte, dizer que era um velho amigo... e Andy Thatcher provavelmente acharia que ele era maluco. Peter ficou imaginando se ele desconfiava de alguma coisa do que tinha acontecido durante os últimos três dias, ou se ao menos se importaria, se soubesse. Era difícil avaliar e a história que tinham contado para a imprensa era, na melhor das hipóteses, uma narrativa pouco consistente. Peter a achou ridícula e cogitou sobre quem poderia tê-la inventado.

Ao descer, Peter encontrou o elenco habitual de personagens, árabes e japoneses. O rei Khaled tinha ido para Londres depois da ameaça de bomba. Parecia que um novo agrupamento de pessoas estava chegando quando Peter passou pelo balcão, onde havia um tumultuado grupo de homens de terno, com *walkie-talkies* e fones de ouvido, e, quando passou pela porta giratória, a viu à distância. Olivia acabava de entrar numa limusine na qual Andy já se encontrava, acompanhado de dois de seus homens. Estava afastado dela, falando com os assessores e, como se sentisse a presença de Peter por perto, Olivia deu uma olhada por cima do ombro, parou, magnetizada, e olhou para ele. Seus olhos se encontraram e ficaram fixos um no outro durante muito tempo;

Peter se preocupou se, por acaso, alguém notara. Ele acenou levemente com a cabeça e então, como se fosse obrigada a se separar de Peter, contra a vontade, mais uma vez, ela escorregou para dentro da limusine e a porta se fechou, enquanto Peter a observava fixamente, parado na calçada, sem conseguir ver nada através das janelas escurecidas.

— Seu carro está esperando, *monsieur* — disse o porteiro educadamente, ansioso para evitar um engarrafamento de trânsito na frente do Ritz. Duas modelos tentavam sair para fotografar e a limusine de Peter impedia sua passagem. E elas estavam começando a ficar histéricas, gritando e acenando para ele.

— Desculpe — disse Peter, dando uma gorjeta ao porteiro e entrando na limusine sem dizer nada, nem mesmo dar um último olhar a Olivia, fixando-se num ponto a sua frente, enquanto o motorista rumava velozmente para o aeroporto.

No carro do senador, Andy levava Olivia para a Embaixada, em visita ao embaixador e a dois congressistas. O encontro tinha sido planejado durante toda a semana, e Thatcher insistira que Olivia fosse junto. A princípio, ficara furioso com ela, por causa do tumulto que tinha provocado, mas, uma hora após seus retorno, sã e salva, Andy concluiu que seu desaparecimento constituíra, na verdade, numa vantagem. Ele e seus assessores tinham elaborado uma série de possibilidades, todas planejadas para despertar simpatia para seus planos atuais, particularmente. Andy queria transformar Olivia numa nova Jackie Kennedy. Ela possuía a aparência certa, e ainda o mesmo ar de menina abandonada, associado a seu estilo e elegância naturais além da coragem em face da adversidade. Seus consultores já haviam decidido que Olivia era perfeita. Teriam que prestar um pouco mais de atenção a ela e treiná-la um pouco mais, mas não tinham dúvida de que ela alcançaria o objetivo que tinham em mente.

Contudo, ela teria que parar com aquela história de desaparecer de vez em quando. Já ocorrera antes, uma vez ou outra, depois da morte de Alex: desaparecia por algumas horas, às vezes uma noite. Normalmente, ficava com o irmão ou os pais. Embora tal conduta perdurasse, Andy nunca tivera, realmente, a sensação de que Olivia estava em perigo. Sabia que, por fim, ela acabaria aparecendo, e só esperava que, nesse meio-tempo, ela não fizesse nada de estúpido. E Andy lhe disse o que pensava daqueles desaparecimentos quando foram para a Embaixada e a informou a respeito do que esperavam dela agora. A princípio, Olivia dissera que não iria e fizera objeções, com veemência, à história que estavam divulgando sobre ela para a imprensa.

— Pareço uma débil mental completa — disse, horrorizada. — Alguém com deficiência mental — queixou-se amargamente.

— Você não nos deixou muitas escolhas. O que queria que disséssemos? Que estava caindo de bêbeda num hotel da Rive Gauche durante três dias? Ou deveríamos dizer a verdade? Por falar nisso, qual é a verdade, ou será que estou querendo saber demais?

— A verdade não é, nem de perto, tão interessante quanto o que vocês inventaram. Eu apenas precisava ficar um tempo sozinha, é tudo.

— Foi o que pensei — disse Andy, parecendo antes entediado que propriamente aborrecido. Ele mesmo sumia, de vez em quando, mas era muito mais sutil que a mulher. — Na próxima vez, deixe um bilhete ou fale com alguém.

— Era o que eu ia fazer — disse ela, parecendo constrangida, dessa vez —, mas achei que você não ia notar.

— Você deve pensar que sou completamente alheio ao que acontece ao meu redor — disse ele, com ar de irritação.

— E não é? Pelo menos no que diz respeito a mim? — E então Olivia juntou toda a coragem que tinha e fez o que planejara desde o início. — Gostaria de conversar com você, esta tarde. Talvez quando voltarmos da Embaixada.

— Tenho um almoço marcado — disse Andy, perdendo, imediatamente, o interesse pela mulher. Ela tinha voltado. Não lhe provocara constrangimentos. Tinham deixado a imprensa satisfeita. Ele precisava dela na Embaixada e, depois, tinha outras coisas em que pensar.

— Hoje de tarde será ótimo — disse ela calmamente.

Olivia podia ler nos olhos dele o recado de que não teria tempo para ela. Era um olhar familiar, mas não um olhar que a atraísse amorosamente para o marido.

— Algum problema? — perguntou ele, com ar de surpresa. Olivia pedir tempo ao marido era um acontecimento raro, e ele nem suspeitava do que estava para vir.

— Nenhum. Sempre desapareço três dias por vez. Qual poderia ser o problema? — Mas ele não gostou da expressão que havia em seus olhos nem o modo como falou.

— Você teve uma sorte danada por eu ter conseguido arrumar esta história para você, Olivia. Se eu fosse você, não estaria tão orgulhosa assim. Você não pode esperar que, enquanto sai perambulando por aí, todos fiquem satisfeitos, ao chegar em casa. Se a imprensa quisesse, poderia realmente censurá-la pelo que fez. Portanto, por que não pára com isso?

Andy sabia muito bem que proezas assim podiam danificar, seriamente, suas chances na política.

— Desculpe — disse Olivia, aparentando tristeza. — Não tive a intenção de lhe causar tantos problemas. — Ele nunca dissera uma única palavra sobre ter se preocupado com ela, sequer manifestara medo de que algo ruim lhe tivesse acontecido. Na realidade, nunca pensava no assunto. Conhecendo-a bem, acabara se convencendo de que Olivia estava se escondendo. — Por que não conversamos quando você voltar de seu encontro, esta tarde? O assunto pode esperar até lá.

Olivia tentou aparentar calma, mas estava zangada com o marido. Ele sempre a decepcionava e fazia anos que não ficava com ela. E, agora, ficava ainda mais difícil tentar não compará-lo a Peter.

Ela só conseguia pensar em Peter e quando foram para a Embaixada, pouco depois, ela ficou com o coração partido quando o viu. Ficara com medo de lhe dar algum sinal, pois sabia que, durante algum tempo, a imprensa a vigiaria estreitamente, e os jornalistas estavam, provavelmente, desconfiados daquela história que Andy inventara e ficariam muito satisfeitos se pudessem elucidar qualquer boato, por menor que fosse.

Enquanto estiveram na Embaixada, Olivia ficou perdida em seus pensamentos. Andy não a convidara para o almoço que viria em seguida. Ele teve um encontro demorado com um político francês, e quando voltou, às quatro, não estava, de jeito nenhum, preparado para o que Olivia lhe disse. Ela esperava, silenciosa, na sala de estar, sentada numa cadeira e olhando pela janela. Peter estaria agora num avião, indo para Nova York, e era só nisso que conseguia pensar. Ele ia voltar para "eles", as outras pessoas de sua vida, aquelas que não ligavam para ele. E ela também tinha voltado às mãos dos exploradores, só que dessa vez, não por muito mais tempo.

— Qual é o grande assunto que você tem a tratar? — perguntou Andy quando entrou na suíte.

Ele estava na companhia de dois assessores, mas quando viu sua expressão, e como estava séria, despachou-os rapidamente. Ele só a vira daquele jeito uma ou duas vezes: quando seu irmão morrera e, depois, por ocasião da morte de Alex. De resto, ela parecia sempre distante e longe do mundo em que ele vivia.

— Tenho algo a lhe dizer — disse Olivia em voz baixa, ainda sem muita certeza de como devia começar. A única coisa que sabia era que devia lhe dizer.

— Foi o que imaginei — disse ele, parecendo mais bonito do que qualquer homem que conhecia. Andy tinha enormes olhos azuis e o cabelo ainda louro o fazia parecer meio criança. Seus ombros eram largos, a cintura estreita e, enquanto se sentava numa das cadeiras de brocado, cruzou as longas pernas. Mas Olivia já não mais se sentia fascinada por ele, nem ao menos atraída. Sabia o quanto era egoísta e obcecado e como ligava pouco para ela.

— Estou indo embora — disse com simplicidade. Pronto. Era isso. Ele estava fora do jogo. Tinha acabado.

— Indo para onde? — perguntou Andy, parecendo confuso. Ele nem ao menos entendia o que Olivia estava dizendo, e a única reação que ela teve foi sorrir. Suas palavras estavam além da compreensão e imaginação de Andy.

— Vou deixá-lo — traduziu — assim que voltarmos a Washington. Não agüento mais continuar nesta situação. Foi por isso que me afastei durante uns dias. Tinha que pensar no assunto, mas agora tenho certeza.

Ela queria sentir tristeza pelo que estava dizendo, mas ambos sabiam que não conseguia. E ele também não pareceu triste, apenas espantado.

— Seu senso de oportunidade não é dos melhores — disse Andy, pensativamente, mas sem lhe perguntar o porquê.

— Nunca é, nestes casos. Não existe um momento adequado para algo assim. É como ficar doente: nunca é conveniente.

Ela estava pensando em Alex e Andy concordou com um movimento de cabeça. Sabia quanto a morte do filho a atingira. Mas isto acontecera há dois anos. No entanto, de certa forma, Olivia nunca se recuperara. Nem o casamento deles.

— Algo específico desencadeou esta decisão? Há alguma coisa que a incomoda?

Ele nem se deu ao trabalho de perguntar se havia outra pessoa, pois a conhecia bem e sabia que não era o caso. E estava absolutamente convencido de que sabia tudo a seu respeito.

— Há muitas coisas me incomodando, Andy. Você sabe. — Os dois trocaram um longo olhar e nenhum deles poderia negar que tinham se tornado estranhos. Ela nem ao menos sabia quem era seu marido agora. — Nunca quis ser mulher de político e lhe disse quando nos casamos.

— Não posso fazer nada quanto a isso, Olivia. As coisas mudam. Não poderia esperar que Tom fosse acabar assassinado. Não poderia esperar uma série de coisas. Nem você. As coisas acontecem, e você tem de fazer o melhor que puder para enfrentá-las.

— E eu fiz isso. Fiquei a seu lado. Fiz campanha para você. Fiz tudo que esperava, mas não estamos mais casados, Andy, e você sabe disto. Você não está a meu lado há anos. Nem mesmo sei quem é agora.

— Sinto muito — disse ele em voz baixa, e soou sincero, mas também não se ofereceu para mudar a situação. — Mas é uma hora ruim para fazer isso comigo. — Ele a olhou com uma expressão severa, que a teria assustado se soubesse o que estava pensando. Precisava desesperadamente de Olivia e não havia jeito de concordar em liberá-la agora. — Há algo que pretendia discutir com você, mas só tomei a decisão final na semana passada. — E não importa qual a decisão que Andy tivesse tomado, Olivia sabia que não fazia parte dela. — Quero que seja uma das primeiras a saber, Olivia. — "Uma das primeiras", mas não a primeira. Resumia a história dos últimos anos de seu casamento. — Vou concorrer à presidência da República no ano que vem. Esta candidatura significa tudo para mim. E vou precisar de você para ganhá-la. — Ela ficou sentada, olhando fixamente para Andy, e mesmo que tivesse lhe batido com um bastão de beisebol, Olivia não teria ficado mais atordoada. Não que não estivesse esperando por aquilo, pois sabia que era uma possibilidade, mas agora era real e o modo como Andy deu a notícia foi como jogar uma bomba em suas mãos, e ela não tinha a menor idéia do que fazer agora. — Tenho pensado muito nisso, porque sei como se sente a respeito de campanhas políticas. Mas imagino que exista algo de atraente em ser primeira-dama.

Andy disse tudo com um leve sorriso, estimulando-a, mas Olivia não lhe sorriu em resposta. Parecia apavorada. A última coisa que queria na vida era ser primeira-dama.

— Não há qualquer atrativo nisso — disse trêmula.

— Mas há para mim — replicou Andy rudemente. Era a única coisa que queria, mais do que desejava a mulher ou o casamento deles. — E não posso consegui-lo sem você. Não há possibilidade de existir um presidente separado, muito menos divorciado. Isso não é novidade para você.

Ela era uma profissional da política, pois crescera ao lado do pai, e enquanto a olhava, Andy teve uma idéia. Ele tinha que, ao menos, recuperar o que pudesse do naufrágio, embora não fizesse nenhum esforço para convencê-la de que a amava. Olivia era muito inteligente, para cair nessa conversa, e ele já tinha jogado muitas fichas neste jogo. As coisas tinham ido longe demais e ambos sabiam.

— Deixe-me dar uma sugestão — falou ele, de modo pensativo. — O que vou dizer não é, exatamente, uma idéia romântica, mas talvez se ajuste tanto às suas quanto às minhas necessidades. Preciso de você. Falando de modo prático, ao menos pelos próximos cinco anos. Um para a campanha e mais quatro para meu primeiro mandato. Depois, ou teremos que renegociar nosso trato ou então o país terá que se adaptar à nossa situação. Talvez esteja na hora de as pessoas entenderem que seu presidente também é um ser humano. Afinal, se o príncipe Charles e a princesa Diana sobreviveram a uma separação, nós também podemos consegui-lo.

Na cabeça de Andy, ele já era o presidente da República e o povo se adaptaria a ele, exatamente como Olivia fizera.

— Não tenho muita certeza de que fazemos parte dessas associações. — Olivia comentou com ironia, mas ele não pareceu notar.

— De qualquer forma — continuou, não tomando conhecimento dela, pensando no que ia acontecer mais adiante e fazer com que soasse atraente —, estamos falando de cinco anos. Você é muito jovem, Olivia, e tem condições de fazê-lo; além disso você terá uma distinção nunca tida antes. As pessoas não sentirão somente pena de você, ou ficarão curiosas a seu respeito, elas passarão a *adorá-la*. Meus rapazes e eu podemos fazer com que isso aconteça. — Enquanto o ouvia Olivia sentia vontade de vomitar, mas mesmo assim deixou que continuasse. — Depositarei quinhentos mil dólares em sua conta bancária no final de cada ano, sem impostos. No final de cinco anos, você terá dois milhões e meio de dólares. — Ele levantou a mão, para evitar qualquer comentário. — Sei que não pode ser comprada, mas, se pretende ir embora sozinha depois, esse dinheiro significará um bom pé-de-meia. E se tivermos outro filho... — Ele sorriu, para adoçar o acordo. — Eu lhe darei outro milhão. Estivemos falando, recentemente, sobre um bebê, porque pode ser uma questão importante. Afinal, você não quer que as pessoas pensem que há algo de errado conosco, ou digam que somos *gays*, ou que você é uma mulher obcecada pela tragédia. Já falam o suficiente sobre isso. Acho que está na hora de ir em frente e ter outro bebê.

Olivia não conseguia acreditar no que ouvia. *"Estivemos falando sobre um bebê"* significava que ele e as pessoas que participavam de sua campanha tinham discutido o assunto. Era mais do que nojento.

— Por que simplesmente não alugamos um bebê? — perguntou ela, friamente. — Ninguém precisaria saber. Poderíamos levá-lo para fazer a campanha e depois devolvê-lo aos verdadeiros pais. Bebês são tão incrivelmente bagunceiros e dão tanto trabalho. — Andy não gostou da expressão dos olhos de Olivia quando ela disse isso.

— Esse tipo de comentário é completamente desnecessário — falou ele em voz baixa, parecendo exatamente o que era: um menino rico, que freqüentara as melhores escolas preparatórias e depois se graduara em Harvard e na escola de direito. Andy era escorado pela grande quantidade de dinheiro da família e sempre acreditara que não existia nada no mundo que não pudesse ter, fosse comprando ou trabalhando duro para consegui-lo. Ele estava disposto a fazer as duas coisas, mas não por ela. E não havia a menor possibilidade de ter outro bebê com ele, que não estivera presente para o primeiro, nem mesmo quando teve câncer. Fora, em parte, por esse motivo, que a morte de Alex fora tão dura para Olivia e, de certa forma, a tornara mais fácil para Andy, que jamais estivera tão perto do filho quanto ela.

— Sua proposta é revoltante. É a coisa mais nojenta que já ouvi — disse ela ultrajada. — Você quer comprar cinco anos de minha vida a um preço considerável e quer que eu tenha outro filho porque um bebê o ajudaria a se eleger. Se ficar aqui sentada, ouvindo o que você tem a dizer durante mais algum tempo, posso até vomitar.

— Você sempre gostou de crianças. Não entendo por que ter um filho deveria ser um problema.

— Não gosto mais de você, Andy, é por isso, pelo menos é parte do motivo. Como você pode ser tão grosseiro e insensível? O que aconteceu com você? — Lágrimas queimavam seus olhos, mas ela se recusou a chorar pelo marido. Ele não valia seu choro. — Adoro crianças, mesmo agora. Mas não vou ter um filho para uma campanha política, com um homem que não me ama. O que você sugere, que o façamos por inseminação artificial?

Há meses Andy não dormia com ela, que realmente não ligava. Ele não tinha tempo e, além do mais, tinha outras distrações que utilizava regularmente, e Olivia não tinha interesse.

— Acho sua reação exagerada — disse ele, levemente constrangido pelo que Olivia dissera. Havia alguma verdade em tudo aquilo e ele tinha consciência disso. Mas não podia recuar agora. Era importante demais e, por isso, precisava persuadi-la. Ele tinha dito ao coordenador de sua campanha que ela se recusaria a ter um bebê. Fora terrivelmente ligada ao primeiro filho, ficara enlouquecida quando ele morrera e Andy desconfiava que nunca mais ia querer ter outra criança, pois teria muito medo de perdê-la. — Está certo, mas gostaria que pensasse no assunto. Digamos um milhão a cada ano. Serão cinco milhões ao longo de cinco anos e mais dois milhões se tiver um bebê. — Ele falava sério e ela só conseguia rir.

— Você acha que eu deveria pedir dois milhões por ano e três se tiver um bebê? Quanto dá no total... — ela fingiu calcular — vamos ver... serão seis, se tiver gêmeos... nove se forem trigêmeos. Se eu tomasse injeções de Pergonal... talvez pudesse ter quadrigêmeos... — Olivia virou-se para Andy, olhando-o com uma expressão de quem tinha sido ferida. Quem era esse homem em quem uma vez acreditara? Como pudera se enganar tanto a seu respeito? Enquanto o ouvia, imaginou se algum dia tinha sido humano, embora, bem no fundo do coração, soubesse que tinha sido, lá atrás, no começo. E era por causa de quem Andy fora, e não quem era, que ela continuava ali ouvindo. — Se fizer qualquer destas coisas para você, e duvido disso, será por algum senso de lealdade distorcido, não por cobiça ou porque estou tentando enriquecer através de seu dinheiro. Mas sei o quanto você quer isso. — Seria seu presente de despedida, e assim ela não se sentiria culpada por deixá-lo.

— É tudo que quero, Olivia — disse ele, tão concentrado que chegava a estar pálido. E Olivia sabia que, ao menos por uma vez, Andy estava sendo sincero.

— Vou pensar no assunto — afirmou ela com tranqüilidade.

Agora, Olivia não sabia o que fazer. Naquela manhã, estivera convencida de que voltaria a La Favière no final de semana, e agora estava prestes a se tornar primeira-dama. Era um pesadelo. Mas sentia que lhe devia algo. Andy ainda era seu marido, fora o pai de seu único filho e podia ajudá-lo a conseguir o que mais queria na vida. Era um incrível presente a se dar a qualquer pessoa. E, sem ela, Olivia sabia que Andy não chegaria lá.

— Quero anunciá-lo dentro de dois dias. Vamos voltar a Washington amanhã.

— Obrigada por me informar.

— Se tivesse ficado aqui, saberia de nossos planos de viagem — falou Andy, brusco, observando-a, imaginando qual seria sua decisão. Porém, ao mesmo tempo, conhecia-a suficientemente bem para saber que não poderia obrigá-la a nada. Pensou se falar com o pai dela adiantaria alguma coisa, mas teve medo de que isso pudesse causar um prejuízo para sua proposta.

Para Olivia, a noite no hotel foi longa e angustiante e ela desejou muito poder dar um longo passeio sozinha. Precisava de tempo para pensar, mas, compreensivelmente, sabia que o pessoal da segurança estava desconfiado. E, mais do que tudo, desejava conversar com Peter. Gostaria de saber o que ele acharia, e se diria que ela devia aquele último presente a Andy, um último grande ato de lealdade, ou se diria que ela estava maluca. Cinco anos pareciam uma eternidade, e Olivia sabia que seriam cinco anos que odiaria, principalmente se ele ganhasse a eleição.

Mas, pela manhã, ela já tinha tomado sua decisão, e encontrou-se com Andy no café da manhã. Ele parecia nervoso e pálido, não por causa da perspectiva de perdê-la, mas em pânico no caso de ela não o ajudar a ganhar a eleição.

— Imagino que deveria dizer algo filosófico — começou Olivia enquanto tomavam café e comiam *croissants*. Andy pedira a todos que saíssem, o que raramente fazia. Há anos que Olivia não se via sozinha com o marido, a não ser à noite, na cama, e era a segunda vez em dois dias que isso acontecia. Ele a olhou de forma estranha, convencido de que Olivia estava disposta a recusar sua proposta. — Mas acho que estamos além da filosofia, não? A única coisa que me esforço para entender é como chegamos a este ponto. Lembro-me do início, acho que, naquela época, você estava apaixonado por mim, e não consigo imaginar o que aconteceu. Eu me lembro dos acontecimentos, como se fossem telejornais que ficam passando em minha cabeça, mas não consigo determinar o momento exato em que tudo desandou. Você consegue? — perguntou-lhe ela, com tristeza.

— Não estou realmente certo se isso importa — disse Andy, parecendo moderado. Já sabia o que Olivia ia lhe dizer e nunca pensara que seria tão vingativa. Ele tinha sua parcela de culpa, tinha feito um monte de coisas erradas, mas nunca achara que isso realmente a incomodara. Agora percebia como fora tolo. — Acho que as coisas apenas acontecem, com o passar do tempo. E meu irmão morreu. Você não pode imaginar o que foi isso para mim. Você estava a meu lado, mas para mim era diferente. De repente, tudo que se esperava dele foi transferido para mim e então tive que deixar de ser eu mesmo para me transformar nele. Acho que nós dois nos perdemos, em meio a essa confusão.

— Talvez você devesse ter-me dito isso naquela época — replicou Olivia. Talvez nunca devessem ter tido Alex. Talvez ela devesse tê-lo deixado logo no início. Mas, apesar de tudo, ela não abriria mão, por nada deste mundo, aos dois anos que Alex passara vivo. Mas nem mesmo isso a fazia querer outro filho agora. Percebia, enquanto o olhava, que tinha de tirar Andy de sua angústia, enquanto esperava que desse sua resposta, pois ele estava quase morrendo. E ela decidiu fazê-lo rapidamente. — Decidi ficar com você durante os próximos cinco anos, por um milhão por ano. Não tenho a menor idéia do que vou fazer com o dinheiro: dá-lo para caridade, comprar um castelo na Suíça, criar um fundo de pesquisa com o nome de Alex, sei lá, pensarei nisso mais tarde. Você me ofereceu um milhão por ano e eu o aceitarei. Mas também tenho minhas condições. Quero que me dê uma garantia de que no final de cinco anos, quer você seja ou não reeleito, eu estarei fora. E se perder desta vez, todas as condições estarão suspensas e irei embora no dia seguinte ao da eleição. E então não haverá mais desculpa alguma. Posarei para todas as fotos que quiser, e acompanharei a caravana da campanha, mas não mais estaremos casados. Ninguém precisa saber, mas quero que isto fique claramente entendido entre nós. Quero meu próprio quarto e não haverá mais crian ças.

Foi grosso, rápido, direto, e estava acabado. Exceto que ela tinha se condenado a uma pena de cinco anos e Andy ficou tão chocado que sequer parecia satisfeito.

— Como devo explicar que vamos dormir em quartos separados?

Andy parecia preocupado e satisfeito ao mesmo tempo. Conseguira quase tudo que queria, exceto um bebê, e esta tinha sido a principal idéia de seu coordenador de campanha.

— Diga-lhes que sofro de insônia — respondeu ela — ou que tenho pesadelos.

Era uma boa idéia e Andy pensou que arranjariam alguma fantasia para escondê-la... tinha tanto trabalho a realizar.. o estresse da presidência... algo assim.

— O que acha de uma adoção? — Ele estava negociando até os últimos detalhes do acordo, mas ela ficou firme, quanto àquele.

— Esqueça. Não estou no negócio de comprar bebês para políticos. Não faria isso com ninguém, muito menos com uma criança inocente, que merece uma vida melhor do que esta e também melhores pais. — Um dia, pensou, ela poderia querer ter outro filho, ou até adotar um, mas não com Andy, e tampouco como fazendo parte de um contrato tão sem amor quanto aquele. — E quero tudo redigido num contrato. Você é advogado, e pode fazê-lo. Ele ficará entre nós, ninguém precisará vê-lo.

— Precisaremos de testemunhas — disse ele, ainda com ar confuso. Sua resposta o desarmara completamente, pois depois de tudo que Olivia dissera na noite anterior, ele tinha certeza de que não aceitaria o contrato.

— Procure alguém em quem confie — disse ela tranqüilamente, mas conseguir alguém confiável no mundo em que Andy vivia era um pouco difícil, e todos os que o cercavam seriam capazes de traí-lo num minuto.

— Não sei o que lhe dizer — falou Andy, ainda parecendo espantado.

— Não há muita coisa ainda a dizer, há?

De um só golpe, ele estava concorrendo à presidência e seu casamento tinha acabado. Olivia ficava triste ao pensar nisso, mas a verdade é que não sobrara ternura, nem amizade, entre eles. Os próximos cinco anos seriam longos e, para seu próprio bem, ela esperava que Andy não ganhasse as eleições.

— O que a fez tomar essa decisão? — perguntou ele delicadamente, sentindo-se mais grato a Olivia do que jamais se sentira em relação a qualquer pessoa.

— Não sei. Achei que lhe devia isto. Não me pareceu direito poder lhe dar algo que queria tanto e recusá-lo. Você não está me afastando de nada que eu realmente queira, a não ser a liberdade. É claro que quero escrever, mas isso pode esperar.

Ela o olhou com interesse e, pela primeira vez, ao longo de anos, Andy percebeu que nunca a conhecera.

— Obrigado, Olivia — disse em voz baixa, enquanto se levantava.

— Boa sorte — replicou ela delicadamente, ele fez um aceno com a cabeça e saiu do quarto sem olhar para trás. E quando ele se foi, Olivia percebeu que nem sequer a tinha beijado.

Capítulo Oito

Quando o avião de Peter aterrissou no aeroporto Kennedy, havia uma limusine esperando por ele. Tinha combinado tudo no avião e Frank o esperava no escritório. De certa forma, as notícias não eram tão ruins quanto Peter temera, mas, mesmo assim, não eram boas. E como tudo seria absoluta novidade para Frank, exigiria muitas explicações. Tudo parecia tão bem há apenas cinco dias, quando Peter partiu de Genebra.

O tráfego de sexta-feira à noite para a cidade era terrível. Era hora do rush, e em junho. Carros se estendiam pelo congestionamento, em todas as partes, e Peter só chegou à Wilson-Donovan depois das seis, parecendo tenso e exausto. Passara o tempo de vôo examinando, detalhadamente, todos os relatórios e anotações feitos por Suchard e tão concentrado estava que nem pensou em Olivia. Só conseguia pensar em Frank, no Vicotec e no futuro. A pior das notícias seria informar a Frank que teriam de cancelar a audiência no FDA, para pedir a liberação antecipada, mas era uma questão prática. Peter sabia que Frank ficaria amargamente decepcionado.

O sogro o esperava no quadragésimo quinto andar da Wilson-Donovan, na grande suíte de esquina que ele ocupava há mais ou menos trinta anos, desde que a Wilson-Donovan se mudara para o prédio. E sua secretária ainda estava na antesala. Ela ofereceu uma bebida a Peter quando ele chegou, mas ele só quis um copo d'água.

— Então, você conseguiu! — cumprimentou-o Frank, que tinha uma aparência distinta e jovial, vestido num terno escuro com listras finas, e sua vasta cabeleira branca. Peter reparou, com o canto do olho, que havia uma garrafa de champanhe francês gelando num balde de prata. — Por que fez tanto segredo? Parece romance de espionagem!

Os dois homens trocaram um aperto de mão e Peter perguntou se ele estava bem, embora Frank Donovan nunca tivesse parecido mais saudável. Tinha setenta anos, mas era cheio de vitalidade e boa saúde e no controle de tudo, como estava agora. Quase ordenou a Peter que lhe contasse o que tinha acontecido em Paris.

— Estive com Suchard hoje — disse Peter, enquanto se sentava, arrependendo-se agora por não ter dito algo que o alertasse, pelo telefone. O champanhe fechado o encarava fixamente, como se fosse uma acusação. — Ele levou uma eternidade fazendo os testes, mas acho que valeu a pena. — Seus joelhos tremiam como os de um garoto e ele quase desejou não ter que estar lá.

— O que isso significa? Imagino que seja um íntegro atestado de saúde para o Vicotec — disse Frank, olhando para o genro com os olhos semicerrados, enquanto este sacudia a cabeça e o encarava com honestidade.

— Temo que não, senhor. Um dos componentes secundários do Vicotec não se encaixou na primeira rodada de testes, e ele não nos daria autorização para liberá-lo até que organizasse de novo os componentes e descobrisse se estávamos com um problema sério ou se o sistema de testes estava errado.

— E qual foi seu veredicto? — perguntou Frank.

— Temo que o erro esteja em nosso produto. Há um único elemento que precisaremos mudar. Quando o fizermos, estaremos liberados. Mas, neste momento, pelo que Suchard disse, e do jeito que as coisas estão, o Vicotec é um assassino.

Peter parecia preparado para enfrentar qualquer coisa, mas Frank apenas sacudiu a cabeça, com ar de incredulidade, e recostou-se na cadeira, refletindo sobre o que Peter acabara de lhe dizer.

— Isso é ridículo. Estamos mais bem-informados. Olhe para Berlim. Olhe para Genebra. Eles fizeram esses testes durante meses e os resultados foram todos bons.

— Mas não foram em Paris e não podemos simplesmente ignorar este fato. Pelo menos, parece que é um único elemento e ele acha que pode ser modificado "bem facilmente". — Ele estava citando Suchard.

— Com que facilidade? — Frank franziu as sobrancelhas, querendo apenas uma resposta.

— Ele acha que, se tivermos sorte, a pesquisa levará de seis meses a um ano. Caso contrário, talvez dois anos. Mas se usarmos de novo equipes duplas, acho que poderíamos aprontá-lo por volta do próximo ano civil. Acho que antes não será possível.

Ele calculara tudo meticulosamente, em seu computador, durante o vôo.

— Isso é tolice. Estamos reivindicando a antecipação de experimentos com seres humanos junto ao FDA dentro de três meses. É este o tempo que temos e é este tempo que levaremos para deixar tudo pronto. Seu trabalho é cuidar para que isto aconteça. Traga aquele francês tolo para cá, para ajudar, se for preciso.

— Não podemos conseguir isto em três meses — disse Peter, parecendo horrorizado com o que Frank dizia. — É impossível. Temos que retirar o pedido de antecipação dos experimentos com seres humanos do FDA e adiar nosso comparecimento à audiência.

— Não farei isso! — Frank berrou com ele. — Pareceremos ridículos. Você tem bastante tempo para desfazer os nós antes de nos apresentarmos ao FDA.

— E se não conseguirmos acertar o Vicotec e eles derem a liberação que desejamos, mataremos alguém. Você ouviu o que Suchard disse, é perigoso, Frank. Quero, mais do que ninguém, ver este produto no mercado, mas não pretendo sacrificar ninguém por isso.

— Escute o que estou lhe dizendo — o sogro se dirigiu a ele com os dentes cerrados. — Você tem três meses para botar o Vicotec em ordem, até o dia da audiência.

— Não irei à audiência do FDA com um produto que é perigoso, Frank. Entende o que estou dizendo? — Pela primeira vez, em seu relacionamento, Peter levantara a voz para o sogro. Mas estava cansado, o vôo fora longo e há dias que não tinha uma boa noite de sono. E Frank estava agindo como se fosse um lunático, insistindo para que fossem à audiência para requisitar o início dos experimentos humanos e colocar o Vicotec na "via expressa" no momento em que Suchard acabara de lhes dizer que o remédio era um assassino. — Você me ouviu? — Ele reiterou o que dissera e Frank sacudiu a cabeça, contendo a raiva.

— Não, não ouvi. Você sabe o que quero que faça neste caso. Não vou mais jogar dinheiro fora para aperfeiçoar essa coisa. Ou ela decola agora, ou não decola de jeito nenhum. Está claro?

— Muito — respondeu Peter em voz baixa, assumindo, de novo, o controle da situação. — Sendo assim, suponho que não vai decolar. Se você pretende ou não criar fundos de pesquisas posteriores, é decisão sua — disse respeitosamente, mas Frank apenas o olhou fixo, com raiva.

— Eu lhe dou três meses.

— Preciso de mais tempo, Frank, e você sabe disso.

— Não me interessa o que vai fazer. Apenas certifique-se de que estará pronto para a audiência em setembro.

Peter queria dizer a Frank que ele estava fora de si, mas não ousava. Nunca o vira tomar decisões perigosas e agora estava sendo completamente irracional e fazendo algo que poderia derrubar a empresa. Era ridículo, e Peter só podia supor que ele recuperaria o bom senso na manhã seguinte. Da mesma forma que Peter, Frank estava apenas decepcionado.

— Sinto muito por causa das más notícias — disse Peter em voz baixa, pensando consigo mesmo se por acaso Frank esperava que ele lhe oferecesse uma carona na limusine. Se fossem juntos, a viagem ia ser longa e desconfortável, mas Peter estava disposto a fazê-la.

— Acho que Suchard está maluco — disse Frank com raiva, enquanto dava largas passadas pelo escritório, dirigindo-se à porta e abrindo-a, como sinal para Peter ir embora.

— Também fiquei abalado — disse Peter com sinceridade. Mas ele, ao menos, fora mais razoável do que Frank, que parecia não entender as implicações do que estava dizendo. Não era possível pedir testes clínicos antecipados, com o objetivo de conseguir a liberação precoce de um produto que era potencialmente perigoso e não fora aperfeiçoado. Se o fizesse, estaria, simplesmente, implorando por confusão. E Peter simplesmente não conseguia perceber por que Frank se recusava a entender.

— Foi por isso que ficou em Paris a semana inteira? — perguntou Frank, ainda furioso com o genro. A culpa não era de Peter, mas ele fora o mensageiro das más notícias.

— Foi. Achei que ele andaria mais rápido se estivesse por lá, esperando.

— Talvez não tenha sido boa idéia mandá-lo testar o Vicotec — disse Frank e Peter não conseguia acreditar no que ouvia.

— Tenho certeza de que pensará de forma diferente depois de refletir um pouco sobre o assunto e ler os relatórios. — Peter lhe entregou uma pilha de papéis que tirou da pasta.

— Dê isso para a pesquisa — disse Frank, empurrando a papelada com impaciência. — Não vou ler esse lixo. Estão apenas procurando nos atrasar desnecessariamente. Conheço o tipo de trabalho que Suchard faz para nós. Ele é uma velha nervosa.

— Ele é um cientista laureado — retrucou Peter com firmeza, determinado a não ceder, mas a reunião com Frank fora um pesadelo, do começo ao fim, e ele estava ansioso para ir embora e chegar logo em casa, em Greenwich. — Acho que devemos discutir mais o assunto na segunda-feira, depois que você tiver tido tempo suficiente para digerir esta história.

— Não há nada a digerir. Não vou nem ao menos discutir o assunto. Tenho certeza de que o relatório de Suchard nada mais é do que histeria e me recuso a lhe dar atenção. Se você quiser fazê-lo, é problema seu. — Em seguida ele estreitou os olhos e sacudiu um dedo em direção a Peter. — E não quero que fale sobre isso com ninguém. Diga a nossas duas equipes de pesquisa, aqui, para ficar de boca fechada. Tudo que precisamos é deste boato rondando por aí, para que o FDA retire a permissão para aplicar o Vicotec.

Peter se sentia como se estivesse participando de um filme surrealista. Estava realmente na hora de Frank diminuir o passo, se estava pensando em tomar este tipo de decisão. Não tinham escolha. Não podiam ir à audiência do FDA com o Vicotec sem que ele estivesse pronto. E ele não tinha a menor idéia de por que Frank não queria ouvi-lo. Mas Frank parecia ficar cada vez mais irritado, enquanto passava para o próximo assunto que deviam discutir.

— Recebemos uma notificação do Congresso enquanto você estava viajando — disse asperamente ao genro. — Querem que compareçamos a um subcomitê, no outono, para discutir os altos preços dos produtos farmacêuticos no mercado. É mais uma lamúria de merda do governo, querendo saber por que não estamos distribuindo remédios de graça nas esquinas. E fazemos muito este tipo de coisa em clínicas e países do Terceiro Mundo. Afinal, isto é uma indústria, pelo amor de Deus, não uma fundação. E não pense que vamos dar ao Vicotec um preço de doação. Não o farei!

Enquanto o sogro falava, os cabelos da nuca de Peter se eriçaram. O maior objetivo da droga era o de torná-la acessível às massas, torná-la disponível às pessoas que moravam em áreas rurais longínquas ou que tivessem uma situação doméstica que tornasse difícil, ou até mesmo impossível, ter acesso a médicos para se tratarem, como fora o caso de sua mãe e irmã. Se a Wilson-Donovan ia lhe atribuir o preço de uma droga de luxo, o objetivo principal estaria eliminado e, ao pensar nisso, Peter teve que lutar contra uma onda de pânico que o invadiu.

— Acho que o preço será uma questão importante, neste caso — disse Peter calmamente.

— O Congresso também acha — vociferou Frank para Peter. — Não é só nisso que eles estão pedindo nossa cooperação, há questões mais amplas, mas mesmo assim temos que manter nossa posição por preços altos, caso contrário, enfiarão nossas palavras pela nossa goela quando o Vicotec chegar ao mercado.

— Acho que deveríamos manter um perfil discreto — alegou Peter com o coração afundando enquanto ouvia o sogro. Não gostava nada do que escutara. Tudo se resumia a lucro. Estavam desenvolvendo uma droga milagrosa e Frank Donovan ia tirar plena vantagem disso.

— Já aceitei. E você vai. Achei que poderia ir ao Congresso em setembro, quando comparecer à audiência do FDA. De qualquer maneira, você estará em Washington.

— Talvez não esteja — disse Peter asperamente, determinado a deixar as brigas para mais tarde. Estava exausto. — Quer uma carona para Greenwich? — perguntou, educadamente, procurando mudar de assunto. Ainda estava atordoado pela teimosia de Frank, que se encontrava além dos limites da razão.

— Vou jantar na cidade — disse Frank laconicamente. — Eu o verei no final de semana.

Peter tinha certeza de que Frank e Katie tinham combinado alguma coisa, que ela lhe diria quando chegasse em casa. No entanto, só conseguia, no momento, pensar na insanidade da postura assumida por Frank. Talvez ele estivesse senil. Ninguém, em sã consciência, iria querer se apresentar ao FDA e pedir a liberação antecipada de um produto perigoso, não depois do que Suchard dissera, não se houvesse a possibilidade de correr algum risco. E, no entender de Peter, isto não tinha nada a ver com questões legais ou correr riscos, mas com responsabilidade moral. Imagine se o Vicotec fosse liberado para venda e matasse alguém. Para Peter, não havia dúvida de que, neste caso, os responsáveis seriam ele e Frank, não a droga. Não havia mais o que discutir.

Ele precisou de todo o tempo da viagem até em casa, uma hora, para se recuperar da reunião que tivera com Frank e, quando chegou em casa, Katie e os três meninos estavam se movendo em círculos, pela cozinha. Ela estava tentando organizar um churrasco e Mike tinha prometido ajudá-la, mas estava ao telefone, marcando um encontro para aquela noite, enquanto Paul disse que tinha outra coisa a fazer. Peter olhou pesarosamente para a esposa, tirou o paletó e colocou o avental. Para ele, eram duas da manhã, mas passara toda a semana fora e sentia-se mais do que um pouco culpado.

Tentou dar um beijo em Katie quando vestiu o avental,

mas ficou surpreso com sua frieza e se pôs a imaginar se, por acaso, ela desconfiaria de algo do que tinha se passado em Paris. A telepatia da raça feminina o espantava. Ao longo de dezoito anos de casamento, ele nunca a traíra e a única vez em que o fizera, desconfiava que ela sabia. Os meninos desapareceram quase que imediatamente, para seguir seus próprios planos e ela permaneceu um tanto fria, em sua companhia, durante todo o jantar. Só depois que os garotos foram embora é que ela lhe disse algo que fez seu coração afundar.

— Meu pai me disse que você foi muito ríspido com ele hoje, no escritório — disse Katie em voz baixa, parecendo apunhalar o marido. — Isso não é justo. Você passou a semana toda fora e ele estava muito animado com o Vicotec, mas você acabou com sua alegria.

Katie não estava abalada por causa de outra mulher, mas por causa do pai. Como sempre, ela o estava defendendo, sem nem ao menos saber o que tinha acontecido.

— Não acabei com a alegria dele, Katie. Quem o fez foi Suchard — disse Peter, sentindo-se esgotado. Não podia lutar contra os dois. Mal tinha dormido, durante toda a semana, e não estava em condições de lutar, além do fato de que ter de justificar suas decisões profissionais para Katie o irritava profundamente. — O laboratório da França detectou um problema sério, uma falha na composição do Vicotec, que pode, potencialmente, matar alguém. Temos que modificá-lo.

Peter falou calma e casualmente, mas Katie ainda parecia estar desconfiada, enquanto ouvia as explicações.

— Papai afirma que você está se recusando a levá-lo à audiência com o FDA. — Sua voz era um som queixoso, na cozinha.

— É claro que estou. Você acha que quero levar um produto que tem uma séria falha ao FDA e pedir sua liberação antecipada para vendê-lo a um público confiante? Não seja ridícula. Não faço a menor idéia do motivo pelo qual seu pai reagiu daquele jeito. Mas presumo que, quando ele ler os relatórios, recobrará a razão.

— Papai afirma que você está sendo infantil, que os relatórios são histéricos e que não há motivo para pânico. — Katie estava inflexível e Peter sentiu um músculo contraindo-se no queixo. Ele não ia mais discutir aquele assunto com a mulher.

— Não acho que seja este o momento exato para falar sobre o assunto. Tenho certeza de que seu pai ficou abalado, como eu. E, da mesma forma que ele, eu não queria que os resultados fossem esses. Mas a negação não é a resposta a nossos problemas.

— Você o fez parecer estúpido — disse ela zangada e dessa vez Peter se dirigiu a Katie de forma áspera.

— Ele agiu estupidamente e você está agindo como se fosse sua mãe, Katie. Este não é um assunto a ser tratado entre nós. É uma séria questão de negócios da empresa e uma importante decisão que precisa ser tomada sobre uma droga que pode ameaçar a vida das pessoas. Não cabe a você tomá-la nem comentá-la, e, na minha opinião, não deveria se envolver.

Peter estava furioso porque era óbvio que Frank tinha ligado para a filha, para se queixar dele, no momento em que saíra do escritório. E toda a situação o lembrava, de repente, de tudo que Olivia dissera. Ela tinha razão. Katie e seu pai dirigiam sua vida e o que mais o aborrecia é que nunca se permitira ver isto.

— Papai diz que você não quer nem comparecer ao Congresso para falar sobre a questão de preços. — Katie parecia ferida enquanto falava, e Peter suspirou, sentindo-se impotente.

— Eu não disse isso. Disse a seu pai que achava que deveríamos manter um perfil discreto, neste momento, mas não tomei nenhuma decisão em relação ao Congresso. Não sei nada sobre esse ponto.

Mas Katie sabia. Frank lhe contara tudo. E, como sempre, ela sabia mais das coisas do que Peter.

— Por que está sendo tão difícil? — Ela o instigou, enquanto ele colocava os pratos na máquina de lavar e tentava ajudá-la. Mas estava tão exausto e cansado do vôo que mal conseguia enxergar direito.

— Você não tem nada a ver com isso, Katie. Deixe que seu pai dirija a Wilson-Donovan. Ele sabe o que está fazendo. — E ele não deveria ter-se queixado à filha. Peter estava lívido.

— Era exatamente isso que eu estava lhe dizendo — replicou Katie com ar vitorioso. Ela nem parecia satisfeita por vê-lo, e a única coisa que queria era defender o pai. Não parecia ligar para o cansaço do marido, nem para a decepção que tivera por causa da falha no Vicotec, a impossibilidade de levá-lo ao FDA, ou dar partida à produção. Ela só pensava no pai. Isso nunca fora tão óbvio a Peter quanto era agora, e ver a expressão dos olhos de Katie o magoou profundamente. — Deixe que meu pai tome as decisões. Se ele disser que você pode levar o Vicotec ao FDA, não há motivo para não fazê-lo. E se sua apresentação ao Congresso para falar sobre a questão dos preços tranqüiliza Frank, por que não ir? — Peter tinha vontade de gritar, enquanto ouvia.

— Apresentar-me ao Congresso não é a questão, Katie. E ir ao FDA antes do tempo para falar sobre um produto que é potencialmente perigoso é suicídio, não só para a empresa quanto para os pacientes que escolham tratar-se com o Vicotec, sem estar cientes das complicações potencialmente letais que ele envolve. Você tomaria Talidomida, agora que conhece seus efeitos? É claro que não. Você pediria uma liberação antecipada dela ao FDA? Claro que não. Você não pode deixar de tomar conhecimento das falhas potencialmente fatais destes produtos depois que souber de sua existência, Katie. Isso é loucura, da mesma forma que ir ao FDA prematuramente. Você pode colocar todo o país contra a droga se apresentá-la cedo demais ou de forma imprudente.

— Acho que papai está com a razão. Você é um covarde — atirou-lhe ela rudemente.

— Não consigo acreditar no que está dizendo — disse Peter, olhando-a fixamente, perplexo. — Foi isso que ele lhe disse? — Ela assentiu com a cabeça, em resposta. — Acho que ele está nervoso e não gostaria que se envolvesse nisso. Estive fora durante quase duas semanas e não quero discutir com você por causa de seu pai.

— Então não o torture. Ele está muito abalado pelo modo como você se comportou hoje de tarde. Acho que é maldade de sua parte, além de grosseiro e desrespeitoso.

— Quando precisar que faça um relatório sobre meu comportamento, Katie, eu lhe pedirei. Mas até este momento, acho que seu pai e eu podemos resolver este assunto sozinhos. Ele é um homem adulto e não precisa que você o defenda.

— Talvez precise. Ele tem quase o dobro de sua idade e, se você não tem nenhum respeito por ele e o trata a pontapés, o matará antes do tempo.

Enquanto repreendia o marido, ela caiu em lágrimas e ele se sentou e tirou a gravata. Peter simplesmente não conseguia acreditar no que estava ouvindo.

— Oh, pelo amor de Deus, quer parar? Isso é ridículo. Seu pai é um homem adulto que pode tomar conta de si mesmo. Não precisamos brigar por causa dele. Quem vai me matar antes do tempo é você, se não me der uma folga. Mal dormi esta semana, me preocupando com os testes laboratoriais — e então, é claro, havia Olivia e as três noites que passara conversando com ela e indo e voltando de La Favière. Mas nada daquilo foi mencionado e parecia tão irreal agora que nem mesmo Peter conseguia acreditar que tudo aquilo tinha acontecido. Katie o trouxera de volta a seu próprio mundo com a sutileza de uma explosão nuclear.

— Não sei por que foi tão cruel com ele — disse Katie assoando o nariz, e Peter a olhou fixamente, pensando consigo mesmo se ela e o pai estariam malucos. Estavam lidando com um produto que apresentava alguns problemas que deviam ser resolvidos. Não era nada de pessoal e sua recusa de levá-lo ao FDA não era um motim contra Frank, e sua sinceridade não significava uma afronta. Será que estavam malucos? Será que as coisas sempre tinham sido daquele jeito? Ou de repente tinham se tornado piores? Cansado como estava, tinha dificuldade em entender tudo aquilo e ver Katie chorando por causa daquela história era a gota d'água. Ele se levantou e colocou os braços a seu redor.

— Acredite, Katie, não fui cruel com ele. Talvez seu pai tenha tido um dia ruim. Eu também tive. Vamos para a cama, por favor... Estou tão cansado que parece que estou morrendo. — Ou será que era a perda de Olivia que o fazia sentir-se daquele jeito? Mas agora não conseguia pensar em mais nada.

Katie foi para a cama relutante, ainda se queixando das injustiças cometidas contra o pai. Era tudo tão ridículo que Peter parou de lhe responder e, em cinco minutos, estava dormindo, sonhando com uma jovem na praia. Ela ria e lhe acenava, enquanto Peter corria em sua direção, pensando que era Olivia, mas quando se aproximava era Katie e ela estava zangada, gritando com ele e, enquanto a ouvia, via Olivia desaparecer na distância.

E quando acordou, no dia seguinte, sentia-se deprimido. Era uma avassaladora sensação de desespero que se abatia sobre ele, como se estivesse sendo soterrado por rochas. Não conseguia lembrar o que era aquilo, ou por que sentia-se daquela forma, e então olhou em volta, viu seu quarto e lembrou-se. De outro quarto, outro dia, de uma mulher diferente. Era difícil acreditar que tudo acontecera há apenas dois dias. Poderia muito bem ser numa outra vida. E enquanto ficava deitado na cama, pensando em Olivia, Katie entrou e lhe disse que iam jogar golfe naquela tarde, com seu pai.

Olivia tinha ido embora, o sonho acabara. Aquela era a realidade para a qual retornara. A mesma vida que sempre levava, mas subitamente, parecia muito diferente.

Capítulo Nove

De alguma forma, as coisas finalmente se assentaram. O estado de espírito de Katie melhorou e ela parou de defender o pai como se ele fosse uma criança no cercado. Eles o viram bastante, socialmente, nos dias que se seguiram à volta de Peter, mas tanto ela quanto o pai estavam de melhor humor. E Peter sempre gostava quando os garotos estavam por perto, mas naquele ano eles pareciam passar cada vez menos tempo com os pais. Mike agora tinha carteira de motorista e levava Paul a todos os lugares, o que aliviava sua carga, mas, ao mesmo tempo, significava que os pais não os viam. Até Patrick parecia passar pouco tempo em companhia do pai e da mãe. Estava apaixonado pela vizinha e passava a maior parte do tempo em sua casa.

— O que está acontecendo conosco, este ano? Será que estamos com lepra? — queixou-se Peter a Katie uma manhã, enquanto tomavam café. — Não vemos mais os garotos, que estão sempre fora, em algum lugar. Achava que deveriam passar algum tempo conosco, quando viessem do internato, mas eles saem com os amigos o tempo inteiro.

Sem os meninos, sentia-se verdadeiramente desolado. Gostava de estar com os garotos e ficava triste quando não o fazia. Os filhos lhe davam um tipo de companheirismo e sensação de bem-estar que não tinha mais em companhia de Katie.

— Você os verá em Vineyard, no verão — afirmou ela tranqüilamente.

Katie estava mais habituada com as idas e vindas dos garotos e a vida ocupada que levavam. E, na verdade, ela não apreciava tanto sua companhia quanto Peter, que sempre fora um pai incrível, mesmo quando eram pequenos.

— Será que devo marcar um encontro com eles agora? Estou falando sério, droga. Agosto é daqui a cinco semanas e odiaria perder sua companhia. Só ficarei lá durante um mês. — Ele estava brincando e Katie riu.

— Já estão crescidos — disse Katie casualmente.

— O que significa que fui demitido? — perguntou Peter, parecendo genuinamente espantado. Aos quatorze, dezesseis e dezoito anos, os garotos não precisavam mais dos pais.

— Mais ou menos. Mas você pode jogar golfe com meu pai nos finais de semana.

A ironia contida na frase de Katie significava que ela ainda passava mais tempo na companhia do pai do que seus próprios filhos passavam com os deles. Mas Peter não se deu ao trabalho de chamar sua atenção para o fato, nem comentou que o comportamento de seus filhos era muito mais normal.

As coisas continuavam mais do que tensas entre Peter e Frank, e só naquele dia, de manhã, é que Frank aprovara um enorme orçamento de pesquisa para o Vicotec, conduzida por equipes duplas, que estavam trabalhando dia e noite, mas ainda não tinha concordado em cancelar a audiência com o FDA, embora Peter tivesse aceitado, com relutância, comparecer ao Congresso para falar sobre a questão de preços — só para agradar a Katie e seu pai.

Não lhe agradava ir, mas também não valia a pena brigar por causa daquilo, e a presença de Peter no Congresso daria prestígio à firma. Ele apenas não gostava de ter de defender os altos preços que eles e outras empresas da indústria farmacêutica praticavam, sem necessidade. Mas, como Frank ressaltara, estavam no negócio para obter lucros. É claro que se importavam com as doenças da humanidade, mas, mesmo assim, esperavam ganhar dinheiro. Mas Peter queria que o Vicotec fosse diferente e tinha esperanças de convencer Frank que o lucro deveria ser obtido pelo volume de vendas e não através da venda por preços astronômicos. Além do mais, no início pelo menos, não haveria concorrência para o produto. Mas, naquele momento, Frank não queria discutir o assunto. Só desejava que Peter prometesse que tentaria ir à audiência com o FDA em setembro. Aquilo tinha-se tornado uma obsessão. Frank queria introduzir o Vicotec no mercado tão rápido quanto pudesse e a qualquer custo. Ele queria entrar na história e ganhar muitos milhões de dólares.

Frank continuou a insistir, com Peter, que tinham muito tempo ainda e que, com um pouco de sorte, "desmanchariam os nós" antes de setembro. Peter finalmente parou de discutir com o sogro e soube que, se fosse necessário, se retirariam da audiência mais tarde. Havia uma chance mínima de estarem prontos na época marcada, mas, de acordo com Suchard, era algo duvidoso. E Peter achava que os objetivos de Frank não eram realistas.

— Que tal trazer Suchard para cá? Talvez isso apressasse um pouco as coisas — sugeriu Peter, mas Frank não achou que fosse uma boa idéia; quando Peter ligou para Paul-Louis, para discutir o assunto com ele, lhe informaram que o Dr. Suchard estava de férias. Peter considerou o fato surpreendente, e ficou aborrecido com a escolha do momento de férias feita por Suchard. Mas ninguém em Paris sabia para onde tinha ido e não havia nada que Peter pudesse fazer para encontrá-lo.

Foi só no finalzinho de junho que as coisas se acalmaram novamente e, nesta época, já era hora de Frank, Katie e os meninos partirem para Vineyard. Peter ia passar a semana do Quatro de Julho com eles, e depois voltaria para a cidade e começaria a ir e voltar. Usaria o estúdio da empresa na cidade durante a semana e trabalharia mais tempo no escritório. E depois voltaria a Martha's Vineyard nos finais de semana. Ele queria ficar disponível de segunda a sexta para as equipes de pesquisa, para ajudá-las da forma que quisessem. E Peter gostava de ficar na cidade. De qualquer modo, sentia-se solitário em Greenwich, sem Katie e as crianças. Era uma grande oportunidade de terminar um bocado de trabalho.

Mas não era só trabalho que ele tinha em mente no final de junho. Há duas semanas ele vira o anúncio de que Andy Thatcher ia concorrer à presidência, primeiro nas primárias e, se ganhasse, nas eleições nacionais que se realizariam dali a um ano, em novembro. E Peter notara, com interesse, que, quando Thatcher deu sua primeira entrevista coletiva e, depois, nas subseqüentes, Olivia estivera sempre presente, a seu lado. Eles tinham prometido, um ao outro, que não se ligariam, por isso ficava difícil agora telefonar para ela e lhe perguntar sobre o assunto. A súbita alta visibilidade de Olivia ao lado de Andy Thatcher era desconcertante para Peter, que pensou no que aquilo poderia significar à luz de seu plano para deixar o marido. Mas eles tinham feito o acordo de não telefonar e, por mais difícil que fosse cumpri-lo, Peter manteve a palavra, e decidiu que seu aparecimento regular ao lado de Andy, na arena política, significava que ela decidira não deixá-lo. Ficou pensando em como ela se sentiria a esse respeito, e se Andy manipulara, de alguma forma, aquela decisão. Sabendo o que ele fizera com Olivia e como era o relacionamento entre os dois, parecia improvável que ela estivesse participando da campanha por afeto ao marido. Se havia algum motivo para ficar a seu lado, era por senso de dever. Peter realmente não queria acreditar que era por que Olivia o amava.

Era estranho como tiveram que prosseguir em suas vidas depois do breve período que passaram juntos na França. E ele não podia deixar de imaginar se, para ela, tudo tinha se tornado, subitamente, diferente, como acontecera com ele. A princípio, ele tentara, desesperadamente, resistir, dizendo a si mesmo que nada tinha mudado. Mas coisas que nunca o tinham incomodado agora se haviam transformado em problemas importantes. Subitamente, tudo que Katie dizia ou fazia parecia ter algo a ver com seu pai. Seu trabalho parecia mais difícil. A pesquisa com o Vicotec ainda não apresentara mudanças. E Frank nunca fora tão irracional quanto agora. Até seus filhos não precisavam dele. Mas, pior do que tudo, Peter se sentia como se não houvesse mais alegria, excitação, mistério e romance em sua vida. Não havia nada do que partilhara com Olivia na França, mas o mais doloroso era que ele não tinha com quem conversar. Ele não percebera como, com o passar dos anos, ele e Katie haviam se afastado, como ela estivera ocupada com outras atividades e completamente absorvida com suas próprias atividades e amigos, que envolviam, em sua maior parte, comitês ou mulheres. Parecia não haver mais espaço para ele, e o único homem que lhe importava era seu pai.

Peter ficou pensando, consigo mesmo, se estava sendo sensível ou irracional, ou então excessivamente cansado ou perturbado por causa da decepção que sofrera com o Vicotec, mas achava que não. E mesmo quando foi com eles para Vineyard passar o feriado de Quatro de Julho, tudo o irritou. Sentia-se fora do compasso com os amigos, fora de sintonia com Katie e lhe parecia que mal via os meninos. Era como se, sem que percebesse, tudo tivesse mudado e sua vida acabado. Era incrível como via sua vida desemaranhar-se. Peter ficou pensando também se, de algum modo, ele estava forçando as coisas para pôr as cartas na mesa com Katie, sem perceber o que estava fazendo, como se quisesse se justificar do que fizera com Olivia no sul da França. Fazer isso com um casamento que estivesse morto teria sido mais compreensível, mais facilmente perdoável, mas era mais difícil conviver com o fato de estar fazendo isso com um casamento que estava vivo.

Peter se flagrou procurando fotografias de Olivia nos jornais e no feriado de Quatro de Julho viu Andy na TV. Ele estava numa reunião em Cape Cod com seus partidários e mostraram seu enorme barco a vela amarrado no cais, atrás dele. Peter desconfiou que Olivia estivesse por lá, em algum lugar, porém, por mais que tentasse, não conseguiu vê-la.

— O que é que está fazendo, assistindo à televisão no meio do dia? — perguntou Katie, ao encontrá-lo no quarto e, quando ele olhou para a mulher, foi difícil não perceber seu corpo ainda esbelto. Ela estava usando um traje de banho azul-brilhante e o bracelete de ouro com o pingente de coração que Peter trouxera para ela de Paris. Mas, apesar do cabelo louro e do rosto vivaz, Katie não tinha sobre ele o poderoso efeito que Olivia exercia cada vez que a via. Isso o fez sentir-se novamente culpado, enquanto ela se espantava com sua expressão de preocupação. — Algum problema? — perguntou. As coisas tinham ficado difíceis por um tempo e Peter parecia mais irritado do que de costume, o que não era de seu feitio. E estava assim desde que chegara da Europa.

— Não, está tudo bem. Só queria ver o noticiário — respondeu Peter desviando o olhar e apertando o botão do controle remoto da TV com uma expressão vaga.

— Por que não vai nadar? — perguntou ela, sorrindo.

Em Vineyard Katie sempre se sentia feliz. Era um lugar agradável, e a casa, fácil de cuidar. E ela gostava de se ver rodeada pelos filhos e seus amigos. Sempre fora um bom lugar, não só para ela como também para Peter, embora naquele verão tudo parecesse ligeiramente diferente. Peter estava sob muita pressão, por causa da pesquisa com o Vicotec e tudo que Katie podia fazer era esperar que fosse tudo bem e que os resultados seriam os que Peter e seu pai esperavam. Mas, no momento, ele parecia infeliz e distante.

Só duas semanas depois é que conseguiu descobrir a verdade, no laboratório, e ao desligar o telefone, Peter sentou-se e ficou olhando fixamente para o espaço. Ele não conseguia acreditar no que tinha ouvido e foi dirigindo para Martha's Vineyard, para discutir o assunto pessoalmente com o pai de Katie.

— Você o *demitiu*? Como pôde fazer isso? Por quê? — perguntou Peter. Frank demitira o mensageiro que lhes trouxera as más notícias. Ele ainda não conseguia entender que, a longo prazo, Paul-Louis os salvara.

— Ele é um idiota. Uma velha nervosa que vê demônios no escuro. Não há motivo para mantê-lo.

Pela primeira vez, em dezoito anos, Peter começava a achar que o sogro estava maluco.

— Ele é um dos mais importantes cientistas da França, Frank, e tem quarenta e nove anos. O que está fazendo? Poderíamos tê-lo usado aqui, para apressar a pesquisa.

— Nossa pesquisa está indo bem. Conversei sobre ela ontem, com os pesquisadores. Eles me disseram que estarão prontos por volta do Dia do Trabalho. Nessa altura, não haverá mais problemas no Vicotec nem "falhas", nem fantasmas, nem perigo. — Mas Peter não acreditou no sogro.

— Você pode provar o que diz? Tem certeza? Paul-Louis disse que tal trabalho poderia levar um ano.

— Esta é minha posição. Ele não sabia o que estava dizendo. — Mas Peter ficou assustado pelo que Frank fizera e usou registros da empresa para localizar Paul-Louis, telefonando-lhe assim que voltou a Nova York, para lhe dizer como estava sentido e conversar sobre o Vicotec e o progresso que tinham feito.

— Vocês vão matar alguém — disse Paul-Louis, em seu inglês cheio de sotaque. Mas ficara emocionado com o telefonema e sempre tivera muito respeito por Peter. A princípio tinham lhe contado que sua demissão fora idéia de Peter, mas mais tarde ele soube que a ordem viera, de fato, do presidente. — Você ainda não pode se arriscar — reiterou Paul-Louis. — Vocês devem fazer todos os testes, o que levará meses, mesmo dispondo de equipes duplas trabalhando o tempo todo. Você não deve deixá-los fazer isso.

— Não deixarei. Eu lhe prometo. Agradeço tudo o que fez. Apenas sinto sobre o modo como aconteceu. — E era, verdadeiramente, o que pensava.

— Está tudo bem — disse o francês dando de ombros, sorrindo filosoficamente. Ele já tinha recebido uma outra oferta de emprego de uma importante empresa famacêutica alemã, que possuía uma grande fábrica na França, mas queria tirar um tempo de folga para pensar, antes de tomar uma decisão. E fora para a Bretanha. — Entendo. Desejo-lhe boa sorte. O Vicotec poderia vir a ser um produto maravilhoso.

Os dois homens ficaram batendo papo durante algum tempo e Paul-Louis prometeu ficar em contato; na semana seguinte, Peter acompanhou os resultados das pesquisas ainda mais atentamente. Se Paul-Louis estivesse com a razão, eles ainda teriam muito trabalho pela frente até poder dar o sinal verde ao produto em sã consciência.

No entanto, no final de junho as equipes pareciam estar fazendo bastante progresso. E Peter estava animado quando partiu para suas férias em Martha's Vineyard. O departamento de pesquisa lhe prometera mandar relatórios diários por fax, mas como resultado, ele achou mais difícil relaxar do que fazia habitualmente. Peter se sentia constantemente ligado pelo cordão umbilical da máquina de fax à pesquisa do Vicotec e ao escritório.

— Você não está se divertindo nem um pouco este ano — queixava-se Katie, mas também não lhe prestou muita atenção. Ela tinha montes de amigos a visitar, jardinagem a fazer e passava muito tempo na casa do pai, ajudando-o a reformá-la e decidindo se reformava ou não a cozinha de sua casa de veraneio. Ela ajudou o pai a entreter seus amigos e organizou vários jantares em sua casa, aos quais ela e Peter compareceram. Mas Peter se queixava disso também. Dizia que ela nunca estava a seu lado e que sempre que a via Katie estava saindo apressada para encontrar-se com o pai.

— O que é que está lhe acontecendo? Você nunca teve ciúmes de papai. Sinto-me como se estivesse sendo puxada pelos dois — disse Katie, parecendo irritada.

Peter sempre fora tão compreensivo em relação às coisas que ela fazia para o pai que agora ela não conseguia entender por que se queixava o tempo inteiro. E seu pai também não era melhor, pois ainda estava aborrecido com a postura assumida por Peter em relação ao Vicotec.

Naquele ano, havia uma clara tensão entre os dois homens, e, no meio de agosto, Peter estava pronto para voltar à cidade, usando o trabalho como pretexto. Estava farto. Não estava bem certo do que era, talvez fossem só problemas consigo mesmo, mas dicutira diversas vezes com os filhos, achava que Katie estava sendo extraordinariamente difícil e estava cheio de ir jantar na casa de Frank. Como se tudo aquilo não bastasse, o tempo estivera horrível e haviam tido uma semana de tempestade, seguida pela ameaça de um tufão vindo das Bermudas. No terceiro dia, ele mandou todo mundo ir ao cinema, protegera as venezianas e amarrara os móveis do terraço. Mais tarde, foi almoçar na frente da televisão, para assistir a um jogo de beisebol, e, durante um intervalo, mudou de canal, para ver as notícias sobre o tufão Angus. Mas ficou, imediatamente, surpreendido, ao ver a foto de um enorme barco a vela, seguido por uma foto do senador Andy Thatcher. A cobertura do caso já estava correndo há algum tempo e o âncora estava falando sobre... "A tragédia ocorrida na noite passada. E os corpos ainda não foram resgatados. O senador não estivera disponível para fazer comentários."

— Oh, meu Deus — disse Peter em voz alta, para si mesmo, ficando de pé enquanto colocava o sanduíche de volta na mesa que ficava atrás dele. Tinha que saber o que acontecera com ela. Estaria viva ou morta? Era dela o corpo que estavam procurando? Peter estava quase chorando, enquanto olhava fixamente para a tela da TV e começava a trocar de canais freneticamente.

— Oi, pai. Em que *inning* está? — perguntou Mike, enquanto perambulava pelo quarto, ao voltar do cinema. Peter não ouvira quando o filho chegara e parecia um fantasma quando olhou para ele.

— Nada de *inning*... nem escore... não sei... deixe pra lá...

Olhou de novo para a TV, assim que Mike saiu, mas a princípio Peter não conseguiu encontrar mais notícias. Mas, quando sintonizou no Canal Dois, conseguiu ouvir praticamente toda a história, desde o início. O barco a vela de cento-e-dez-pés de Andy fora apanhado por uma tempestade em águas traiçoeiras, na saída de Gloucester. E, apesar de seu tamanho e pretensa estabilidade, tinha se chocado com algumas rochas e submergira em pouco mais de dez minutos. Havia aproximadamente, a bordo, umas doze pessoas. O barco era computadorizado e quem o navegava era o próprio Thatcher, com ajuda apenas de um marujo e alguns amigos. Diversos passageiros ainda estavam desaparecidos, mas o senador sobrevivera. Sua mulher e o irmão, o deputado por

Boston Edwin Douglas, estavam a bordo, mas, tragicamente, a mulher do deputado e seus dois filhos tinham sido jogados ao mar. O corpo da esposa fora encontrado cedo, pela manhã, mas nenhuma das duas crianças fora ainda achada. E então, de um fôlego só, o âncora disse que a esposa do senador, Olivia Douglas Thatcher, quase se afogara. Ela estava ainda em estado crítico, no Hospital Addison Gilbert, e fora resgatada na noite anterior, pela Guarda Costeira. A esposa do senador fora encontrada inconsciente, mas o colete salva-vidas a mantivera flutuando.

— Oh, meu Deus... oh, meu Deus... — Olivia. E ela tinha tanto medo do mar. Só conseguia começar a imaginar o que lhe acontecera, enquanto pensava, freneticamente, em ir a seu encontro agora. Mas como explicaria sua ida? O que diriam nos noticiários? Que um homem de negócios anônimo tinha aparecido, desesperado, no hospital, para ver a Sra. Thatcher e fora mandado embora. Ele seria mandado para casa, em camisa-de-força, para recuperar o juízo na companhia de sua própria esposa... Não tinha a menor idéia de como chegar até Olivia nem de como poderia vê-la sem causar problemas aos dois. E quando sentou-se de novo e ficou olhando fixamente para a tela da TV, percebeu que naquele momento, enquanto Olivia ainda estava em estado crítico, não havia jeito de vê-la. Um outro canal informara que ela ainda não tinha recuperado a consciência e que se dizia que estava em coma profundo. Depois da informação, exibiram, de novo, todas as fotos de Olivia que tinham sido publicadas em tablóides, e narraram todas as tragédias ligadas a ela, exatamente como tinham feito em Paris. Os repórteres estavam acampados no lado de fora da casa de seus pais, em Boston, e apresentaram alguns minutos de cobertura do caso de seu irmão, atingido pela desgraça, deixando o hospital, depois de acabar de perder mulher e filhos. O simples fato de vê-lo era terrivelmente doloroso e Peter sentiu que as lágrimas rolavam pelo rosto enquanto olhava para o irmão de Olivia.

— Algum problema, papai? — Era Mike, que tinha voltado, preocupado ao ver o pai.

— Não, eu estou... eu estou bem... foi apenas algo que aconteceu com alguns amigos. Foi horrível. Uma tempestade fora de Cape Cod, na noite passada, o barco do senador Thatcher afundou. Parece que algumas pessoas estão perdidas, e outras feridas... — E ela ainda estava em coma. Por que aquilo lhe tinha acontecido? E se morresse. Nem queria pensar nesta possibilidade.

— Você os conhece? — perguntou Katie, parecendo surpresa enquanto passava pela sala de estar a caminho da cozinha. — Havia algo sobre o acidente no jornal de hoje.

— Eu os conheci em Paris — disse Peter, com medo de falar demais, como se Katie pudesse deduzir o que acontecera, pelo seu tom de voz, ou pior ainda, por vê-lo chorando.

— Dizem que ela é muito estranha. Ouvi falar que ele vai concorrer à presidência — disse Katie através da porta da cozinha, mas Peter não respondeu. Ele subira as escadas de forma tão silenciosa quanto conseguiu, e estava no quarto, ligando para o hospital.

Mas não conseguiu saber nada através das enfermeiras do Addison Gilbert. Ele lhes dissera que era um amigo íntimo da família e elas lhe informaram exatamente o que tinha ouvido na TV. Olivia estava na UTI, e não recuperara a consciência desde que fora resgatada. E quanto tempo isso poderia durar? Peter imaginou se ela ficaria com alguma lesão no cérebro, se morreria, se a veria de novo. O simples fato de pensar em todas aquelas coisas lhe dava vontade de estar com Olivia. Mas a única coisa que podia fazer, agora, era ficar deitado em sua cama e se recordar do que tinham vivido.

— Você está bem? — perguntou Katie, depois de ter subido as escadas para procurar por alguma coisa, ficando surpresa ao vê-lo deitado na cama deles. Há dias que Peter vinha se comportando de forma estranha, e, pelo que tinha observado, durante todo o verão. Mas seu pai também estava assim. Pelo que Katie podia perceber, o Vicotec fora desastroso para os dois, e ela lamentava que tivessem, algum dia, decidido fazê-lo. O Vicotec não valia o preço que nenhum dos dois estava pagando. Katie então olhou para Peter e achou que seus olhos pareciam estar úmidos. Não tinha a menor idéia do que o marido estivera fazendo. — Você está se sentindo bem? — perguntou, preocupada e colocando uma mão em sua testa, mas ele não estava com febre.

— Estou bem — respondeu Peter, sentindo-se culpado de novo em relação à mulher, mas tão desesperadamente assustado por Olivia que mal conseguia pensar direito. Mesmo que nunca mais a visse de novo, Peter sabia que o mundo se tornaria um lugar diferente sem seu rosto suave, seus olhos que lhe lembravam veludo marrom. Ele queria ir a seu encontro agora, abri-los e beijá-la de novo. Queria ficar a seu lado. E quando viu Andy de novo na TV, teve vontade de esganá-lo, por não estar a seu lado. Ele estava falando sobre tudo que lhes acontecera, como a tempestade avançara rapidamente, como fora dramático não ter sido possível salvar as crianças. E de alguma forma, sem realmente ser explícito, deu um jeito de dizer que, apesar das perdas de vida e do perigo que sua mulher corria, ele era um herói.

Peter estava mais silencioso do que o habitual, naquela noite. O prometido tufão tinha passado e ele ligou de novo para o hospital, mas nada havia se modificado. Para ele e para os Douglas, que estavam esperando no hospital, foi um final de semana de pesadelo. Mas na noite de domingo, depois que Katie foi para a cama, ele ligou de novo. Era a quarta vez, naquele dia, e seus joelhos viraram geléia quando a enfermeira disse as palavras pelas quais tanto tinha rezado.

— Ela está consciente — disse, enquanto Peter sentia

lágrimas subindo à garganta, por Olivia. — Ela vai ficar boa — disse a enfermeira delicadamente e, quando desligou, colocou o rosto nas mãos e chorou. Estava sozinho e podia deixar que as emoções saíssem agora. Não conseguira pensar em outra coisa nos últimos dois dias. Nem conseguira deixar um recado para Olivia, mas lhe tinha enviado todos os seus bons pensamentos e preces, e até surpreendera Katie ao ir à igreja sozinho no domingo de manhã.

— Não sei o que aconteceu com ele — disse ao pai, naquela noite, pelo telefone. — Juro, é toda aquela maluquice com o Vicotec. Odeio esta coisa. Ela o está deixando doente e me levando à loucura.

— Ele vai sair dessa — disse seu pai. — Todos ficaremos mais felizes quando o Vicotec chegar ao mercado. — Mas Katie não tinha mais tanta certeza, e as brigas sobre a droga eram muito dolorosas.

Na manhã seguinte, Peter ligou de novo para o hospital, mas não deixaram que falasse com ela. Ele continuou ligando e deixando nomes falsos, dizendo, naquela ocasião, que era um primo de Boston. Não havia jeito de lhe mandar nem ao menos uma mensagem em código, porque não tinha jeito de saber quem poderia interceptá-la. Mas ela estava viva e melhorando. Seu marido dissera, numa entrevista coletiva, que tinham sido afortunados e que ela estaria em casa dentro de alguns dias. E mais tarde, naquela mesma manhã, partiu para a Costa Oeste. Ele estava em campanha, e ela agora, fora de perigo.

Andy voltou a tempo para assistir ao funeral da mulher e dos filhos de Edwin. Peter ficou magnetizado ao assistir a toda a cobertura feita pela TV, aliviado de ver que, misericordiosamente, Olivia não estava lá. Ele a conhecia bastante bem para saber que não agüentaria, e tudo a lembraria demais do próprio filho morto. Mas seus pais estavam lá e Edwin, visivelmente sofrendo e perto deles, e, é claro, Andy, com o braço em torno do irmão de Olivia. Formavam a família política perfeita e todos os canais de televisão e jornais estavam lá, cobrindo o funeral a uma distância discreta.

Olivia assistiu à cerimônia pela TV, na UTI, e chorou terrivelmente. As enfermeiras achavam que não deveria ver aquilo, mas ela insistira. Era sua família, e não pudera estar presente, mas mais tarde, quando viu Andy dando uma entrevista em que dizia como todos tinham sido corajosos e que herói ele era, teve vontade de matá-lo.

Depois do enterro, Andy nem se incomodara em ligar para ela, para informá-la sobre o estado de Edwin. Quando Olivia ligou para casa, seu pai, com voz de bêbado, lhe disse que sua mãe tivera que ser sedada. Era um momento horrível para todos e Olivia sentia por não ter podido dar sua vida no lugar da deles. As crianças eram tão pequenas e sua cunhada estava grávida, embora ninguém soubesse. E, a seus próprios olhos, Olivia achava que não tinha motivo para viver. Estava levando uma vida vazia, como marionete de um ególatra. Não teria feito a menor diferença, para ninguém, se um dos dois tivesse morrido, exceto, talvez, seus pais. Olivia então pensou em Peter e nos momentos que partilharam e desejou que houvesse algum meio de vê-lo. Mas, assim como outras pessoas que amara, ele agora fazia parte do passado, não havia como incluí-lo em seu presente ou futuro.

Depois que a televisão foi desligada, ela ficou deitada na cama, chorando, pensando no quanto sua vida era inútil. Seus sobrinhos tinham morrido, a mãe deles, seu próprio bebê... Tom, o irmão de Andy. Tanta gente boa. Era impossível entender por que alguns eram poupados e outros não.

— Como está passando, Sra. Thatcher? — perguntou uma das enfermeiras delicadamente, enquanto ela chorava. Podiam ver como se sentia infeliz. E, com toda sua família em Boston, para os funerais, ninguém fora visitá-la. A enfermeira estava preocupada com Olivia e então se lembrou. —

Alguém lhe tem telefonado constantemente, desde que chegou. Um homem. Diz que é um velho amigo — então a enfermeira sorriu — e esta manhã ele disse que era seu primo. Mas tenho certeza de que era a mesma pessoa. Ele nunca deixa o nome, mas parecia muito preocupado com a senhora.

Sem nenhum momento de hesitação, Olivia soube que era Peter. Quem mais ligaria para ela, e por que não deixaria o nome? Tinha de ser ele e ela levantou os olhos cheios de tristeza para a enfermeira que estava a seu lado.

— Na próxima vez em que ligar, posso falar com ele?

Olivia se assemelhava a uma criança machucada. Estava coberta de terríveis equimoses nos lugares em que fora atingida pelos destroços do barco. Fora uma tragédia horrível e ela tinha certeza, agora, de que nunca mais se aproximaria do mar.

— Tentarei colocá-la em contato se ele ligar de novo — assegurou-lhe a enfermeira e foi embora. Mas quando Peter ligou cedo, na manhã seguinte, ela estava dormindo. E depois, uma outra enfermeira entrou de serviço.

Olivia ficou deitada na cama pensando nele, o tempo inteiro, depois que soube de suas ligações, pensando em como ele estaria e o que teria acontecido com o Vicotec e a audiência com o FDA. Não tinha jeito de conseguir notícias dele e tinham feito o acordo de não entrar em contato, quando saíram de Paris. Mas agora isto parecia muito difícil, especialmente ali, no hospital. Tinha muito em que pensar agora, muitas coisas em sua vida que odiava. Prometera lealdade a Andy, mas a promessa estava lhe custando tudo que tinha. E, de repente, só conseguia pensar em como a vida era breve e imprevisível, e, também, em como era preciosa. Tinha vendido sua alma pelos próximos cinco anos, o que agora lhe parecia ser uma eternidade. A única coisa que podia esperar era que Andy não ganhasse as eleições, pois sabia que não sobreviveria, se ele o conseguisse. E a esposa de um presidente não podia simplesmente desaparecer. Nos próximos cinco anos, ela teria que ficar e agüentar as conseqüências.

Olivia ainda passou quatro dias na UTI, até que seus pulmões ficassem quase limpos e eles pudessem removê-la para um quarto particular, e foi aí que Andy chegou da Virginia, para visitá-la. Ele tinha algum trabalho a fazer ali, mas, assim que chegou ao hospital, apareceram repórteres de todos os lados e uma equipe com uma câmera, e um dos membros da equipe entrou, sorrateiramente, para vê-la. Olivia imediatamente desapareceu sob os lençóis e uma enfermeira os pôs para fora do andar, mas o fato é que Andy atraía a imprensa como o sangue atrai os tubarões, e Olivia era o peixinho que queriam degustar.

Mas Andy teve uma grande idéia e armou uma entrevista coletiva para Olivia, no hospital, para o dia seguinte, fora do quarto. Mandou um cabeleireiro e um maquiador para ajeitá-la. Estava tudo organizado e Olivia poderia conversar com a imprensa sentada numa cadeira de rodas. Porém, quando Andy lhe explicou tudo que ia acontecer, ela sentiu o coração disparar e o estômago se revolver.

— Não quero fazer isso ainda. — A história a fazia lembrar-se da época em que Alex morrera e a imprensa a perseguira sem parar. Dessa vez iam querer saber se vira os sobrinhos morrer, ou então a cunhada, e como se sentia agora, depois que tinham morrido e ela sobrevivido, e como poderia explicar o que acontecera. Só de pensar ela se sentiu sufocada e a única coisa que conseguiu fazer foi sacudir a ca beça, em estado de pânico. — Não posso, Andy... desculpe... — disse, afastando-se dele e pensando se Peter voltaria a ligar. Não vira mais a enfermeira que lhe contara sobre os telefonemas, desde que saíra da UTI, e ninguém lhe disse nada. E ela não podia ficar perguntando por ele, por um homem sem nome que andara ligando para saber como estava. Não podia fazer nada que atraísse atenção sobre sua pessoa.

— Escute, Olivia, você tem que falar com a imprensa, senão pensarão que está escondendo alguma coisa. Você ficou em coma durante quatro dias e não quer agora que o país fique pensando que ficou com lesões cerebrais ou alguma coisa parecida.

Ele se dirigia à mulher como se ela tivesse sofrido danos cerebrais, enquanto ela só conseguia pensar na conversa triste que tivera com o irmão, pela manhã. Ele estava arrasado e Olivia se perguntava como seu irmão estaria, depois de tudo que ela passara com Alex. No entanto, ele tinha perdido toda a família e agora Andy queria que ela conversasse com a imprensa, sentada numa cadeira de rodas.

— Não me importo com o que a imprensa pense. Não vou dar a entrevista — disse com firmeza.

— Você tem de dá-la — disse ele asperamente —, temos um contrato.

— Você me dá náuseas — replicou ela, afastando-se do marido, e no dia seguinte, quando os jornalistas chegaram, Olivia se recusou a recebê-los. Ela também não quis receber o cabeleireiro nem o maquiador, tampouco saiu do quarto na cadeira de rodas. A imprensa sentiu-se parte de um joguete e Andy então deu uma entrevista coletiva na sala de espera, sem Olivia. Ele explicou o trauma pelo qual tinha passado e o sentimento de culpa, por ser uma das poucas sobreviventes. Disse à imprensa que também estava sofrendo por causa disso, mas era difícil acreditar que Andy Thatcher sofresse por qualquer motivo, exceto um avassalador desejo de chegar à Casa Branca, não importando o que isso lhe custasse. Mas não podia perder aquela oportunidade e, no dia seguinte, deixou que três repórteres entrassem no quarto dela, e, ao levantar os olhos e vê-los, Olivia parecia pateticamente frágil e desesperadamente assustada. Começou a chorar e uma enfermeira e dois serventes os obrigaram a ir embora. Mas, apesar disso, tinham dado um jeito de conseguir bater uma meia dúzia de fotos antes de deixar o quarto e se reunir na entrada, onde conversaram com Andy. E quando ele voltou ao quarto, depois que os repórteres foram embora, Olivia saiu da cama e bateu nele violentamente.

— Como pôde fazer isso comigo? Toda a família de Edwin acabou de morrer e eu ainda nem tive alta do hospital. — Ela gritou e soluçou enquanto batia as mãos contra seu peito, arrasada por uma sensação de violação. Mas ele precisava provar aos repórteres que sua mulher estava viva e bem, que não tinha ficado com seqüelas, como já estavam começando a desconfiar, já que ela parecia estar se escondendo. O que ela estava tentando preservar era sua dignidade, mas Andy não poderia ter ligado menos para isso. O que estava protegendo era sua sobrevivência política.

Peter viu suas fotografias no noticiário daquela noite e seu coração ficou alquebrado de pena. Olivia parecia assustada e frágil, deitada na cama e chorando. A expressão de desamparo em seus olhos arrassou seu coração. Ela usava uma camisola de hospital e havia tubos intravenosos nos dois braços, e um dos repórteres disse que ainda estava com pneumonia. Era uma visão dramática e com certeza iria despertar muita simpatia, que era exatamente o que seu marido queria. E após desligar o aparelho, Peter só conseguia pensar em Olivia.

Mas Olivia surpreendeu Andy, quando a equipe do hospital lhe disse que iria liberá-la no final de semana e ela o informou de que não iria para casa. Já tinha falado com sua mãe sobre o assunto. Ia para a casa dos pais. Lá, precisavam dela. Iria para a casa dos Douglas, em Boston.

— Isso é ridículo, Olivia — queixou-se Andy, quando ela lhe disse o que ia fazer, pelo telefone. — Você não é uma garotinha e seu lugar é na Virginia, a meu lado.

— Por quê? — perguntou brusca. — Para que deixe os repórteres entrar em meu quarto todas as manhãs? Minha família acaba de passar por uma terrível provação e quero ficar a seu lado.

Não o culpava pelo acidente. A tempestade não fora culpa de Andy, mas sim o modo como as coisas tinham sido conduzidas desde então, já que certamente lhe faltara dignidade ou compaixão, ou até mesmo decência, e Olivia sabia que nunca o perdoaria. Ele tirara partido de todos. E o fizera de novo, ela descobrira, quando viu um bando de repórteres esperando no saguão do hospital, quando saiu do Addison Gilbert. Andy era a única pessoa que sabia que ela ia sair, era o único que poderia ter informado à imprensa. E eles também apareceram na casa de seus pais, mas dessa vez, seu pai não cedeu.

— Precisamos de um pouco de privacidade por aqui — explicou, e, como era o governador, os repórteres lhe deram atenção. Ele deu algumas entrevistas, selecionadas, mas explicou que nem sua esposa nem sua filha e, certamente não seu filho, estavam em condições de atender à imprensa naquele momento. — Tenho certeza que entenderão — disse cortesmente, posando para uma única fotografia.

O governador Douglas declarara, ainda, que não tinha maiores explicações sobre a presença da Sra. Thatcher em sua casa, a não ser que ela queria ficar com a mãe e o irmão, que também estava lá. Edwin Douglas não conseguia ficar ainda em sua própria casa, sem falar em começar a elaborar a situação.

— Os Thatcher ficaram estremecidos desde o acidente? — Um dos repórteres lhe perguntou falando alto e ele pareceu ficar surpreendido pela pergunta. Aquilo sequer lhe ocorrera, e ele perguntara a mesma coisa à sua mulher, aquela noite, pensando que ela sabia algo que ele desconhecia.

— Acho que não — respondeu Janet Douglas, franzindo as sobrancelhas. — Olivia não disse nada. — No entanto, ambos sabiam que a filha guardava muita coisa só para si. Olivia passara por muitas coisas nos últimos anos e gostava de guardar seus segredos.

Mas Andy foi rapidamente se queixar com ela, quando soube da pergunta, e lhe disse que, se não fosse logo para casa, ia dar motivo para que os boatos começassem a correr.

— Irei para casa quando estiver suficientemente bem para sair daqui — retrucou Olivia friamente.

— E quando é que isso vai acontecer? — Ele ia voltar para a Califórnia dentro de duas semanas e queria que fosse junto.

Na realidade, Olivia estava planejando voltar para a Virginia dentro de alguns dias, mas a insistência de Andy fez com que quisesse ficar mais tempo e, depois de uma semana na casa dos pais, sua mãe finalmente a questionou sobre o assunto.

— O que está acontecendo? — perguntou delicadamente, quando Olivia sentou-se em seu quarto. A mãe costumava ter enxaquecas regularmente e estava se recuperando de uma, usando um saco de gelo. — Está tudo bem entre você e Andy?

— Depende de sua definição de "tudo bem" — respondeu Olivia calmamente. — Nada pior do que o habitual. Andy só está aborrecido porque não estou permitindo que a imprensa me mate de cansaço, nem quero reencenar o acidente para eles no caderno de TV. Mas em um ou dois dias, mamãe, tenho certeza que ficará bem.

— A política costuma fazer coisas estranhas com os homens — disse sua mãe sensatamente. Ela sabia melhor do que ninguém como era e quanto lhes tinha custado. Até a recente mastectomia que fizera fora anunciada na TV, junto a gráficos e a uma entrevista com seu médico. Mas ela era a mulher do governador e sabia que tinha de esperar por aquilo. Passara a maior parte de sua vida adulta em evidência, o que lhe tinha tirado muitas coisas. E podia perceber, agora, que a política já tinha tirado algo de sua filha. Pagava-se um preço alto por ganhar ou até perder as eleições.

E então Olivia a olhou em silêncio e ficou pensando no que sua mãe diria se lhe contasse a verdade. Há dias que pensava no assunto e agora sabia o que tinha de fazer.

— Vou deixá-lo, mamãe. Não posso continuar. Tentei ir embora em junho, mas ele queria tanto a presidência que concordei em fazer a campanha em sua companhia e ficar durante os quatro primeiros anos se ele ganhasse as eleições. — Olhou com tristeza para a mãe. A estupidez do que fizera parecia horrível, ao ser contada. — Ele está me pagando um milhão de dólares por ano para estar presente na campanha. E o que é engraçado nisto tudo é que nem liguei. Quando Andy me fez a oferta, ela me pareceu uma espécie de jogo a dinheiro. Eu o fiz por ele, porque o amei. Mas acho que não o amava o suficiente, mesmo no início. Agora realmente sei que não posso continuar. — Olivia não devia esse sacrifício a ninguém, nem mesmo a Andy.

— Então não continue — disse Janet Douglas bruscamente. — Nem mesmo um milhão de dólares por ano seriam suficientes. Nem dez milhões. Nenhuma quantidade de dinheiro vale isso, se para ganhá-la você precisa arruinar sua vida. Saia enquanto pode, Olivia. Eu deveria tê-lo feito há anos. Para mim, agora, é tarde demais. Estar na situação de mulher de político me levou a beber, arruinou minha saúde, destruiu meu casamento e me impediu de fazer tudo que queria, magoou nossa família e tornou a vida dura para você e seu irmão. Olivia, se não é isso que quer, se não o deseja desesperadamente, saia agora, enquanto pode. Por favor, querida — pediu ela, enquanto seus olhos se enchiam de lágrimas e apertava a mão da filha —, eu lhe imploro. E não importa o que seu pai diga, ficarei cem por cento a seu lado. —

Em seguida, Janet Douglas olhou para a filha com mais seriedade, pois uma coisa era abandonar a política e outra abandonar um casamento que talvez ainda valesse a pena salvar.

— E ele? E Andy?

— Acabou há muito tempo, mamãe.

Janet fez, de novo, um aceno afirmativo com a cabeça. Aquilo realmente não a surpreendia.

— Era o que achava, mas não tinha certeza. — Depois, sorriu lentamente. — Seu pai vai pensar que menti, para ele, pois ele me perguntou se estava tudo bem entre vocês e eu disse que estava. Mas naquela ocasião eu ainda não tinha certeza.

— Obrigada, mamãe — disse Olivia, colocando os braços em torno dela. — Eu a amo. — Sua mãe acabara de lhe dar o maior de todos os presentes: sua bênção.

— Eu também a amo, querida — disse Janet enquanto abraçava a filha. — Faça o que tiver que fazer e não se preocupe com o que seu pai disser. Ele vai ficar bem. Seu pai e Andy farão um pouco de barulho, durante algum tempo, mas vão se refazer. E Andy é jovem. Pode se casar de novo e tentar na próxima eleição. Não é seu fim. Não permita que ele a intimide a voltar, Olivia, a menos que seja isso que queira.

O que Janet Douglas realmente queria para a filha era que ficasse longe dali. Queria sua liberdade.

— Não quero voltar, mamãe. Nunca vou querer. Já devia tê-lo deixado há anos... antes que Alex nascesse, ou, ao menos, quando ele morreu.

— Você é jovem, vai reconstruir sua vida — disse Janet com tristeza. Ela nunca conseguira. Abrira mão da própria vida, carreira, amigos, sonhos. Cada grama de energia que tivera fora para a carreira política do marido e queria algo muito diferente para a filha. — O que vai fazer agora?

— Quero escrever — respondeu Olivia timidamente e sua mãe riu.

— Tudo acaba voltando ao ponto de partida, não é? Faça-o, então, e não deixe que ninguém a impeça.

Elas passaram a tarde toda conversando, e juntas, fizeram almoço, na cozinha. Olivia até pensou em lhe falar da história com Peter, mas por fim acabou não contando, e disse à mãe que achava que provavelmente voltaria para a França, para a aldeia de pescadores que tanto amava. Era um bom lugar para escrever, para se esconder, mas sua mãe também a alertou sobre isso.

— Você não pode se esconder para sempre.

— Por que não? — perguntou Olivia, sorrindo tristemente. Não havia mais nada a fazer agora, exceto desaparecer, e, dessa vez, de forma legítima. Não queria mais ligação alguma com a imprensa ou com o público.

O irmão jantou com eles naquela noite. Estava muito triste e amortecido, mas ela conseguiu fazê-lo rir, uma ou duas vezes, e ele se manteve a par do que acontecia em Washington por telefone e fax. Para Olivia, era incrível que ele conseguisse ao menos pensar em política agora, mas, mesmo frente a uma tão enorme perda, ele continuava parecido com o pai. Era óbvio que Edwin estava tomado pela política da mesma forma que o pai deles ou seu marido. E, tarde da noite, ela ligou para Andy e lhe disse que tinha tomado uma decisão importante.

— Não vou voltar — disse simplesmente.

— Não comece com essa história de novo — replicou Andy, sua voz soando irritada desta vez. — Você esqueceu de nosso contrato?

— Não há cláusula nenhuma nele que diga que tenho que ficar com você ou segui-lo na presidência. Ele apenas afirma que *se* eu o fizer, você me pagará um milhão de dólares por ano. Bem, acabei de poupar um bocado de seu dinheiro.

— Você não pode fazer isso — disse Andy, parecendo

mais zangado do que Olivia percebera alguma vez. Ela estava interferindo na única coisa que ele desejava.

— Sim, posso. E vou fazer. Estou indo para a Europa amanhã de manhã.

Na verdade, Olivia ainda ia ficar durante alguns dias, mas queria ter certeza de que Andy sabia que estava tudo acabado. De qualquer forma, ele apareceu em Boston, no dia seguinte, e, como sua mãe previra, seu pai entrou na briga. Mas Olivia tinha trinta e quatro anos, sabia o que queria e era uma mulher adulta. E também tinha consciência de que nada a desviaria de sua decisão.

— Você percebe do que está abrindo mão? — gritou seu pai, enquanto Andy o olhava com gratidão. Para Olivia, tudo aquilo parecia um linchamento.

— Sim — respondeu ela em voz baixa, olhando firme para eles —, mágoas e mentiras. Já experimentei das duas coisas durante muito tempo e acho que me sairei bem sem elas. Oh, esqueci, a exploração.

— Não seja tão pretensiosa — disse o pai, desgostoso. Ele era um político da velha escola, não tão arrogante quanto Andy. — É uma vida incrível, uma grande oportunidade e você sabe disso.

— Para você, talvez seja — replicou ela, olhando para o pai com indisfarçada tristeza. — Para o resto de nós é uma vida de solidão e decepção, de promessas quebradas, feitas ao longo da campanha. Quero uma vida real, com um homem real, ou então sozinha, se tiver de ser assim. Não ligo mais. Só quero ficar tão distante da política quanto for possível, e nunca mais ouvir essa palavra. — Ela lançou um olhar de esguelha à mãe e percebeu que ela sorria.

— Você é uma tola! — vociferou seu pai, mas, naquela noite, quando Andy foi embora, ele se tornou verdadeiramente virulento e lhe prometeu que ela pagaria pelo que tinha acabado de fazer. E Andy não estava mentindo. Quando partiu para a França, três dias depois, os jornais de Boston publicaram uma história que ela percebeu que tinha sido plantada. Os relatos dos jornais asseveravam que após seu recente e trágico acidente, no qual faleceram três membros de sua família, Olivia sofrera grave estresse traumático e fora internada com esgotamento nervoso. Diziam também que seu marido estava profundamente preocupado com Olivia e, embora não estivesse explícito nos artigos, havia a insinuação de uma separação, em função de seu estado mental. Além do mais, o artigo era inteiramente simpático a Andy, por agora ele estar sobrecarregado por ter que tratar de uma louca. Ele estava se calçando muito bem. Se dissesse que ela era louca, então a separação seria legal. Primeiro *round* para Andy... ou era segundo... ou décimo? Será que ele a tinha posto a nocaute ou ela simplesmente fugiu e salvou sua própria vida enquanto ele não estava olhando? Agora não tinha mais certeza.

Peter também leu a história e desconfiou que tinha sido plantada por Andy. Não tinha nada a ver com Olivia, apesar de conhecê-la há pouco tempo. Mas dessa vez ele não podia confirmar qual era a verdade, já que não diziam, no artigo, em que hospital estava internada. Não havia como descobrir a verdade, o que o deixou morto de preocupação.

Sua mãe a levou ao aeroporto na quinta-feira à tarde, alguns dias depois de Olivia ter dito a Andy que estava indo embora. Era final de agosto e Peter e sua família ainda estavam em Vineyard. Janet Douglas colocou a filha no avião e permaneceu no aeroporto até a decolagem. Queria ter certeza de que estava segura e tinha, verdadeiramente, viajado. Olivia escapara de um destino pior do que a morte, na opinião de sua mãe, que ficou aliviada quando viu o avião subir vagarosamente, a caminho de Paris.

Vá com Deus, Olivia — disse ela mansamente, esperando que a filha não voltasse aos Estados Unidos por muito tempo. Havia muita dor, muitas recordações, muitas maldades e homens egoístas para magoá-la naquele país. Sua mãe estava feliz por saber que tinha voltado para a França. E, quando o avião desapareceu de sua visão, Janet fez um sinal aos guarda-costas e saiu, lentamente, do aeroporto, dando um suspiro. Olivia agora estava a salvo.

Capítulo Dez

À medida que o mês de agosto foi passando e continuavam a chegar fax sobre a pesquisa do Vicotec, a tensão entre Peter e o sogro pareceu aumentar. No final de semana do feriado do Dia do Trabalho, isso era quase palpável e até os garotos começaram a sentir.

— O que está acontecendo entre vovô e papai? — perguntou Paul numa tarde de sábado; Katie franziu as sobrancelhas enquanto lhe respondia.

— Seu pai está sendo difícil — disse em voz baixa, mas até seu filho pôde perceber que ela culpava Peter pela tensão entre eles.

— Eles brigaram ou houve alguma coisa desse gênero? — Ele já tinha idade suficiente para entender e sua mãe costumava ser bastante franca, embora "brigas" não proliferassem na família. Mas ele sabia que, de vez em quando, o pai e o avô discordavam em relação a alguma coisa.

— Eles estão trabalhando num novo produto — disse Katie com simplicidade, embora as coisas fossem bem mais complicadas e ela tivesse consciência disso. Pedira, várias vezes, a Peter, que agisse com calma em relação a Frank. Seu pai ficara esgotado por toda aquela história durante o verão inteiro, e, na sua idade, isso não era bom. Mesmo assim, Katie tinha que admitir que seu pai parecia estar melhor que nunca. Aos setenta anos, ainda jogava tênis durante uma hora todos os dias e nadava uns 1.600 metros todas as manhãs.

— Oh — disse Paul, satisfeito com a explicação. — Então acho que não é nada sério. — Ele varreu para o lado o problema multimilionário que estavam tendo com o Vicotec com a simplicidade de quem tem dezesseis anos.

Naquela noite, todos iriam a uma grande festa em comemoração ao final de verão. Todos os amigos estariam lá e dois dias depois iriam embora de Vineyard. Patrick e Paul voltariam para a escola e Mike iria para Princeton. E, na segunda-feira, todos voltariam a Greenwich.

Katie tinha muitas coisas a fazer, ao fechar sua própria casa e a do pai, em Vineyard. E estava separando umas roupas quando Peter entrou no quarto e a viu. O verão não decolara para ele e o duplo golpe que envolvia quase perder o Vicotec e ter que abrir mão de Olivia, pouco depois de terem se conhecido, fora uma agonia que se desenrolara ao longo de agosto. As preocupações com o Vicotec tinham tirado o prazer de coisas que eram tidas como certas, e a pressão constante de Frank não tinha ajudado em nada, muito menos o envolvimento sub-reptício de Katie num assunto que não tinha nada a ver com ela. Estava envolvida demais com o que acontecia entre o pai e o marido, muito preocupada em proteger o pai. E não havia como negar que o que acontecera com Peter na França modificara as coisas. Ele não queria que aquilo acontecesse, estivera determinado a voltar e retomar tudo no ponto em que deixara, mais isso simplesmente não aconteceu. Era como abrir uma janela, ver uma paisagem e depois voltar para casa de novo. Peter ficou parado no mesmo lugar, olhando fixamente para uma parede branca e lembrando-se do que existira ali, mesmo que por pouco tempo. A paisagem que vislumbrara com Olivia fora inesquecível e, embora não tivesse a intenção de que isso acontecesse, o encontro entre eles modificara sua vida para sempre. Não ia alterar nada e ele não iria a lugar algum. Não tinha entrado em contato com ela, a não ser as ligações que fizera para o hospital, depois do acidente, para pedir informações sobre seu estado de saúde à enfermeira da UTI. Mas tampouco conseguia esquecê-la. E o acidente que Olivia sofrera o apavorara, e o simples fato de saber que ela quase tinha morrido lhe parecia um castigo apavorante. Por que ela e não ele? Por que deveria Olivia ser punida?

— Sinto que o verão tenha sido desagradável — disse Peter com tristeza, sentando-se na cama, enquanto Katie colocava uma pilha de suéteres dentro de uma caixa cheia de bolas de naftalina.

— Não foi tão ruim — disse ela gentilmente, olhando-o rapidamente por cima do ombro, do alto de uma pequena escada.

— Para mim foi — falou ele com sinceridade. Sentira-se infeliz durante todo o verão. — Eu estava com muita coisa na cabeça. — Peter resumiu sua justificativa e Katie lhe sorriu de novo, depois seus olhos ficaram sérios, enquanto o observava. Ela estava pensando no pai.

— Meu pai também. Para ele as coisas também não foram fáceis.

Ela pensava apenas no Vicotec, mas Peter pensava na mulher extraordinária que conhecera em Paris. Depois de Olivia, voltar para Katie tinha se tornado quase impossível. Sua mulher era tão independente e serena, tão disposta a funcionar sem ele. Parecia que não faziam mais nada juntos, a não ser visitar os amigos à noite, ocasionalmente, e jogar tênis com o pai dela. E Peter queria mais do que aquilo. Tinha quarenta e quatro anos e, de repente, queria romance em sua vida. Queria proximidade, conforto, amizade e até um pouco de excitação. Queria se enroscar nela e sentir sua carne. Queria que o desejasse. Mas conhecia Katie há vinte e quatro anos e muito pouco romance sobrara entre eles. Havia inteligência, respeito, vários interesses partilhados, mas ele não fervia quando a via deitada a seu lado, e, quando isso acontecia, Katie tinha, por hábito, telefonemas a dar, uma reunião em algum lugar ou um encontro com o pai. Eles pareciam perder todas as oportunidades de fazer amor, de ficar sozinhos, apenas rir de vez em quando ou simplesmente sentar e conversar, e Peter sentia falta de tudo aquilo. Olivia lhe mostrara exatamente o que estava faltando. E, na verdade, o que tivera com ela jamais existira na companhia de Katie. Havia uma espécie de agitação estonteante em tudo que fazia com Olivia que o fazia perder o fôlego, enquanto a vida com Katie sempre fora como ir ao baile de formatura. Com Olivia, a vida se assemelhava mais a ir ao baile na companhia da princesa das fadas. Era uma comparação tola, que o fez rir quando nela pensou, e depois reparou que Katie o olhava fixamente.

— Do que está rindo? Eu estava dizendo como tudo isso tem sido difícil para meu pai. — Mas ele não ouviu nem uma palavra do que ela dizia, pois estava sonhando com Olivia Thatcher.

— Este é o preço que se paga por dirigir um negócio como o nosso — disse Peter casualmente. — É uma carga enorme e uma tremenda responsabilidade, ninguém disse que seria fácil. — Estava cansado de ouvir falar no pai dela. — Mas eu não estava pensando nisso. Por que você e eu não vamos para algum lugar? Precisamos viajar. — A temporada em Martha's Vineyard não fora, na verdade, as férias repousantes que tinham acontecido em anos anteriores. — Por que não vamos para a Itália ou algum outro lugar? Talvez Caribe ou

Havaí? — Ir para lá com ela seria diferente e excitante; Peter achou que talvez uma viagem assim trouxesse um pouco de vida a seu casamento.

— Agora? Por quê? Estamos em setembro, tenho mil coisas a fazer, você também. Tenho que botar os meninos na escola, levar Mike para Princeton no próximo final de semana. — Ela o olhou como se Peter tivesse ficado maluco, mas ele era persistente. Depois de todos aqueles anos, tinha ao menos que tentar manter seu casamento.

— Então, depois que deixarmos os garotos instalados na escola. Não quis dizer que devemos partir hoje, mas talvez em algum momento nas próximas semanas. O que acha? — Olhou para a mulher esperançoso, enquanto ela descia a escada, e queria sentir mais por ela do que realmente sentia. Mas a agonia era que não conseguia. Talvez uma viagem ao Caribe mudasse aquele estado de coisas.

— Você tem de ir à audiência do FDA em setembro. Você não precisa se preparar?

Ele não lhe disse que seu pai podia falar o que quisesse, mas ele, Peter, não tinha intenção de ir e também não deixaria que o sogro o fizesse. Eles não podiam prestar falso testemunho sobre uma chance remota de que todos os problemas do Vicotec estariam resolvidos antes que ele chegasse ao mercado.

— Deixe que eu me preocupe com isso — foi tudo que lhe disse. — Apenas diga quando pode ir e planejarei tudo para essa data. — A única coisa que havia em sua programação era a audiência com o Congresso, para falar sobre a questão da fixação do preço dos remédios, à qual ele finalmente concordara em comparecer. Mas sabia que, se fosse necessário, poderia adiar seu comparecimento. Apresentar-se ao Congresso era mais uma questão de cortesia e prestígio do que uma situação de vida ou morte, e, para ele, seu casamento era mais importante.

— Tenho muitas reuniões do conselho este mês — disse Katie vagamente, e abriu outra gaveta cheia de suéteres. E enquanto a via trabalhar ele refletiu, de repente, no que realmente Katie estava dizendo.

— Você prefere não viajar?

Se era esse o caso, ele queria saber. Talvez houvesse algo incomodando-a, também, e então, de repente, ele teve uma idéia que o atingiu como um raio. Será que Katie também tinha tido um caso? Será que estava apaixonada por outra pessoa? Será que o estava evitando? Afinal, a mesma coisa também poderia ter-lhe acontecido, embora tal coisa nem ao menos tivesse lhe ocorrido, e então sentiu-se subitamente tolo com a percepção de que sua mulher era tão vulnerável quanto ele. Katie era bonita e bastante jovem ainda, muitos homens poderiam se sentir atraídos por ela. Mas Peter não tinha idéia de como lhe perguntar se fora isso que acontecera. Katie era sempre razoavelmente tranqüila e um tanto cerimoniosa, perguntar se tinha tido um caso estava fora de questão. Em vez disso, ele estreitou os olhos para ela, enquanto continuava a jogar mais bolas de naftalina em outra caixa de suéteres.

— Há algum motivo por que você não queira viajar comigo? — perguntou de forma tão clara quanto pôde. Katie finalmente virou-se para o marido e lhe deu uma resposta que o aborreceu mais ainda:

— Simplesmente acho que não seria justo com meu pai neste momento. Ele está perturbado com o Vicotec. Está com muita coisa na cabeça. Acho que seria realmente egoísta, de nossa parte, ir para algum lugar para ficarmos deitados na praia, enquanto ele fica sentado no escritório se preocupando.

Foi com dificuldade que Peter tentou esconder sua irritação. Estava cheio de se preocupar com Frank. Há dezoito anos que o fazia.

— Talvez tenhamos necessidade de sermos egoístas, neste exato momento. — Peter a pressionou. — Você não se preocupa ao pensar que estamos casados há dezoito anos e não prestamos muita atenção a nós mesmos, ou ao que precisamos, ou a nosso casamento? — Ele estava tentando lhe dizer algo, mas, ao mesmo tempo, não queria ligar o alarme.

— O que está querendo me dizer? Que está entediado comigo e que precisa me ver numa praia distante para botar um pouco de tempero em nossa história?

Katie se virou e encarou o marido que, por um momento, não soube ao certo o que devia lhe responder. Katie estava mais próxima da verdade do que ousaria lhe dizer.

— Apenas acho que seria bom nos afastarmos de seu pai, das crianças, da secretária eletrônica e de suas reuniões do conselho e, até, do Vicotec. Até aqui somos perseguidos pela máquina de fax, ou, ao menos, eu sou. É como estar no escritório, só que com areia. Eu apenas gostaria de ir com você para algum lugar, onde não haja outras distrações, possamos conversar e nos lembrar do quanto gostávamos um do outro quando nos conhecemos ou nos casamos.

Ela então lhe sorriu. Estava começando a entender.

— Acho que está tendo uma crise de meia-idade. E o que realmente penso é que está nervoso por causa da audiência com o FDA e quer fugir, e está me usando para fazê-lo. Bem, esqueça essa história, meu jovem. Você vai se sair bem. Tudo terminará em um dia e todos nos orgulharemos de você.

Katie sorria enquanto falava e Peter sentiu o coração naufragar. Katie não tinha entendido nada, muito menos o fato de que o que ele precisava dela não estava conseguindo, e tampouco que não tinha intenção de ir à audiência com o FDA. A única coisa que faria é se apresentar ao Congresso para falar sobre a questão do preço dos remédios.

— O que estou lhe dizendo não tem nada a ver com o FDA — disse com firmeza, tentando parecer calmo e recusando-se a discutir, de novo, a audiência. Já tinha agüentado muito sobre o assunto de Frank. — Estou falando sobre nós, Katie. Não da audiência com o FDA.

Mas naquele momento um dos meninos os interrompeu. Mike queria as chaves do carro; Patrick estava embaixo com dois amigos e precisava saber se havia mais pizzas congeladas escondidas em algum lugar, porque estavam morrendo de fome.

— Eu estava indo ao armazém! — falou Katie para os meninos, e a oportunidade se perdeu. Ela se virou e olhou para o marido por sobre o ombro enquanto saía do quarto. — Não se preocupe, tudo vai ficar bem.

E depois daquelas palavras ela foi embora, enquanto Peter ficava sentado na cama do casal, durante muito tempo, sentindo-se vazio. Ao menos tinha tentado, embora não tivesse chegado a parte alguma, o que era muito pouco consolo. Katie não tinha a menor idéia do que ele estava falando e a única coisa em que conseguia se concentrar era o pai e a audiência.

Frank mencionou a audiência de novo, na festa. Era como ouvir um disco quebrado, e Peter fez o que pôde para mudar de assunto. Frank lhe dissera para ser um "bom rapaz" e "concordar com as coisas" por algum tempo. Ele tinha certeza de que suas equipes de pesquisa descobririam todos os defeitos do Vicotec antes que chegasse ao mercado e, caso se recusassem a pedir, agora, a liberação antecipada ao FDA, perderiam prestígio e espaço importantes. Na opinião de Frank, tal atitude seria uma bandeira vermelha, que sinalizaria à indústria farmacêutica que seus produtos tinham sérios problemas.

— Nesse caso, poderíamos levar anos para nos reabilitar. Você sabe como é quando este tipo de comentário começa. Isto poderia marcar o Vicotec para sempre.

— Temos que nos arriscar, Frank — disse Peter com um

drinque na mão. Já conhecia de cor aquela ladainha, e os dois homens se mantiveram agarrados a suas posições opostas.

Assim que conseguiu, Peter se afastou de Frank e, pouco depois, o viu conversando com Katie. Podia até adivinhar qual era o assunto, e ficou deprimido ao observá-los. Era óbvio que Katie não estava discutindo as férias que ele sugerira com o pai e não tinha dúvida de que aquele pequeno plano jamais se realizaria. Não tocou mais no assunto naquela noite e, nos dois próximos dias, ficaram muito ocupados, fechando a casa, que nunca era preparada para o inverno. Só voltariam a Vineyard no próximo verão.

Na volta para a cidade, os rapazes falaram sobre o retorno à escola. Paul estava antegozando ver seus amigos em Andover, Patrick queria visitar Choate e Groton naquele outono. Mike só conseguia falar em Princeton. Seu avô estudara lá e ouvira falar sobre os restaurantes e reuniões a vida inteira.

— Que pena que você não estudou lá, papai. Parece fantástico.

Peter conseguira sua graduação na Universidade de Chicago, estudando à noite, o que dificilmente se equivalia a Princeton.

— Tenho certeza que sim, filho, mas se eu tivesse ido para Princeton, jamais teria conhecido sua mãe — disse, lembrando-se do primeiro encontro com Katie na Universidade de Michigan.

— Esse é o ponto principal — disse Mike com um sorriso.

Ele planejava associar-se ao clube de gastronomia a que seu avô pertencera assim que lhe permitissem. Tinha que esperar um ano para isso, mas, nesse meio-tempo, ia conversar com algumas fraternidades. Mike tinha tudo planejado e elaborado e falou sobre tudo que se referia a Princeton durante todo o caminho de volta a Nova York, o que deixou Peter sentindo-se excluído e, de certa forma, solitário. Era estranho ter pertencido àquela família durante dezoito anos e ainda assim sentir-se um estranho, até com seus próprios filhos, naquele momento.

E enquanto se dirigiam para o sul, e os outros que estavam no carro não falavam com ele, seus pensamentos se voltaram para Olivia. Lembrou-se da conversa em Montmartre, na primeira noite, e depois no passeio que fizera com ela, pela praia, em La Favière. Havia tanto a dizer, tanto em que pensar. Enquanto se deixava levar pelo devaneio, Peter quase bateu num outro carro e sua mulher e filhos gritaram quando deu uma guinada para evitar a colisão.

— Deus, o que está fazendo, papai! — exclamou Mike, não conseguindo acreditar no que acabara de acontecer.

— Desculpe! — disse e passou a dirigir com mais cuidado, pensando que Olivia lhe dera algo que ninguém mais fora capaz de dar. Também se lembrou que ela dissera que tudo que conseguira fora graças a si próprio e não aos Donovan. Mas, para Peter, em especial, era difícil acreditar em tal afirmação. Era muito óbvio, para ele, que quem tinha feito as coisas acontecer eram Katie e o pai.

Mas quando seus pensamentos se voltaram, novamente, para Olivia, ficou imaginando onde estaria agora e se a história sobre sua internação num hospital seria verdadeira. Tudo aquilo lhe parecera falso. Soava como disfarce para uma separação, ou um caso de amor, ou uma plástica facial, e ele sabia que, no caso de Olivia, duas destas hipóteses eram improváveis. De repente Peter pensou se, apesar do convite de Andy para a presidência, ela o deixara. E era bem típico de Andy dizer que tinha ficado louca.

Dois dias depois, Peter percebeu que estivera certo, ao receber um cartão-postal de Olivia no escritório. Estava em sua mesa, quando voltou do almoço. Nele havia o desenho de um pequeno barco de pesca e o carimbo do correio informava que fora enviado de La Favière.

O cartão estava escrito em letra pequena, cuidadosa, e era, de certa forma, enigmático.

"Voltei para cá. Escrevendo. Finalmente. Felizmente estou fora da competição. Não esqueça de como é corajoso. É tudo *você*. Foi *você* quem fez tudo. É preciso mais coragem para fazer do que fugir, como eu. Mas estou feliz. Cuide-se bem. Amor, sempre." E tinha assinado, simplesmente, "O".

Junto com as palavras, Peter sentiu o que havia nas entrelinhas. Ainda podia lembrar-se da rouquidão de sua voz quando disse que o amava. E ele sabia que ela ainda o amava, da mesma forma que ele a amava. Olivia viveria para sempre em seu coração e em suas recordações.

Leu de novo o cartão-postal, pensando no que dizia. Olivia era muito mais forte do que imaginava. Ir embora é que exigia verdadeira coragem e não ficar, como ele fizera. Peter a admirou e ficou feliz por Olivia ter escapado da vida que levava. Esperava que, em La Favière, estivesse feliz e tranqüila. E tinha certeza de que, não importa o que estivesse escrevendo, o resultado seria brilhante. Era tão corajosa em relação ao que sentia, tão disposta a ser quem era, a dizer o que pensava. Com Olivia, não havia nada escondido nem falsificado. Era uma mulher que vivia pela verdade, não importando o quanto isto lhe custasse. Também cometera seus erros e os admitia, mas não agora, que era livre e ele a invejava, enquanto jogava fora o cartão-postal, esperando que ninguém o tivesse visto.

Os resultados dos testes feitos com o Vicotec chegaram no dia seguinte e se apresentavam melhor do que Peter esperava. Mas, em termos de uma liberação antecipada da droga, eram desastrosos, e Peter sabia. Estava se tornando um profissional na interpretação daqueles testes e até sabia o que significavam, o pai de Katie também. Os dois tinham programado uma reunião para discuti-los longamente na sexta-feira e se encontraram na sala de reuniões ao lado do escritório de Frank às duas horas. Frank esperava por ele com uma expressão carrancuda, já prevendo o que o genro diria. E não perderam tempo com conversa fiada, a não ser para falar sobre Mike. Peter e Katie iam levá-lo na manhã seguinte para Princeton e Frank estava visivelmente orgulhoso do neto. Mas, esgotado o assunto, ele voltou aos negócios sérios.

— Ambos sabemos o motivo pelo qual estamos aqui, não é verdade? — perguntou olhando dentro dos olhos de Peter. — E sei que não concorda comigo — disse cuidadosamente. O corpo de Frank parecia estar contraído de tanta tensão, assemelhava-se a uma naja, pronta para saltar, enquanto Peter sentia-se como se fosse sua presa, preparando-se para defender a si mesmo e à integridade da empresa. Mas Frank se antecipou e estava preparado para fazer valer sua autoridade, se fosse necessário. — Acho que neste caso do Vicotec você vai ter que confiar em meu julgamento. Já passei por isso antes. Estou neste negócio há quase cinqüenta anos e você tem que acreditar em mim quando lhe digo que sei o que estou fazendo. Não é errado ir ao FDA agora, pois, quando o produto for colocado no mercado, oficialmente, estará pronto. Eu não me arriscaria se não achasse que podemos liberá-lo.

— E se estiver errado? E se matarmos alguém? Uma única pessoa... um homem, mulher ou criança... e então? O que vamos dizer? Como vamos conviver com nossa consciência? Como podemos nos arriscar a pedir uma liberação antecipada? — Peter parecia a voz da consciência, mas para Frank era a voz da ruína e ele o acusou de ser uma velha, como "aquele idiota de Paris". — Suchard conhece essas coisas, Frank, foi por isso que o contratamos, para que nos dissesse a verdade. Mesmo quando ele nos dá más notícias, é preciso ouvi-lo. Sei que ele não tem mais importância, aqui, mas abrimos uma caixa de Pandora que não podemos simplesmente ignorar. E você sabe disso.

— Eu não diria que dez milhões de dólares investidos

em pesquisa adicional, em dois meses, significam "ignorar" o que foi dito, Peter. E não aconteceu nada. Encare o fato de frente, ele nos mandou para uma caça às bruxas... pior do que isso, a caça ao ganso selvagem. Não há nada. Estamos falando sobre um elemento que "poderia" reagir ou "deveria" provocar uma sucessão de circunstâncias extraordinariamente raras, uma probabilidade de uma em um milhão, caso tudo siga o rumo errado e nós nos enrolemos com um problema. Agora, pelo amor de Deus, diga-me, isso lhe parece razoável? Com os diabos, você pode tomar duas aspirinas com um drinque e passar mal. Portanto, qual é o problema?

— Duas aspirinas e um drinque não o matarão. Mas, se não for cuidadoso, o Vicotec o matará.

— Mas nós *somos* cuidadosos. É aí que está toda a questão. Todas as drogas têm seus riscos, seus efeitos colaterais, seu lado negativo. Se não estivermos aptos a conviver com isso, então teremos que fechar as portas da empresa e ir vender algodão doce na feira estadual. Pelo amor de Deus, Peter, pare de ficar andando em círculos, seja sensato. Quero que entenda que vou passar por cima de você neste aspecto. Eu mesmo irei ao FDA, se for necessário, mas quero que saiba por quê. Quero que saiba que acredito, verdadeiramente, que o Vicotec é seguro. Estou disposto a apostar minha vida nisso! — disse Frank e, quando terminou o que tinha a dizer, estava aos berros. Seu rosto estava vermelho, Frank agitava-se, sua voz se tornava cada vez mais alta, e quando Peter de repente olhou para o sogro, percebeu que ele estava tremendo. Completamente fora de si, transpirando e cinza, Frank parou por um momento e tomou um gole de água.

— Você está bem? — perguntou Peter em voz baixa, observando-o. — O Vicotec *não merece* que você arrisque sua vida nele. É isso o que interessa. Temos que tratar desse assunto de forma clínica e abordá-lo com tranqüilidade. É um produto, Frank, nada mais do que isso. Quero-o mais do que qualquer pessoa, mas, no fim, ou ele vai ou não funcionar, ou vai demorar mais a ficar pronto do que desejamos. Ninguém quer, mais do que eu, colocá-lo no mercado, mas não "a qualquer preço", não enquanto houver um único fator sobre o qual não estamos seguros. Há um fio solto, em algum lugar, e sabemos disso, vimos sinais de que está acontecendo. E, até encontrarmos esse fio solto, não podemos deixar ninguém usá-lo. A coisa é simples assim.

Peter falou de forma concisa e clara e quanto mais agitado Frank ficava, mais calmo ele se tornava.

— Não, Peter, não... *não* é tão simples! — berrou Frank, ficando ainda mais furioso por causa da calma enlouquecedora do genro. — Quarenta e sete milhões de dólares em quatro anos não é "simples" de jeito algum. Quanto dinheiro a mais vamos despejar nesta droga, pelo amor de Deus? Quanto dinheiro acha que há? — Frank estava se tornando grosseiro e Peter recusou-se a aceitar a provocação.

— O suficiente para fazê-lo funcionar, espero, ou então encerrar o produto. Sempre temos esta opção.

— O diabo que temos! — Frank estava de pé, gritando com ele. — Você acha que vou jogar quase cinqüenta milhões de dólares pela janela? Você está maluco! De quem acha que é este dinheiro? Seu? Pois pense novamente, pois o dinheiro é meu, da empresa e de Katie e quero que o diabo me leve se você vai me dizer alguma coisa. Você não estaria nesta posição, hoje, se eu não o tivesse comprado, com armas e bagagens, para minha filha.

Aquilo magoou Peter como se ele tivesse levado uma cacetada e lhe tirou o fôlego. De repente, ele só conseguia pensar no que seu pai dissera, há dezoito anos, quando lhe comunicou que ele e Katie iam se casar.

— *Você nunca será nada além de mão-de-obra contratada, filho... não faça isso.*

Mas ele o tinha feito, e olhe o que acontecera. Era isso que pensavam dele, dezoito anos depois.

Peter já estava de pé e se Frank Donovan fosse alguns anos mais jovem e estivesse um pouco menos enlouquecido, Peter teria lhe dado um soco.

— Não vou ouvir este tipo de coisa — disse Peter, sentindo todo o seu corpo tremer enquanto se controlava para não bater no sogro, mas Frank não pretendia desistir. Ele agarrou o braço do genro e continuou a gritar.

— Você vai ouvir tudo que tenho a lhe dizer e fará tudo o que eu quiser, aqui. E não me dê aquele olhar de santinho, seu filho da puta. Ela poderia ter conseguido qualquer homem, mas quis você, e então eu o transformei no que é agora, para que Katie não precisasse ficar constrangida. Mas você não é nada, está me ouvindo, *nada*! Foi você quem começou todo este projeto aqui, nos custou milhões, fez promessas, viu arco-íris e então, quando há um pequeno problema, que algum veado francês achou que viu num quarto escuro, você nos dá uma punhalada pelas costas e quer chiar como um porquinho até o FDA. Bem, deixe-me dizer-lhe uma coisa: eu o verei morto antes de deixá-lo fazer isso!

Mas assim que acabou de falar, Frank apertou o peito e começou a tossir freneticamente. Seu rosto estava tão vermelho que se tornou purpúreo e era óbvio que não conseguia respirar. Ele então se agarrou aos braços de Peter, que suportou todo o peso do homem mais velho, enquanto este começava a cair, quase levando Peter junto, na queda. Por um instante, Peter não conseguiu acreditar no que acontecera, mas logo em seguida soube que era verdade. Ele deitou Frank rapidamente no chão e discou 911 com a maior rapidez possível, e lhes deu os detalhes do que estava acontecendo. Frank vomitava e ainda tossia. Assim que Peter desligou o telefone, se ajoelhou a seu lado e o virou de lado, tentando manter seu rosto fora do próprio vômito, apoiando o seu corpo. Frank ainda respirava, embora com extrema dificuldade e mal tinha consciênica, mas Peter ainda estava abalado por tudo o que o velho lhe dissera. Nunca imaginara que ele fosse capaz de tanta virulência, tanta maldade que poderia tê-lo matado. E Peter só conseguia pensar no que Katie diria se o pai morresse, enquanto continuava agachado, segurando Frank. Ela o culparia e diria que o pai tinha morrido porque ele fora difícil e o desafiara em relação ao Vicotec. Mas Katie nunca saberia o que Peter acabara de ouvir, o que seu pai lhe dissera, as coisas imperdoáveis que proferira com veemência contra Peter. Quando os paramédicos chegaram, Peter percebeu que o que acontecesse depois não teria importância, seria impossível esquecer ou perdoar o sogro. O que ouvira não foram apenas insultos ditos durante um ataque de raiva, mas armas feias, profundas, que escondera durante anos, guardando-as para usar contra ele um dia. Eram adagas pontudas, que o tinham trespassado, e Peter sabia que nunca as esqueceria.

Os paramédicos já estavam cuidando de Frank, e Peter levantou-se e se afastou. Suas roupas estavam cobertas de vômito e a secretária estava parada na entrada da sala, histérica. Várias pessoas estavam no corredor quando um dos paramédicos olhou para Peter e sacudiu a cabeça. Seu sogro parara de respirar. Os outros dois paramédicos pegaram o desfribilador e rasgaram sua camisa, enquanto meia dúzia de bombeiros chegavam. Parecia uma convenção e todos se ajoelharam, cuidando de Frank durante meia hora, enquanto Peter os observava, imaginando o que diria a Katie. Já estava começando a achar que não havia mais esperança quando os paramédicos mandaram os bombeiros pegar a maca. Seu coração estava batendo de novo, irregularmente, mas não mais fibrilando e estava respirando. Frank olhou para Peter com os olhos turvos, uma máscara de oxigênio no rosto, mas não disse nada e Peter tocou sua mão quando passou por ele. Eles o estavam carregando para a ambulância e Peter mandou que a secretária chamasse o médico do sogro. Estavam esperando por ele, no New York Hospital, com uma equipe de cardiologistas. Frank estivera a um passo da morte.

— Eu o encontrarei no hospital — disse Peter aos paramédicos e correu ao banheiro, ver o que era possível fazer com suas calças e paletó. Ele guardava uma camisa limpa numa gaveta, mas o resto de sua roupa estava uma droga. Até os sapatos estavam cobertos com o vômito de Frank. Mas, mais do que pelo vômito, Peter se sentia coberto pela lama do que ele lhe dissera antes de sofrer o ataque. A sujeira que Frank atirara nele era tão desprezível que quase o matara.

Cinco minutos depois, Peter saiu do banheiro masculino vestido com uma camisa limpa, calças que limpou da melhor forma que conseguiu, suéter e sapatos limpos. Depois, foi a seu escritório e ligou para Katie. Felizmente, ela ainda estava em casa, embora já de saída para fazer algumas coisas. E quando ela atendeu o telefone, Peter quase se engasgou com suas próprias palavras. Não sabia o que lhe dizer.

— Katie... eu... fico alegre em saber que está em casa.

Ela pensou em lhe perguntar por que, já que andara tão estranho ultimamente, alheado e deprimido. Peter tinha assistido muito a televisão, algumas semanas antes, e depois parara completamente com isso. Por alguns dias, ficara obcecado pela CNN, e fora muito estranho com aquela história de querer tirar férias com ela.

— Algum problema? — perguntou, olhando rapidamente para o relógio. Ainda tinha um bocado de coisas a fazer para Mike, que ia partir para Princeton na manhã seguinte. Ele precisava de um tapete para seu quarto e de uma coberta nova. Mas Katie foi apanhada desprevenida pelo tom de voz do marido, quando ele respondeu.

— Sim... há... Katie, ele está bem agora, mas é seu pai. — Ela quase parou de respirar, enquanto ouvia. — Ele teve um ataque do coração no escritório. — Não lhe disse o quanto se aproximara da morte nem que seu coração havia parado de bater, durante alguns segundos. Os médicos podiam lhe contar isso depois. — Acabaram de levá-lo para o New York Hospital e estou indo para lá. Acho que você deveria ir assim que pudesse. O estado dele é delicado.

— Ele está bem?

Sua voz soava como se o chão em que pisava tivesse ruído, e tinha mesmo, e por um terrível momento, Peter não conseguiu deixar de pensar se ela ficaria assim se, em vez do pai, fosse ele quem tivesse tido o ataque. Ou será que Frank tinha razão e ele era apenas um brinquedo que tinham comprado e pago?

— Acho que ele vai ficar bem. As coisas ficaram um tanto assustadoras, por uns momentos, mas os caras do 911 foram incríveis. Os paramédicos e os bombeiros estiveram lá — e ainda havia um policial, do lado de fora do escritório, acalmando todo mundo e pegando um relatório com a secretária de Frank, embora nem ela soubesse, exatamente, o que tinha acontecido. Estavam esperando para falar com Peter, mas tudo parecia bem. Mas quando Peter ouviu sua mulher, percebeu que ela estava chorando. — Fique calma, querida. Ele está bem. Simplesmente acho que deveria ir vê-lo. — Mas de repente pensou se ela estaria em condições de dirigir. Não queria que Katie sofresse um acidente a caminho do hospital, vinda de Greenwich. — Mike está por aí? — Ela soluçou ao telefone que não. Se estivesse em casa, poderia levar a mãe ao hospital. Paul só tinha licença de aprendiz e não era um motorista suficientemente hábil para fazer todo o percurso de Greenwich a Nova York. — Será que poderia pedir a um dos vizinhos que a trouxesse?

— Posso dirigir sozinha — disse, enquanto chorava. — O que aconteceu? Ele estava bem, ontem. Sempre teve uma saúde tão boa. — Tinha, mas havia outros fatores

— Ele é um homem de setenta anos, Katie, e está sob muita pressão.

Ela então parou de chorar e, quando fez a pergunta, seu tom de voz era duro.

— Vocês brigaram de novo por causa da audiência? — Ela sabia que tinham planejado se reunir para discutir o assunto.

— Discutimos o assunto — respondeu Peter.

Mas haviam feito mais do que isso. Frank proferira ofensas, com veemência, contra ele, que não queria contar a Katie. O que seu pai dissera fora tão doloroso, particularmente à luz do que acontecera depois. Se ele morresse agora, Peter não queria que Katie soubesse o que acontecera entre eles.

— Se ele teve um ataque do coração, vocês devem ter feito mais do que "discutir" — disse ela, acusando-o, mas Peter não queria perder tempo com a mulher ao telefone.

— Acho que deveria ir. Podemos conversar sobre isso depois. Ele vai para a UTI cardíaca — disse bruscamente, e Katie começou a chorar de novo. Peter detestava a idéia de que ela dirigisse o carro. — Vou para lá agora e ver o que está acontecendo. Ligarei do carro se alguma coisa se modificar. Deixe o telefone desocupado.

— É óbvio — retrucou ela com um tom cortante na voz, enquanto assoava o nariz. — Apenas certifique-se para não dizer nada que o aborreça.

Mas Frank não estava em condições de ouvir ninguém quando Peter chegou ao New York Hospital vinte minutos depois. Teve que falar com a polícia antes, assinar alguns formulários que os paramédicos deixaram e ficou preso no interminável tráfego a caminho do East River. Quando chegou, Frank já tinha sido fortemente sedado. Estava sendo rigorosamente observado e seu rosto passara do corado ao cinza. O cabelo estava despenteado, ainda havia vômito seco no queixo e no peito, que estava nu e coberto de fios e sensores. Frank estava ligado a algo que parecia englobar meia dúzia de máquinas, sua aparência era muito doentia e extremamente envelhecida em relação a uma hora atrás. E o médico disse, com sinceridade, a Peter que ele ainda não estava fora de perigo. O ataque do coração fora forte e ainda havia riscos de o coração voltar a fibrilar. As próximas vinte e quatro horas seriam cruciais. E quem olhasse para Frank acreditaria, facilmente, em tudo o que o médico dissera. O que parecia impossível de acreditar é que duas horas antes ele tinha uma aparência jovial e saudável.

Peter esperou por Katie na sala de espera do andar de baixo e tentou avisá-la sobre a aparência do pai antes que subisse para vê-lo. Ela estava usando *jeans* e camiseta, o cabelo estava desgrenhado e com uma expressão de pânico quando entrou no elevador com o marido.

— Como é que ele está? — perguntou pela quinta vez, desde que chegara. Estava completamente perturbada e incomumente distraída.

— Você vai ver. Acalme-se. Acho que sua aparência está muito ruim.

As máquinas ligadas a Frank eram assustadoras e ele parecia ser apenas um corpo sobre o qual outros estavam trabalhando e não um paciente. Mas Katie não estava nem um pouco preparada para o que viu quando entrou na UTI cardíaca e deu uma olhada no pai. Começou a soluçar no momento em que o viu e teve que se esforçar para não chorar enquanto ficava a seu lado e apertava sua mão. Frank abriu os olhos e a reconheceu, em seguida mergulhou de novo num sono induzido pelas drogas. Queriam que ele descansasse totalmente, durante os próximos dias, esperando que vencesse o ataque.

— Oh, meu Deus — disse Katie, quase desmaiando nos braços de Peter quando saiu do quarto. Ele teve que sentá-la rapidamente numa cadeira, enquanto uma enfermeira lhe trazia um copo d'água. — Não consigo acreditar. — Na meia hora que se seguiu, Katie não conseguiu parar de chorar, e Peter ficou sentado a seu lado. Quando finalmente o médico voltou para conversar com eles, disse que Frank tinha em torno de 50% de chances de sobreviver.

Suas palavras deixaram Katie novamente histérica, e ela passou o resto da tarde chorando, sentada numa cadeira do lado de fora da UTI cardíaca, entrando durante cinco minutos a cada meia hora para visitá-lo, quando deixavam. Entretanto, ele estivera inconsciente, na maior parte das vezes em que entrou. No final do dia, Peter tentou levá-la para comer, mas ela se recusou, categoricamente. Disse que ia dormir na sala de espera o tempo que fosse necessário e que não ia sair nem por um instante.

— Katie, você tem que ir comer — disse Peter delicadamente. — Se ficar doente não ajudará em nada. Ele ficará bem, enquanto formos comer, por mais ou menos uma hora. Você pode ir ao apartamento e se deitar, telefonarão se for necessário.

— Não gaste sua saliva — retrucou ela teimosamente, com a expressão de uma criança que não seria convencida. — Vou ficar com ele. Vou dormir aqui esta noite e o tempo que for necessário até que ele fique fora de perigo. — Na verdade, aquilo era mais ou menos o que Peter esperara.

— Vou ter que ir para casa, em alguma hora, para ver se está tudo bem com os garotos — disse ele ponderadamente, e ela concordou com a cabeça. A última coisa em que Katie pensava, sentada no corredor deserto, era em seus filhos. — Vou para casa, ver o que precisam e mais tarde, à noite, voltarei — disse ele delineando um plano e ela assentiu com a cabeça. — Você vai ficar bem, enquanto eu estiver fora? — perguntou, delicadamente, mas ela mal o olhou. Parecia desolada, enquanto olhava para fora. Não conseguia imaginar o mundo sem seu pai. Durante os primeiros vinte anos de sua vida ele fora tudo que tivera. E nos vinte anos seguintes, tinha sido uma das pessoas mais importantes de sua vida. Peter achava que Frank era uma espécie de objeto de amor para Katie, uma paixão de diversos prismas, quase uma obsessão, e, embora nunca pretendesse tocar no assunto, achava que ela parecia amá-lo mais do que amava os próprios filhos. — Ele vai ficar bom — disse suavemente, mas Katie apenas chorou e sacudiu a cabeça, quando Peter foi embora, sabendo que não havia mais nada que pudesse fazer. Ela só queria seu pai.

Peter foi dirigindo para casa tão rápido quanto era possível em meio à confusão do tráfego de sexta-feira à noite, mas, felizmente, os três rapazes estavam em casa quando chegou e lhes contou, da forma mais delicada que conseguiu, o ataque cardíaco de Frank, que os deixou profundamente preocupados. Ele os tranqüilizou como pôde e quando Mike perguntou como aconteceu, ele respondeu apenas que estavam tendo uma reunião de negócios quando Frank sofreu o ataque. Mike quis ir para a cidade, ver o avô, mas Peter achou que era melhor esperar. Quando o avô estivesse melhor, seu neto mais velho poderia vir de Princeton para vê-lo.

— Como é que vai ser amanhã, papai? — perguntou Mike.

Eles deveriam levá-lo para Princeton no dia seguinte, e, pelo que Peter sabia, estava quase tudo pronto, só faltando o tapete e o cobertor que Katie não conseguira comprar naquela tarde, mas Mike poderia se virar sem eles.

— Eu o levarei de manhã. Acho que sua mãe vai ficar com seu avô.

Peter os levou para um jantar rápido e, por volta das nove, rumou de novo para a cidade, telefonando para Katie do carro. Ela informou que não havia nenhuma mudança, embora achasse que o pai parecia pior do que estivera horas antes, mas a enfermeira que tomava conta dele dissera que aquilo era esperado.

Peter chegou ao hospital às dez e ficou com Katie até depois da meia-noite, voltando então para Greenwich, para ficar com os garotos. E, na manhã seguinte, levou Mike para a universidade, com todos os baús, malas e equipamento esportivo. A universidade tinha lhe designado um quarto, onde ficaria na companhia de mais dois rapazes e, por volta do meio-dia, Peter já tinha acabado de fazer tudo que se esperava dele. Deu um abraço em Mike, lhe desejou tudo de bom e voltou para Nova York, para Katie e o pai. Ao chegar lá, pouco antes das duas, Peter ficou espantado com o que encontrou. Frank estava sentado na cama, parecendo fraco e abatido. Ainda estava pálido, mas o cabelo estava penteado, usava um pijama limpo e Katie estava lhe dando sopa como se fosse um bebê. Era uma grande melhora.

— Bem, bem, — disse Peter quando entrou. — Eu diria que você deu a volta por cima. — Frank sorriu.

Mas Peter ainda estava cauteloso em relação ao sogro. Não conseguia esquecer das coisas que lhe dissera, nem o tom de voz que usara. Mas, apesar disso, não lamentava sua sobrevivência.

— Onde arrumou esse pijama elegante? — perguntou.

Frank certamente não parecia o mesmo homem que estivera deitado no chão do escritório, coberto com seu próprio vômito, apenas um dia antes, e Katie sorriu amplamente. Ela não tinha recordações com as quais lutar, nem agressões violentas sobre ter sido comprado e pago.

— O mensageiro da Bergdorf entregou — disse ela, parecendo satisfeita. — A enfermeira disse que poderão levar papai para um quarto particular, amanhã, se ele continuar melhorando — disse Katie parecendo exausta, mas não vacilando nem por um momento. Ela lhe teria dado toda sua força, sua própria vida, se pudesse ajudá-lo.

— Bem, estas são boas notícias — disse Peter e depois lhes contou a chegada de Mike em Princeton. Frank pareceu ficar extremamente satisfeito e, pouco depois, Katie o ajudou a se deitar, delicadamente, para tirar uma soneca, enquanto ela e Peter saíam, indo para a sala de espera. Mas ela não parecia nem um pouco animada como estava enquanto dava sopa às colheradas ao pai. E Peter entendeu, instantaneamente, que alguma coisa tinha acontecido.

— Papai me contou o que aconteceu ontem — disse ela com uma expressão severa no olhar, enquanto vagavam pela sala de espera.

— E o que isso significa? — perguntou Peter, que estava cansado e sem vontade de fazer joguinhos com a mulher. Achava difícil acreditar que seu sogro tivesse confessado como fora maldoso ou que repetira o que dissera de Peter, que nunca o vira pedir desculpas, ou admitir um erro, mesmo quando fosse flagrante.

— Você sabe o que isso significa — disse Katie, parando para olhá-lo, pensando consigo mesma se o conhecia, ao menos. — Ele disse que você o ameaçou sobre a audiência, quase chegando à violência.

— Ele disse o *quê?* — Peter quase não conseguia acreditar no que estava ouvindo.

— Ele disse que nunca ouviu você falar com ninguém daquele jeito e que se recusou a ouvir a voz da razão. Ele disse que foi demais, para ele e... e então... — Ela começou a chorar e, por um momento, não conseguiu continuar a falar, seu olhar cheio de acusações. — Você quase matou meu pai. E o teria matado, se ele não fosse, essencialmente, tão forte... e tão decente... — Katie desviou o olhar, incapaz de encarar o marido por mais tempo, mas Peter ouvira o que ela dissera com muita clareza. — Acho que jamais conseguirei perdoá-lo.

— Então somos dois — disse, olhando-a com raiva descontrolada. — Sugiro que lhe pergunte o que ele me disse antes de passar mal. Acredito que foi algo sobre ter me comprado, há alguns anos, com armas e bagagens, e me ver morto se eu não fosse à sua maldita audiência.

Peter olhou para a mulher com límpidos olhos azuis e ela viu neles algo que antes não enxergara, depois ele se afastou, dando largas passadas, o mais rápido que pôde e entrou no elevador, enquanto sua mulher o observava. Katie não fez nenhum movimento para ir atrás dele, mas isso não lhe importava mais agora. Não havia mais dúvidas em sua mente a respeito da lealdade de Katie.

Capítulo Onze

Frank se recuperou surpreendentemente bem do ataque cardíaco e em duas semanas os médicos o mandaram para casa. Katie foi ficar com o pai. Peter achou bom que o fizesse, pois ambos precisavam de tempo para pensar e decidir como se sentiam a respeito um do outro. Ela nunca se desculpara com Peter pelas coisas que lhe dissera no hospital e ele nunca trouxe o assunto à tona. Mas tampouco tinha esquecido. E, é claro, Frank não se referiu mais ao fato de ter "comprado e pago" Peter, que se perguntava se o sogro ao menos se lembrava do fato.

Era cordial com o sogro, quando o visitava, o que fazia regularmente, não só por cortesia, mas também para ver Katie, porém as relações entre Peter e Frank estavam. visivelmente, frias. E Katie mantinha distância de Peter e estava ocupada demais com o pai para dar atenção a Patrick. Era Peter quem cuidava dele, fazendo seu jantar todas as noites e Patrick realmente não dava problemas. Os dois rapazes mais velhos estavam na universidade e Mike já mandara notícias diversas vezes. Estava louco por Princeton.

Exatamente duas semanas após sofrer o ataque cardíaco, Frank abordou, de novo, o assunto da audiência. Os dois sabiam que, apesar de tudo, ainda estavam na agenda do FDA. E a audiência seria dali a poucos dias. Se não pretendiam pedir a liberação antecipada do FDA, sua apresentação tinha de ser cancelada.

— E então? — perguntou Frank, recostando-se nos travesseiros que Katie acabara de afofar. Estava impecavelmente barbeado e limpo e o barbeiro acabara de chegar para cortar seu cabelo. Frank parecia uma propaganda de pijamas e lençóis caros, que saía nas revistas, não um homem que estivesse voltando das portas da morte, mas mesmo assim Peter estava ansioso para não irritá-lo. — Como estamos? Como está a pesquisa? — Ambos sabiam o que estava perguntando.

— Acho que não devemos discutir este assunto — respondeu Peter.

Katie estava embaixo, fazendo almoço para o pai, e Peter não tinha nenhuma intenção de começar uma discussão com Frank e depois ter de lidar com os dois Donovan. No que lhe dizia respeito, até que os médicos lhe dissessem algo diferente, o Vicotec era assunto tabu.

— Temos que discuti-lo — disse Frank firmemente. — A audiência vai ser daqui a alguns dias. Não me esqueci — disse calmamente. Nem Peter esquecera o que o sogro lhe dissera no escritório. Mas Frank não fez menção ao assunto enquanto olhava para o genro. Ele era um homem que tinha uma missão. Era fácil ver agora onde Katie conseguira sua teimosia e perseverança. — Falei com o escritório ontem e, de acordo com o departamento de pesquisa, nos saímos bem em tudo.

— Com uma exceção — acrescentou Peter.

— Um teste de menor importância, feito em ratos de laboratório, em condições excepcionais. Sei tudo sobre isso, mas, aparentemente, é irrelevante, porque as condições representadas nestes testes nunca poderiam ser reproduzidas em seres humanos.

— Isso é verdade — concordou Peter, rezando para que Katie não entrasse e os pegasse discutindo —, mas tecnicamente, em termos de FDA, isso nos desqualifica. Ainda afirmo que não vamos à audiência. — E o pior é que não tinha conseguido terminar de refazer os testes franceses, que eram cruciais. — Também precisamos checar o material de Suchard de novo, pois é aí que reside a verdadeira deficiência do Vicotec. O resto foi apenas rotina. Mas precisamos examinar de novo, detalhadamente, o mesmo terreno que ele cobriu.

— Podemos fazer isso antes de o Vicotec ser usado clinicamente e o FDA não precisa saber nada sobre o assunto neste momento. Tecnicamente, passamos por todas as exigências com louvor e eles não pedem nada além do que temos. Isso deveria satisfazê-lo — disse rispidamente a Peter.

— Satisfaria se Suchard não tivesse trazido um problema à tona e estaríamos mentindo se ocultássemos esse fato do FDA.

— Eu lhe dou minha palavra — disse Frank, ignorando-o — que, se alguma coisa... qualquer coisa... a mera alusão a um problema aparecer nos testes subseqüentes, eu deterei o Vicotec. Não sou maluco. Não quero um processo de cem milhões de dólares movido contra mim. Não estou tentando matar ninguém. Mas não quero tampouco que nos matem. Temos aquilo de que precisamos. Vamos em frente. Se eu lhe der minha palavra que você continuará com a pesquisa até o enésimo grau, mesmo se recebermos a aprovação antecipada para experimentos com seres humanos, você irá à audiência? Peter, que mal pode haver nisso?... Por favor...

Mas era errado e Peter tinha consciência. Era prematuro e perigoso. Com a aprovação para testes clínicos antecipados, dada pelo FDA, poderiam administrá-lo, imediatamente, a seres humanos e Peter não acreditava que seu sogro iria deixar de fazê-lo. Para Peter, não importava que os experimentos clínicos envolvessem doses muito baixas de Vicotec, usadas em um número muito pequeno de pessoas. O importante, para ele, era não correr riscos indevidos e irresponsáveis com uma única pessoa. Tinham sido alertados sobre os riscos potenciais do uso do Vicotec, no estado em que estava agora, e Peter não estava disposto a desafiar, abertamente, as advertências. Outras empresas tinham experimentado histórias de horror, quando o fizeram, e havia até histórias lendárias de produtos que foram embalados e colocados em caminhões, à espera da aprovação do FDA, que seriam entregues momentos depois que ela fosse concedida. Peter temia que o sogro tivesse algo assim em mente, afinal, para o Vicotec, apesar de seus problemas potenciais. Se Frank não estava preparado para ser razoável, as possibilidades de abuso seriam infinitas. E o abuso poderia dar, como resultado, perdas desnecessárias de vidas. Peter não podia endossar tal coisa.

— Não posso ir ao FDA — disse Peter com tristeza. — Você sabe disso.

— Você está fazendo isso por vingança... pelo que eu disse... Pelo amor de Deus, você sabe que eu não queria dizer aquelas coisas.

Peter então se lembrou. Será que ele dissera aquelas coisas só para ser cruel ou porque acreditava nelas? Peter nunca saberia, e tinha também consciência de que jamais se esqueceria do que fora dito. Mas não era vingativo.

— Minha posição não tem nada a ver com aquela história. É uma questão de ética.

— Isso é merda. O que é que você quer, então? Um suborno? Uma garantia? Você tem minha palavra que não avançarei se ainda houver algum problema quando terminarmos os testes. De que mais precisa?

— De tempo. É apenas uma questão de tempo — disse Peter, parecendo cansado. Os Donovan o tinham esgotado ao longo das duas últimas semanas, e realmente, se pensasse detalhadamente no assunto, há muito mais tempo.

— É uma questão de dinheiro. E orgulho. E reputação. Você consegue calcular a perda que teremos se recuarmos desta audiência agora? Esta atitude poderia até prejudicar os outros produtos de nossa empresa.

Era um jogo infinito de esconde-esconde, um não concordava com a postura do outro. Ambos pareciam soturnos quando Katie entrou, trazendo o almoço de Frank, e desconfiou que estivessem tendo discussões proibidas.

— Vocês não estão falando de negócios, ou estão? — Perguntou aos dois, e ambos sacudiram a cabeça, mas Peter parecia sentir-se culpado e Katie o encurralou, pouco mais tarde. — Acho que está querendo agradá-lo — disse enigmaticamente, enquanto se encontravam na cozinha de Frank.

— Agradá-lo em quê?

— Em compensação pelo que fez. — Ela ainda achava que Peter quase o matara e que fora ele quem provocara um ataque do coração no sogro, aborrecendo-o, e nada no mundo poderia mudar o que Katie achava. — De certo modo você deve a ele ir à audiência. Não haverá mal algum em ir. É uma questão de preservar a dignidade, no que se refere a meu pai. Ele se expôs ao pedir liberação antecipada e agora não quer admitir que ainda não está pronto. Ele não vai pedir para usar o Vicotec em pessoas, se o remédio for perigoso, e você sabe disso. Meu pai não é idiota, nem maluco. Mas está doente e é velho, tem o direito de não perder a dignidade perante todo o país. Se quisesse, você poderia lhe dar isso, mas você está pouco se lixando — disse Katie, de forma acusadora. — No entanto, acho que isto não significa pedir muito, a não ser que não se importe nem um pouco com ele. Meu pai me contou que falou algumas coisas bem desagradáveis, naquele dia, porque estava perturbado, mas tenho certeza de que não teve intenção de ofendê-lo. A questão é — continuou rispidamente — saber se você é suficientemente grande para perdoá-lo. Ou vai fazer com que pague pelo que disse tirando-lhe a única coisa que deseja que você faça? De qualquer forma, você está indo ao Congresso, e poderia se apresentar ao FDA. Você lhe deve isso, depois do que fez. E agora meu pai não pode ir sozinho. Você é o único que pode fazê-lo.

Ela fazia com que Peter se sentisse um verdadeiro filho da puta, se é que não era, e estava decidida a fazê-lo sentir-se responsável pelo ataque cardíaco do pai. Katie parecia apegada — como o pai — à idéia de que Peter não ia porque queria vingar-se de Frank, pelo que lhe tinha dito. Tudo parecia tão sem importância e deturpado.

— Uma coisa não tem nada a ver com a outra, Katie. É muito mais complicado. Tem a ver com integridade e ética. Ele precisa pensar em outras coisas, além de manter a dignidade. O que as pessoas iriam pensar, o governo, por exemplo, se descobrissem que fomos, prematuramente, à audiência? Nunca mais confiariam em nós, o que poderia destruir o negócio. — Pior ainda, aquilo o destruiria, pois violava tudo em que acreditava. Sabia que não podia fazê-lo.

— Ele lhe disse que deixará o produto de lado se for preciso. Se você for, estará lhe dando um período de graça e uma apresentação ao FDA. — Katie fazia com que tudo parecesse tão pequeno, e era muito mais convincente que o pai. Ela fazia com que parecesse algo que Peter tinha de fazer, como se o que estava pedindo fosse tão pequeno que não conseguia entender o motivo pelo qual ele não podia atendê-la. E, de alguma forma, deu um jeito de se colocar dentro da história, como se Peter lhe devesse aquilo para provar que ainda a amava. — Ele só está pedindo que faça essa concessão. É tudo. Será que você é uma pessoa tão mesquinha que não pode atendê-lo? Dê-lhe apenas isso... uma única vez. É tudo. O homem quase morreu. Ele merece.

Katie parecia Joana d'Arc, enquanto acenava sua bandeira ao marido, e Peter nunca soube explicar por que motivo, quando a olhou, sentiu que deslizava. Como se toda a sua vida estivesse à mostra. Ela a colocara ali. E agora as cercas eram altas demais para que pudesse pulá-las.

— Peter? — disse ela, olhando para ele, subitamente tentadora, transformando-se na mulher sedutora que nunca fora, dotada de aptidões e sabedoria acima das humanas, e ele nem teve força de lhe responder, muito menos de resistir. E, sem ter a intenção, Peter fez um aceno afirmativo com a cabeça. E ela entendeu. Estava feito. Ela ganhara. Ele iria à audiência.

Capítulo Doze

A noite anterior à ida a Washington foi um verdadeiro pesadelo para Peter, que ainda não conseguia acreditar que havia concordado em ir. Mas Katie, obviamente, tinha ficado grata desde o momento em que disse que iria e seu pai começou a melhorar rapidamente e a transbordar afeto e elogios a Peter, que se sentia como se tivesse sido transportado para outro planeta, onde nada era real, onde seu coração se transformara em pedra e seu cérebro não tinha a menor importância. Ele mal conseguia entender o que estava fazendo.

Intelectualmente, ele ainda conseguia racionalizar o que estava lhe acontecendo, exatamente como Frank fazia. O Vicotec estava quase pronto e, se surgissem problemas posteriores, eles o abandonariam, antes de chegar ao mercado. Mas, do ponto de vista moral e legal, o que estavam fazendo era errado e todos sabiam. Mesmo assim, Peter tinha consciência de que agora não havia escolha. Ele prometera a Katie e ao sogro que iria. A única pergunta que fazia a si mesmo era como poderia conviver consigo mesmo depois, ou se se tratava simplesmente de se afastar, gradualmente, de seu senso de ética? Será que outras derrapagens se seguiriam, outras violações de princípios aos quais se mantivera fiel a vida toda? Era uma interessante questão filosófica, e, se sua vida não estivesse em jogo, teria se interessado profundamente pelo assunto. Do jeito que as coisas estavam, Peter não conseguia comer nem dormir. Em questão de dias, perdera vários quilos e estava com um aspecto medonho. Sua secretária lhe perguntou, no dia anterior à partida para Washington, se estava doente, e ele respondeu que apenas estava ocupado. Frank estava em casa, planejando ficar mais um mês, o que jogava uma carga maior de trabalho sobre seus ombros do que a habitual. E ele ia se apresentar ao Congresso para falar sobre a questão de preços no mesmo dia em que aconteceria a audiência com o FDA, pela manhã.

Ele ficara em sua mesa de trabalho até o final daquela tarde, examinando a pesquisa mais recente sobre o Vicotec. Parecia realmente boa, a não ser por um pequeno detalhe que combinava perfeitamente com algumas coisas que Suchard lhe tinha dito em junho, mas Peter tinha certeza absoluta do significado desta última falha. De acordo com os pesquisadores, ela estava ligada a uma questão de importância relativamente menor e Peter nem se incomodou em telefonar para Frank para conversar sobre ela. De qualquer forma, sabia qual seria sua resposta.

— Não se preocupe com isso. Vá à audiência e resolveremos isso mais tarde.

Mas, de qualquer modo, Peter levou os relatórios para casa e ficou lendo, de noite, e continuava perturbado com eles às duas da manhã. Katie dormia a seu lado. Não estava mais na casa do pai e iria com ele a Washington, tendo até comprado uma roupa nova para a viagem. Katie e o pai estavam tão encantados que Peter reconhecia que ambos estavam de ótimo humor desde que concordara em ir para

Washington. A viagem ainda lhe parecia uma missão dos diabos e Katie o censurara por reagir exageradamente a ela. E ela tentou fingir que ele estava apenas nervoso em relação à apresentação ao Congresso.

Mas, quando ele se sentou em seu escritório de casa, em Greenwich, às quatro da manhã, ainda estava pensando nos últimos relatórios e olhando pela janela. Queria que houvesse alguém entendido no assunto com quem pudesse conversar. Não conhecia, pessoalmente, os pesquisadores da Alemanha e Suíça e não tinha uma boa relação com o novo pesquisador do laborarório de Paris. Frank, obviamente, o contratara porque era maleável e servil, mas também difícil de ser entendido, pois era tão científico em sua abordagem a qualquer assunto que, para Peter, ele parecia falar japonês. E então Peter pensou em algo e esbarrou no Rolodex que estava em cima da mesa. Ficou imaginando se tinha o número em casa e o encontrou. Em Paris eram dez horas da manhã e com alguma sorte Peter o encontraria. Assim que a telefonista atendeu Peter pediu para falar com ele. Depois de dois sinais do telefone, com o som de um robô amigável, Peter ouviu a voz familiar.

— *Allô?* — Era Paul-Louis. Peter ligara para a empresa em que trabalhava agora.

— Oi, Paul-Louis — disse Peter, com voz cansada. Para ele, eram quatro da manhã, e a noite fora interminável. Ficou pensando se Paul-Louis poderia ajudá-lo a tomar uma decisão com a qual ao menos pudesse sentir-se à vontade. Era o único motivo pelo qual tinha ligado. — Aqui é Benedict Arnold.

— *Qui? Allô?* Quem está falando? — perguntou, confuso, e Peter sorriu, enquanto respondia.

— Benedict Arnold era um traidor e foi executado há muito tempo. *Salut,* Paul-Louis — disse em francês —, é Peter Haskell.

— Ah... *d'accord*. — Ele entendeu, imediatamente — Então vai fazê-lo? Eles o obrigaram? — Assim que ouviu a voz de Peter soube o que tinha acontecido. E quando falou, soou horrível, aos ouvidos de Paul-Louis.

— Gostaria de poder dizer que me obrigaram — disse corajosamente, embora o tivessem feito, mas Peter era muito cavalheiresco para isso. — Eu me apresentei, de forma mais ou menos voluntária, por muitos motivos. Frank teve um ataque cardíaco quase fatal há três semanas. Desde então, as coisas não foram mais as mesmas.

— Entendo — disse Paul-Louis solenemente. — O que posso fazer por você? — Ele estava trabalhando para uma empresa rival da Wilson-Donovan, mas tinha afeto verdadeiro por Peter. — Quer algo de mim? — perguntou claramente.

— Perdão, acho, embora não o mereça. Recebi alguns novos relatórios e acho que não são completamente íntegros, se é que os estou entendendo de forma correta. Substituímos dois dos elementos do Vicotec e todos parecem achar que resolveram o problema. Mas há uma estranha sucessão de resultados que não sei se entendi bem e achei que talvez você pudesse jogar alguma luz sobre eles. Aqui, não há ninguém com quem possa falar abertamente. O que quero saber é se vamos matar alguém com o Vicotec. Basicamente, minha pergunta se reduz a isto. O que quero saber é se ainda o considera perigoso ou se estamos, agora, no caminho certo. Você tem tempo para que eu possa detalhá-lo? — Paul-Louis não tinha, mas estava disposto a arrumar para ajudar Peter. Ele disse à secretária que suspendesse todas as chamadas e voltou à linha num instante.

— Mande um fax para mim agora. — Peter mandou, e houve um longo silêncio, enquanto Paul-Louis lia o memorando. Na hora seguinte, eles retrocederam e avançaram na pesquisa, enquanto Peter respondia as perguntas que podia, então houve ainda um longo silêncio e Peter sentiu que Paul-

Louis tinha tomado sua decisão. — É muito subjetivo, entende? Neste estágio, não há, necessariamente, uma interpretação bem definida. É uma coisa boa, é claro. É um produto maravilhoso, que transformará nossa capacidade de lidar com o câncer. Mas há elementos adicionais que devem ser avaliados. E é esta avaliação que é tão difícil de lhe fornecer. Nada é seguro na vida. Nada se faz sem risco ou custo. A questão é se você está disposto a pagar o preço. — Ele soava muito francês em sua filosofia, mas Peter o entendeu.

— A questão que se coloca para nós é quão grande é o risco.

— Entendo. — Ele compreendia perfeitamente. Fora isto que o preocupara em junho, quando Peter estivera em Paris. — E a nova pesquisa é inquestionavelmente boa. Eles agora estão na trilha certa... — Sua voz diminuiu de intensidade, enquanto ele franzia as sobrancelhas e acendia um cigarro. Todos os cientistas que Peter conhecera na Europa eram fumantes.

— Mas você acha que já chegamos lá? — perguntou Peter hesitante, quase com medo de ouvir a resposta.

— Não... Ainda não... — disse Suchard com tristeza. — Talvez em breve, se eles continuarem a trabalhar nesta direção. Mas ainda não está pronto. Na minha opinião, o Vicotec é, ainda, potencialmente perigoso, particularmente em mãos inábeis. — Que eram, precisamente, as mãos aos quais o Vicotec se destinava. O Vicotec tinha sido concebido para uso de leigos, em casa, se fosse necessário. E seu objetivo era permitir que a quimioterapia fosse feita em casa, sem ser preciso ir ao hospital ou mesmo a um médico.

— O Vicotec ainda é um assassino, Paul-Louis? — Fora assim que o chamara em junho, Peter ainda podia ouvi-lo.

— Acho que sim. — A voz do outro lado da linha era tristonha, mas nítida. — Você ainda não chegou lá, Peter. Dê um tempo. Você chegará.

— E a audiência?

— Quando é?

Peter olhou para o relógio. Eram cinco da manhã.

— Dentro de nove horas. Às duas horas da tarde de hoje. Vou sair de casa dentro de duas horas. — Ia tomar um avião às oito e planejava se apresentar ao Congresso às onze.

— Não o invejo, meu amigo. Há muito pouco a dizer. Se quer ser honesto, deve lhe dizer que esta será uma droga maravilhosa, mas que ainda não está pronta. Você ainda está no processo de prepará-la.

— Ninguém se apresenta ao FDA para dizer isso. Estamos pedindo a liberação antecipada para testes clínicos, baseados nos testes dos laboratórios. Frank quer que o Vicotec chegue ao mercado assim que conseguirmos levar a termo todas as fases com experimentos humanos e conseguir a aprovação do FDA.

Suchard assobiou do outro lado da linha.

— Isso é assustador. Por que ele está investindo tão pesado?

— Frank quer se aposentar em janeiro. E antes disso quer saber que o Vicotec está bem encaminhado. Será seu presente de adeus à humanidade. E o meu. Em vez disso parece uma bomba relógio.

— Ele é, Peter. Você deve saber disso.

— Eu sei. Mas ninguém quer dar atenção a esse fato. Frank afirma que abandonará o produto antes do fim do ano, se não estiver pronto para ser usado em seres humanos. Mas, mesmo assim, está insistindo para irmos a Washington. Para falar a verdade, Paul-Louis, é uma longa história.

Toda aquela longa história tinha relação com o ego de um velho e o risco de um negócio calculado em um bilhão de dólares. Mas, nesse caso, os cálculos de Frank não eram precisos e se baseavam em seu ego. Era um movimento perigoso, que poderia destruir todo o seu negócio, mas, mesmo assim, ele continuava a se recusar a enxergar a realidade. E o que era estranho é que Peter via tudo claramente. Frank estava sendo teimoso, a ponto de beirar a insanidade. Talvez estivesse ficando senil ou enlouquecido pelo próprio poder. Era impossível descobrir.

Ele agradeceu a Paul-Louis por sua ajuda e o francês lhe desejou boa sorte. Quando desligou, Peter foi fazer um bule de café. Ele ainda tinha a opção de recuar, mas não conseguia ver como fazê-lo. Também poderia ir à audiência e depois pedir demissão da Wilson-Donovan, mas isso não protegeria as pessoas que tentara ajudar e agora estava sendo forçado a colocar em risco. O problema era que não acreditava que Frank cancelasse os experimentos humanos se os relatórios laboratoriais não melhorassem, radicalmente, num futuro imediato. Algo dizia a Peter que Frank estava muito disposto a arriscar. Havia muito dinheiro a ganhar com o Vicotec, não importando qual fosse o risco que ele apresentasse. A tentação era grande demais.

Pouco depois Katie o ouviu se agitando e foi até a cozinha antes mesmo que o despertador tocasse. Encontrou Peter na cozinha, com a cabeça entre as mãos, tomando sua segunda xícara de café. Ela nunca o vira assim e Peter estava com uma aparência pior do que a de seu pai depois que tivera o ataque cardíaco.

— Com o que você está tão preocupado? — perguntou Katie, colocando a mão em seu ombro. Mas era muito difícil lhe explicar e era óbvio que ela não ia entender, nem querer. — Estará tudo acabado, antes mesmo que perceba. — Ela fazia a situação parecer como se fosse um tratamento de canal e não uma violação de tudo em que Peter acreditava. Sua ética, integridade e princípios estavam em jogo, mas Katie não conseguia perceber. Peter a olhou com tristeza, quando ela se sentou à mesa, parecendo tão organizada e calma como sempre, vestida em sua camisola cor-de-rosa.

— Estou fazendo isto pelos motivos errados, Katie. Não porque seja uma coisa certa ou porque estejamos preparados. Mas é por você e seu pai que estou fazendo. Eu me sinto como um assassino de aluguel da Máfia.

— O que você está dizendo é desagradável — disse Katie, parecendo aborrecida com o marido. — Como pode fazer uma comparação dessas? Você o está fazendo porque sabe que é certo e o deve a meu pai.

Peter recostou-se na cadeira da cozinha e olhou para ela, imaginando o que o futuro lhes reservava, no ritmo em que estavam indo. Não muita coisa, pelo que pudera perceber nos últimos tempos. E agora ele sabia como Olivia se sentira quando disse que se vendera a Andy. Era uma vida construída sobre mentiras e fingimento. E, neste caso, chantagem.

— Que história é essa de vocês dois acharem que lhes devo alguma coisa? — perguntou calmamente. — Seu pai parece achar que lhe devo muito. Pelo que sei, o que houve, ao longo destes anos, foi uma troca justa. Trabalho duro, para a empresa, e recebo um pagamento. E você e eu temos um casamento de verdade, ou ao menos achava que tínhamos. Mas, ultimamente, este conceito de "dever" parece estar se metendo nas coisas. O que vocês acham, exatamente, que lhes "devo" para ir a esta audiência?

— Porque... — Katie colocou o pé com muito cuidado num terreno delicado, sabendo que era, potencialmente, um campo minado — ... a empresa foi boa com você durante vinte anos e esta é sua forma de agradecer, defendendo um produto que pode nos trazer bilhões.

— Quer dizer então que é esta a questão? Dinheiro? — perguntou Peter, parecendo levemente enjoado quando lhe perguntou. Era por isso que ele se traíra? Bilhões. Ao menos não tinha se vendido barato, pensou, estremecendo.

— Em parte. Você não pode ser tão inocente, Peter. Você

participa de nossos lucros. Você sabe pelo que estamos lutando. E pense nas crianças. O que lhes aconteceria? Você também arruinaria suas vidas. — Katie parecia muito fria, calculista e dura. Além de toda a defesa do pai, ainda se preocupava com dinheiro.

— É engraçado. Tive a idéia maluca de que era para o bem da humanidade, ou ao menos para salvar vidas. Acho que foi por isto que trabalhei, que fui em frente ao longo dos últimos quatro anos. Mas, apesar de tudo, não estava disposto a mentir pelo Vicotec. E estou muito menos inclinado a fazêlo agora, "por dinheiro".

— Você está recuando, agora? — perguntou Katie, parecendo apavorada. Ela mesma teria ido à audiência, se pudesse. Mas não era funcionária da empresa e seu pai estava muito doente para poder comparecer, portanto, tudo dependia de Peter. — Sabe, eu pensaria muito antes de recuar, se fosse você — disse ela, ficando de pé e olhando para o marido. — Acho que seria justo dizer que se você fugir de nós amedrontado, agora, seu brilhante futuro na Wilson-Donovan estará perto do fim.

— E nosso casamento? — perguntou ele, brincando agora com fogo, mas sabendo o que fazia.

— Este é um caso a estudar — disse Katie em voz baixa. — Mas se você fizesse isto, eu consideraria o máximo da traição.

Peter percebeu que ela falava a sério, mas, de repente, só de olhá-la, sentiu-se melhor. Katie era tão definida e clara, como sempre fora, embora ele não tivesse reparado.

— É bom saber qual é sua posição a este respeito, Katie — disse Peter calmamente, seus olhos se encontrando sobre a mesa da cozinha, cada um sentado num lado. E antes que ela pudesse responder, Patrick entrou para tomar café.

— O que é que vocês estão fazendo acordados, tão cedo? — perguntou, parecendo sonolento.

— Sua mãe e eu vamos a Washington hoje — respondeu Peter com firmeza.

— Oh, eu esqueci. Vovô também vai? — perguntou Patrick bocejando, enquanto se servia de um copo de leite.

— Não, o médico disse que ainda é muito cedo — Peter explicou e Frank ligou poucos minutos depois. Queria falar com Peter antes da viagem e lembrá-lo do que queria que dissesse ao Congresso a respeito da questão de preços. Já tinham discutido o assunto uma dúzia de vezes nos últimos dias, mas Frank queria se certificar de que Peter se posicionaria dentro da diretriz da empresa perante o Congresso.

— Não vamos dar nada de presente e, com certeza, não o Vicotec, quando chegar ao mercado. Não se esqueça disso — lembrou a Peter asperamente. Até as idéias que Frank tinha em relação ao preço do Vicotec eram contrárias a tudo em que Peter acreditava. Katie o observava quando ele voltou à mesa.

— Está tudo bem? — perguntou sorrindo, enquanto ele acenava afirmativamente com a cabeça. Em seguida, ambos foram se vestir e se dirigiram ao aeroporto meia hora depois.

Peter parecia estar estranhamente calmo a caminho do aeroporto e falou muito pouco com Katie. Por alguns momentos, ele a deixara assustada, mas Katie percebeu que devia estar nervoso. Temera que Peter fosse recuar, mas agora tinha certeza de que não o faria. Peter sempre acabava aquilo que começava.

O vôo do aeroporto de La Guardia até o aeroporto Nacional foi curto e Peter passou a maior parte da viagem examinando seus papéis. Estava com diversas pastas sobre a questão dos preços dos remédios à sua frente e também os novos relatórios sobre a pesquisa com o Vicotec. Peter examinou, em particular, as partes para as quais Suchard lhe chamara a atenção naquela manhã, quando lhe telefonou. Os dados sobre o Vicotec o deixavam muito mais preocupado do que sua apresentação ao Congresso.

Katie telefonou para o pai do avião e lhe assegurou que estava tudo dentro do esquema. Em Washington, uma limusine os esperava, para levá-los ao Congresso. Assim que chegaram lá, Peter sentiu-se mais calmo, pois sabia mais ou menos o que ia lhes dizer e não estava realmente preocupado.

Dois assistentes do Congresso esperavam por ele na sala da equipe de auxiliares e, dali, foi levado a um salão de conferências, onde lhe ofereceram café. Katie ainda estava em sua companhia, mas logo um assistente foi buscá-la e a acompanhou a um assento na galeria, onde poderia assistir à apresentação de Peter. Ela lhe desejou boa sorte e tocou sua mão quando foi embora, mas não parou para beijá-lo. Poucos minutos depois da saída da mulher, Peter foi levado ao salão e por um momento pareceu assustado. Não importava o quanto estivesse bem preparado, ainda assim era uma experiência extraordinária enfrentar homens e mulheres que dirigiam o país, para dar sua opinião. Era apenas a segunda vez que ia lá e, na primeira, Frank fizera toda a explanação. Desta vez, era inteiramente diferente.

Peter foi levado à mesa das testemunhas, onde fez o juramento. Os membros do subcomitê se sentaram à sua frente, com microfones e, depois que ele deu seu nome e o nome da empresa em que trabalhava, as perguntas começaram, sem maior cerimônia, e os membros do Congresso ouviram suas respostas com interesse.

Eles lhe perguntaram, especificamente, a respeito de certas drogas e a visão que ele tinha sobre seus preços extraordinariamente elevados. Peter tentou dar motivos facilmente compreensíveis para o fato, mas, na realidade, a explicação, até para seus próprios ouvidos, soou vazia e, de certa forma, fútil. A verdade era que as empresas que produziam as drogas estavam fazendo uma fortuna ao cobrar um preço excessivo para o povo e os membros do Congresso tinham conhecimento do fato. Wilson-Donovan também tinha um pouco de culpa naquela história, embora seus métodos e lucros não fossem tão extorsivos quanto alguns dos outros laboratórios farmacêuticos.

Os membros do Congresso trouxeram à baila questões de segurança e, no fim, uma congressista de Idaho disse que sabia que ele ia se apresentar ao FDA naquele dia, mais tarde, para requisitar a antecipação dos testes em seres humanos de um novo produto. E, só para mantê-los informados sobre os novos progressos na área, ela lhe pedia que lhes contasse algo sobre o produto.

Peter explicou da forma mais simples que conseguiu, sem entrar em detalhes técnicos nem pôr em risco nenhum segredo, e disse aos membros do Congresso que a droga ia modificar a natureza da quimioterapia e torná-la acessível ao leigo, sem necessidade de ajuda profissional. As mães poderiam administrá-la às crianças, os maridos às esposas ou, com cuidado, uma pessoa podia administrá-la a si mesma. O remédio ia revolucionar o tratamento dos doentes de câncer e ia fazer com que o homem comum fosse capaz de tratar de si mesmo e de sua família em áreas rurais ou urbanas, no lugar em que fosse necessário.

— E o "homem comum", como o senhor diz, terá condições de comprar este remédio? Acho que a chave da questão está neste ponto — perguntou uma congressista, e Peter concordou com a cabeça.

— Esperamos que sim. Entre os objetivos que temos para o Vicotec está o de manter o preço tão baixo quanto for possível, tornando-o acessível a todos que dele precisarem.

Peter tinha uma aparência tranqüila e forte quando respondeu, e várias cabeças assentiram em aprovação enquanto ouviam. Ele fora uma testemunha muito informada, franca e impressionante. Pouco depois eles lhe agradeceram e o dispensaram, desejando-lhe boa sorte na audiência com o FDA naquela tarde, na apresentação de seu produto que era, nitidamente, notável. Peter estava satisfeito quando deixou a sala e voltou ao salão de conferência, acompanhado por um assistente. Logo depois, Katie foi a seu encontro.

— Por que disse aquilo? — perguntou ela, num sussurro, enquanto Peter reunia seus documentos.

Katie devia parabenizá-lo ou lhe dizer como tinha se saído bem. Até os estranhos o tinham feito. Mas sua mulher o olhava com maldisfarçada desaprovação. Olhar para ela era a mesma coisa que olhar para Frank.

— Você falou como se pretendêssemos dar o Vicotec de presente e sabe que não é esta a impressão que papai queria que deixasse aqui. O Vicotec vai ser um produto caro. Tem que ser, se pretendemos recuperar o investimento feito e gerar o lucro que merecemos. — Quando Peter a encarou, a expresão de Katie era dura e calculista.

— Não vamos falar sobre isso agora — disse Peter enquanto pegava sua pasta, agradecia aos assessores e saía do prédio, seguido por Katie. Não tinha mais nada a lhe dizer. Ela não entendera nada. Só entendia do lucro gerado pelos produtos que vendiam, mas não conhecia sua essência. Entendia as palavras, mas não o significado. Ela também não ousou pressioná-lo naquele momento. Ele ultrapassara, com sucesso, um obstáculo, mas a maior barreira ainda estava para vir, na audiência com o FDA. Ainda tinham pouco mais de uma hora, antes de sua apresentação ao FDA, quando entraram na limusine.

Katie sugeriu que fossem almoçar em algum lugar, mas Peter apenas sacudiu a cabeça. Estava pensando no que ela lhe dissera após a apresentação ao Congresso. Na opinião de Katie, Peter falhara, pois não tinha defendido a posição da empresa: manter o Vicotec e todas as outras drogas que fabricavam tão caras quanto fosse possível, para que pudessem auferir um grande lucro e agradar a seu pai. Peter estava satisfeito pelo que tinha dito e ia lutar como um cão, nos próximos meses, para manter o Vicotec a preço baixo. Frank não tinha idéia do quanto Peter planejava ser inflexível a esse respeito.

Por fim, comeram sanduíches de rosbife na limusine e tomaram café em copos de papel. Katie achou Peter nervoso quando o carro parou na porta do FDA, em 5.600 Fishers Lane, Rockville, Maryland. Tinham levado meia hora para ir de Capitol Hill até lá e, quando chegaram, Peter pôde observar, com facilidade, que o prédio não era bonito, mas coisas importantes aconteciam lá dentro e era só nisso que conseguia pensar. Pensou no que ia acontecer ali naquele dia. No que fora fazer. No que prometera a Frank e Katie. A promessa que lhes fizera não fora fácil, mas estar lá era ainda bem pior, pois sabia que estava escondendo uma perigosa falha do FDA e lhes garantindo que a droga estava pronta para ser distribuída a um público confiante. Apenas rezou para que Frank mantivesse sua parte do acordo e deixasse o produto de lado, se fosse necessário.

Quando entrou na sala de audiência a palma das mãos de Peter estavam úmidas e ele estava muito nervoso para reparar nas pessoas presentes para assistir à audiência. Não disse nem uma palavra a Katie, quando ela o deixou e tomou seu lugar. Na realidade, tinha se esquecido de tudo que dizia respeito à mulher. Tinha um trabalho importante a realizar, idéias a sacrificar e princípios aos quais renunciar. Mas, mesmo assim, se o produto funcionasse, salvaria vidas, ou ao menos as prolongaria. Para ele, era ainda um terrível dilema, sabendo o que sabia e também o quanto a droga era necessária.

No FDA, também fez um juramento, porém, lá, a verdade era ainda mais crucial. E quando olhou em torno de si, sentiu-se tonto. Mas ao menos sabia o que tinha de fazer agora. E logo estaria acabado. Esperava que a traição cometida contra as pessoas que quisera ajudar levasse apenas alguns minutos, embora temesse que tudo podia se tornar consideravelmente mais longo.

Enquanto esperava que o comitê consultivo começasse a lhe fazer perguntas, sentiu as mãos trêmulas. Aquela era a mais terrível experiência de toda a sua vida e não se parecia nada com a apresentação ao Congresso naquela manhã, que, comparada à situação de agora, fora inofensiva e simples. Seu comparecimento ao FDA lhe parecia sinistro ao lado do anterior, ao Congresso, pois havia muito mais em jogo, muito maior responsabilidade repousando sobre seus ombros. No entanto, Peter continuou a dizer a si mesmo que a única coisa a fazer era passar por aquela experiência. Não podia se dar ao luxo de pensar em ninguém: Frank, Katie Suchard ou os relatórios que lera. Tinha de se levantar e falar sobre o Vicotec e sabia tudo sobre ele quando se sentou, esperando, nervoso, à longa mesa estreita.

De repente, pensou em Katie e em tudo que sacrificara por ela e seu pai. Ele lhes dera sua integridade e coragem de presente, e isso era mais do que "devia" a qualquer pessoa, Katie ou seu pai.

Ele a empurrou, de novo, para fora de sua mente e tentou botar a cabeça no lugar quando o presidente do comitê começou a falar. Peter podia sentir a cabeça girar quando lhe fizeram uma série de perguntas muito específicas e técnicas e o motivo pelo qual estava ali. Explicou então claramente e de maneira sucinta, com voz forte, que ali fora para pedir a aprovação do FDA para experimentos com cobaias humanas para um produto que acreditava que mudaria a vida da parte do povo americano que sofria de câncer. Houve uma pequena agitação entre os membros do comitê, um embaralhamento de papéis e um olhar de interesse quando começou a descrever o Vicotec e a forma como poderia ser usado pelos pacientes que sofriam de câncer. Em essência, Peter lhes disse as mesmas coisas que dissera ao Congresso Nacional naquela manhã. A diferença, ali, era que aquelas pessoas não iam se deixar impressionar por um show de medicina superficial. Elas queriam, e eram capazes de entender, os detalhes mais complicados. Peter ficou espantado ao perceber, depois de um certo tempo, ao olhar para o relógio de parede, que falava há uma hora, quando lhe fizeram as perguntas finais.

— E o senhor de fato acredita, Sr. Haskell, que o Vicotec está pronto para ser testado em seres humanos, mesmo que seja em pequenas doses e num número limitado de pessoas, que entendem o risco que estão assumindo? O senhor acha, realmente, que avaliou a natureza de todas as suas propriedades e os riscos que poderiam estar envolvidos no medicamento? O senhor nos dá sua palavra de honra, senhor, sem hesitar, que este produto está pronto para experimentos com seres humanos neste momento?

Peter ouviu claramente a pergunta, viu o rosto do homem que a fazia e soube o que devia responder. Era para isso que estava ali. Era uma questão de dizer uma única palavra, de lhes assegurar que o Vicotec era, de verdade, tudo o que dissera e tudo que pensaram que seria. A única coisa que Peter tinha de fazer era garantir ao comitê do FDA, na condição de guardião da saúde dos americanos, que o Vicotec não faria mal a quem o usasse. E quando olhou em torno e pensou nos que ali estavam, em seus maridos e esposas, mães e filhos e o número infinito de pessoas que o Vicotec atingiria, soube que não podia fazê-lo. Nem por Frank, Katie ou qualquer outra pessoa. Mas, acima de tudo, por causa de si mesmo. E teve consciência, sem um momento de dúvida, que nunca deveria ter ido. Não importava o que lhe custasse, o que dissessem, o que os Donovan lhe tirassem ou fizessem, sabia, agora, que não podia fazer o que queriam. Não podia mentir àquelas pessoas, nem sobre o Vicotec nem sobre qualquer outra coisa. Ele não era assim. E, para Peter, estava tudo absolutamente claro quando tomou sua decisão. Sabia, com certeza absoluta, que sua vida acabara naquele momento: seu emprego, sua mulher, talvez seus filhos, ou não, se tivesse sorte como pai. Os rapazes eram quase adultos e tinham de entender o que seu pai apoiava. E se não pudessem aceitar ou entender sua integridade, talvez fosse melhor pagar o preço e aceitar que lhes tinha dado uma educação errada. Mas não tinha importância o quanto lhe custasse agora, estava disposto a pagar o preço, para ser correto com o público americano.

— Não, senhor, não posso — disse Peter com firmeza. — Não posso ainda lhe dar minha palavra. Espero poder, um dia, muito em breve. Acredito que desenvolvemos um dos melhores produtos farmacêuticos que o mundo já viu além de desesperadamente necessário para pacientes de câncer em todo o mundo. Mas não acredito que já estejamos completamente livres de qualquer risco.

— Isto significa que o senhor não espera que o FDA possa dar sua autorização para a Fase Um de Experimentos Humanos desta vez, espera, Sr. Haskell? — perguntou o decano do comitê consultivo, parecendo confuso, enquanto uma leve irritação se espalhava pelo resto do comitê, um membro perguntando a outro por que Peter estava ali. As audiências do FDA não eram normalmente usadas como foro para procurar obter informações acerca de produtos ainda não acabados. Mas eles ao menos admiraram sua honestidade, embora nenhum dos membros do comitê a tivesse questionado em momento algum. Na sala, havia apenas um rosto congestionado de raiva. E haveria um outro, quando Katie lhe contasse que Peter os traíra.

— Gostaria de marcar outra data para se apresentar de novo, Sr. Haskell? Poderia ser mais adequado do que despender mais tempo agora.

O FDA estava com a agenda cheia. Peter fora o primeiro da tarde, haveria outros depois.

— Gostaria de marcar outra data, senhor. Acredito que seis meses seria um número realista. — Mesmo tal prazo seria apertado, mas, pelo que Paul-Louis acabara de lhe dizer, Peter achava que conseguiriam.

— Obrigado por vir. — E, com o agradecimento, o comitê o dispensou e estava tudo acabado.

Peter saiu da sala com as pernas trêmulas, mas de cabeça erguida e costas retas, sentindo-se, de novo, um ser humano decente. Era a única coisa que lhe restava agora, e ele tinha consciência do fato. Viu Katie esperando-o, à distância, e se aproximou dela. Não acreditava que o perdoaria. Seu rosto estava molhado de lágrimas quando se aproximou e Peter não sabia ao certo se Katie chorava de raiva ou decepção ou, talvez, pelos dois motivos. Mas não lhe ofereceu nenhum consolo.

— Sinto muito, Katie. Não planejei fazê-lo. Não imaginei como seria, literalmente, comparecer ao comitê do FDA e lhes mentir. O pessoal daqui forma um grupo impressionante. Não consegui fazê-lo.

— Nunca lhe pedi que fizesse — mentiu ela —, só não queria que traísse meu pai. — Depois ela o olhou com tristeza. Estava acabado e Katie tinha consciência disso. Para os dois. Peter não estava mais disposto a fazer concessões nem a abrir mão do que acreditava. Até aquele momento, não percebera como as coisas tinham ido longe. — Você percebe o que fez, na audiência? — perguntou Katie duramente, preparada para defender o pai até a morte, mas não o marido.

— Posso imaginar — respondeu.

Mas ela fora clara, naquela manhã, na mesa da cozinha de sua casa, em Greenwich. E ele não recuou naquele momento. De uma forma estranha, era o que Peter queria. Liberdade.

— Você é um homem honesto — disse Katie, olhando para ele, mas a frase, em sua boca, soava como se fosse uma acusação. — Mas não é muito esperto.

Ele fez um aceno afirmativo com a cabeça, enquanto Katie se virava e ia embora, sem nem olhar para trás e ele não a seguiu. Já tinha acabado há muito tempo, embora nenhum dos dois tivesse percebido. Peter perguntou-se se alguma vez ela fora casada com ele ou se, o tempo inteiro, fora casada com o pai.

Ele tinha muito em que pensar quando saiu do prédio do FDA em Rockville. Katie acabara de desaparecer na limusine, deixando-o em Maryland, a meia hora de Washington. Mas ele não ligou. Nem um pouco. Era um dos mais importantes dias de sua vida e Peter se sentia como se pudesse voar. Fora colocado à prova e, em sua própria mente, tinha passado com louvor. "— ... O senhor nos dá sua palavra... Não, não dou."

Ainda não conseguira acreditar que conseguira e também não sabia por que não estava se sentindo mal em relação a Katie, mas o fato é que não estava. Tinha acabado de perder sua mulher, seu emprego, seu lar. Tinha se apresentado ao Congresso, naquela manhã, e ao FDA, naquela tarde, como diretor-presidente de uma empresa internacional e saíra de mãos vazias, desempregado e sozinho. Não tinha nada além de sua integridade e o conhecimento de que não traíra suas crenças. Ele conseguira!

E enquanto ficava parado, sorrindo para si mesmo, olhando para o céu de setembro, ouviu uma voz atrás de si. Ela lhe era familiar, mas ao mesmo tempo estranha, e havia uma rouca tonalidade naquela voz que vinha de outra época, outro lugar. E, quando se virou, espantado, viu Olivia parada, bem atrás dele.

— O que está fazendo aqui? — perguntou, louco para enlaçá-la em seus braços, mas temeroso de fazê-lo. — Achei que você estava na França, escrevendo.

Os olhos de Peter a beberam como se ela fosse vinho e ela o olhou com um leve sorriso. Estava usando calças compridas pretas, um suéter preto e uma jaqueta vermelha pendurada no ombro. Parecia uma propaganda de revista de um produto muito francês e ele só conseguia pensar naquela noite em que a seguira pela Place Vendôme. Tudo acontecera nos cinco dias que ficara em Paris, cinco dias que tinham mudado, para sempre, suas vidas. Ela ainda estava mais bonita agora e Peter percebeu, enquanto a olhava, como sentira, desesperadamente, sua falta.

— Foi muito bom, lá dentro — disse ela sorrindo amplamente para Peter. Estava, obviamente, orgulhosa dele, mas não tinha respondido a sua pergunta.

Ela viera para lhe dar apoio, mesmo que de forma invisível, na audiência. Lera sobre ela no *Herald Tribune*, na Europa. E, embora sem saber ao certo por que, sabia que tinha de estar presente. Tinha consciência do quanto o Vicotec significava para Peter e os problemas que estava tendo com o produto quando se encontraram pela última vez. E queria estar lá. Seu irmão lhe dissera onde seria a audiência e arrumara tudo para que fosse. E agora, Olivia se sentia agradecida por ter seguido seu instinto. Edwin também lhe falara sobre a audiência no Congresso e ela o vira, naquela manhã, sentada, silenciosamente, ao lado do irmão. E embora Edwin tivesse ficado curioso a respeito do súbito interesse da irmã pela indústria farmacêutica, não lhe fez nenhuma pergunta.

— Você é mais corajoso do que pensa — lembrou Olivia a Peter, enquanto o olhava e ele a puxava vagarosamente para si, imaginando como tinha sobrevivido os últimos três meses e meio sem ela. Ele não conseguia imaginar como poderia deixá-la de novo, nem por um único momento.

— Não, você é que é corajosa — disse ele suavemente, com os olhos cheios de admiração. — Olivia abrira mão de tudo, mas não cedera em nada. E, de repente, Peter percebeu que acabara de fazer a mesma coisa. Abrira mão da mulher, do emprego, de tudo, por aquilo que acreditava. Agora ambos estavam livres. Tinham, na verdade, pago um preço enorme por tudo, mas valera a pena.

— O que vai fazer esta tarde? — perguntou ele com um amplo sorriso. Podia pensar em mil coisas para fazer, o Monumento a Washington... O Memorial de Lincoln... um passeio ao longo do Potomac... um quarto de hotel em algum lugar ou apenas ficar ali, olhando-a para sempre... ou tomar um avião e voltar a Paris.

— Não vou fazer nada — disse ela sorrindo. — Vim para cá ver você — falou mansamente. Não esperara conversar com ele, apenas vê-lo a distância. — Vou voltar amanhã de manhã.

Olivia nem contara aos pais que viria, e apenas Edwin sabia que estava nos Estados Unidos, mas prometera não falar nada. Ela só tinha esperado dar uma olhada em Peter, vê-lo de novo por alguns minutos, mesmo que ele nunca viesse a saber disto.

— Posso convidá-la para tomar uma xícara de café? — perguntou Peter e os dois sorriram, recordando-se da Place de la Concorde e aquela primeira noite em Montmartre, enquanto ele pegava sua mão e juntos começaram a trilhar o caminho da liberdade.

Danielle Steel convida você a visitar sua *home-page*
http://www.daniellesteel.com.

Se estiver interessado em receber sem
compromisso, *grátis* e pelo correio, notícias sobre os
novos lançamentos da Record e ofertas
especiais dos nossos livros, escreva para

RP Record
Caixa Postal 23.052
Rio de Janeiro, RJ – CEP 20922-970,

---

dando seu nome e endereço completos,
para efetuarmos sua inclusão imediata no
cadastro de *Leitores Preferenciais.*
Seja bem-vindo.
Válido somente no Brasil.

Impresso no Brasil pelo
Sistema Cameron da Divisão Gráfica da
DISTRIBUIDORA RECORD DE SERVIÇOS DE IMPRENSA S.A.
Rua Argentina 171 – Rio de Janeiro, RJ – 20921-380 – Tel.: 585-2000